舊日廚房

昔の日々の台所

倉宏志

獻給我的母親詹洪連鳳（1920-2008）

目次

輯三・旅途邂逅

輯四・懷念故人

自序

三個女人的回憶

——鳳梨茶的滋味以及廚房裡的懷念與冒險

這裡說的三個女人，指的是我的母親詹洪連鳳（1920-2008），我的岳母王許聞龢（1914-1995），以及我結縭三十五年的妻子王宣一（1955-2015）。三個女人有不同的性情與聰慧，我的母親善言詞機鋒，也會口琴和豎笛；我的岳母慷慨大器，會踢毽子和扯鈴；王宣一則富大姐頭的領袖氣質，喜歡攝影與寫作。但她們三個人的廚房巧手，共同構成我大半輩子味覺經驗。

一切是這樣開始的。二〇一五年二月，我的妻子王宣一無預警地因爲心臟病過世於義大利旅行途中，返台後我爲她辦了一場有音樂、有食物的告別派對（她生前開朗活潑，對朋友總是盡情盡意，我猜想她不會喜歡憂傷哀戚的追悼儀式），派對上都是朋友來爲她準備她喜歡的飲食，有來自台中的手做粉圓、來自雲林二崙的伍仁酥、義大利小餐館的美食小點，還有Fika Fika的咖啡，一位藏茶賣茶的朋友特地從馬來西亞飛來爲她沖泡上好的普洱。舞台上也溫馨熱鬧，一些昔日老友上台談談他們認識的逝者，幾位小輩朋友演奏音樂，老朋友羅大佑也上台唱了他的〈閃亮的日子〉……。

大家開心又傷心度過一個想念她的派對，回到家我獨自面對空蕩蕩的廚房，那些眾多爐具蒸箱、鍋碗瓢盤各安其位，全都靜默無聲，面孔無辜地看著我，而三隻黏人的黑貓則在我腳邊輕喵磨蹭，渾不知已失去牠們的主人與照顧者。這時候，我心裡想起各式各樣的家常飲食與過往家中的大小宴席，有一個巨大空洞的失落感，這種種熟悉的滋味與情景就要消逝了嗎？

我自己其實也是個動手做菜的人，中年之後我開始讀食譜學做菜，也學得戲路寬廣、人模人樣，頗似可以獨當一面；家中宴客的時候，美食家王宣一也總讓我在宴客菜單主演其中幾個品項，但宅男煮夫自學而來的幾乎都是異國料理，我不曾做過她在親友當中膾炙人口的菜色。

譬如說，我吃了也看了宣一做了四十年的「紅燒牛肉」，這是朋友們最稱許的一道菜，我卻從來沒有動過手。仔細回想，發現也不難理解，我的身邊充滿勤勞能幹、做得一手好菜的家庭主婦，動手做她們擅長的事是很容易自慚愚拙的，相形之下，學習「異國料理」是比較不容易看出破綻的嘗試；但現在我的妻子遠離了，如果只做來自陌生國度的新奇料理，那我要如何留下長期以來屬於家庭的滋味？

那個下午在廚房的前途茫茫之感，後來形成的意念兵分兩路，一條路讓我在廚房裡捲起袖子，一點一滴嘗試複刻家庭的滋味；另一條路則讓我回頭去想並且記錄與我舊日生活習習相關的廚房印象，進而延伸到自己在廚房中的實驗與體會，甚至包括我在旅行途中的種種飲食邂逅，幾年之內，不知不覺竟然寫了近三十萬字，年輕時候滿腦子救國救民的我完全不能想像有一天我會寫出這些與飲食有關的文章。

先說我學做宣一菜色的起點吧。靠著長期觀看的印象以及味覺的記憶，我從最受歡迎的「紅燒牛肉」開始，一次次的試做和一次次的校正，慢慢摸索出相似的味道，雖然有時靈有時不靈，但朋友來試吃，已經覺得有七八分像了。小心翼翼地學了半年，我大概「複刻」了四十幾道昔日宣一請客時常做的料理（這還只是很小的一部分），然後我鼓起勇氣請了昔日老友來家中，目標是端出全席的宣一生前菜色。我把宴席訂名爲「山寨版宣一宴」，宣一之名當然是懷念故人之語，但山寨之名則有兩層意思，一方面擔心自己還學不到位，離眞品尙有距離，一方面說明我目的是模仿學習，沒有增添或創新的意圖……。

慢慢的，這樣的驗證次數愈來愈多，我也有機會出門去表演，辦起整套的宴席，甚至大膽地去岳母的老家上海、杭州去演出，我已經大言不慚自稱是「宣一宴」了。有一天，我又有機會在家舉辦一個朋友聚會的「家宴」，我突然想起來，三十多年間我在宣一娘家吃過很多岳母的家常菜色，有一些菜宣一並不太做，譬如岳母有一道「韭黃炒花枝」我非常喜歡（其實我對所有的頭足類料理都沒有抗拒能力），我每次回家，岳母都會做這道菜給我吃；這道菜的特色是材料的組合有點出人意表，它是混炒了切片花枝、韭黃、豆干、豬肉片與雞蛋，山產海鮮治於一爐，有點像是「客家小炒」的概念，但滋味則保留了杭州菜溫柔細緻的特色。很奇怪的，這道菜宣一或她的姐姐們都不太做，我當下覺得我好像有責任幫岳母把這道家常菜也複刻保存下來。

學做了一部分岳母的菜色之後，我就想到自己那位可憐又聰明的母親，我從來沒有想過要學會並保存她的手藝。

在上個世紀的民國五〇年代，我的母親開始經歷一段將近二十年的艱苦歲月，家中唯一經濟來源的父親臥病在床、失去工作，家中卻還有六個嗷嗷待哺的小孩，最大的才高中生，最小的（包括我）則尚未上小學⋯⋯。

但我要說的並不是苦兒奮鬥記或苦兒流浪記的悲情故事，而是我母親充滿喜感的「貧窮料理」。

艱困的環境激發母親的創造力，受限於經濟條件，我母親不曾用過什麼高貴食材，有塊豬肉或有隻雞，那已經是年節時期才能享有的奢華。可是我母親是很有天份的，她必須每一塊錢都打三個結來用，譬如她會把滷蛋用咬在口中的細線分切成六塊，一顆滷蛋就足以讓六個小孩都覺得享受到美味；她也會政策性地偷偷提供一點特殊營養給正在發育期的某個小孩，譬如她偶爾會買一百公克的豬肝煮成菠菜豬肝湯只給小孩當中的一位；這種「不公平」的做法，對一位母親來說並不常見，多年之後母親曾對我說，如果不是採取這種策略性的不公平分配，結果將會是所有的小孩都營養不良。

但更常見的努力，是她運用可丟棄的材料創作出來的食物，譬如蘿蔔的粗皮和難以入口的蘿蔔梗葉，都被她用淺漬的方法化成美味。在她化腐朽爲神奇的各種棄物料理當中，最令我懷念的，是一道叫「鳳梨茶」的東西。

鳳梨茶的材料是一般人棄之如敝屣的鳳梨皮，母親把削下來的鳳梨皮洗淨了，放入煮開水的大水壺中，注滿水後煮開十來分鐘，再加入一點砂糖調味，就成了香氣與風味俱足的鳳梨茶，被小孩們當做十分稀罕的可口甜點或飲料。我們一般都喝熱的，等我長大之後，我才疑心不一定是熱的比較好喝（不過當時我們也沒有冰箱可以冰鎮它），而是我們根本等不到放涼，衆多小孩就把它喝完了，所以我們印象中鳳梨茶總是「熱的」；等我想到這件事的時候，我的母親已經過世多年，我完全沒有機會向她求證這個猜測。

這些「貧窮料理」曾經是我童年的美好回憶，但後來在家中也消失了，可以想見，當家中經濟不再那麼窘迫的時候，母親其實也沒有動機拿這些棄物費心製作成食物，所以「鳳梨茶」這個我曾經喜愛的甜美飲料，很早已經消失在我們的生活之中，母親再有機會購買鳳梨，往往就在水果攤上請水果小販削去果皮，帶回家的光裸鳳梨根本就沒有皮，也就沒有可以煮成鳳梨茶的材料。

想起這些往事之後，我下決心，新一次朋友聚會的家宴就要訂名爲「三個女人的回憶」，我要把我母親的「貧窮料理」，加上我岳母（相對的）「富貴料理」，再加上我妻子見多識廣的「世界料理」，全部混合在一張餐桌上。那是一場有十四道菜的家宴，融合了我母親的醃蘿蔔皮與菜心、豆腐菠菜與柴魚，以及薑絲赤肉湯，加上我岳母韭黃花枝炒蛋，以及八寶辣醬與炸蛋（她把白煮蛋先炸過，再放入炸醬中，炸過的白煮蛋表面出現許多凹紋，因而能吸入很多醬汁的味道），當然，我也沒有放過提供「鳳梨茶」的機會。

幾位美食家朋友喝了這個被我當做餐前飲料的「鳳梨茶」，感覺很驚訝，他們沒有想到這個芳香甜美的滋味竟然是來自於鳳梨皮，而朋友當中，大部分也沒聽過有「鳳梨茶」這種東西。

「三個女人的回憶」的家宴似乎勾起許多朋友回想家庭料理的意義，的確，這三個女人的料理實際上構成了我一生飲食的主軸，我總把這些菜色的出現和存在視爲理所當然，等到三個女人都離我而去，我才警覺，所有的味道都要靠人的不斷實踐去維持。那次家宴似乎是成功的，可能和這些充滿記憶與感情的菜色也感染了我的朋友，這些菜其實大多是家常菜，並沒有高貴材料，宴客其實是簡慢了些；但菜色中的家常感與懷舊之情，還是能夠帶給朋友許多複雜而豐富的感受。

一位長住法國的美食家朋友聽到這個家宴的消息，吵著要回來補錯過的功課，我因而有了第二次以三個女人爲主題的宴席，我把它訂名爲「三個女人的啟發」。這一次，我大膽地從三位女性的菜色出發，發展出我自己的詮釋；譬如我把母親的「鳳梨茶」煮得更濃一些（加入鳳梨果醬去煮），冰鎮後加上香檳，變成了一種類似法國人餐前酒kir的概念，我把它稱做「鳳梨香檳」，它變得又鄉土又國際，只可惜我那可憐而聰明的母親，完全沒有機會看到這個發明。

在廚房動手複刻菜色的同時，我也陸續寫了不少討論飲食的文章，看似旁徵博引，很多講的都是我自己對家裡的廚房記憶，概念上應該都是相同的，這些彷彿是關於飲食的論述，其實都是「懷人之作」，食物不是我的關注，人情才是。

我把這些蕪雜、散亂的文字集結起來，挑選出比較有故事性也比容易收斂的文字，準備整理編輯成書，架構出來之後，我讓兒子幫我看看，他讀了之後有點詫異地說：「你以前寫的文章，感情都很節制，讀起來有點冷酷，這一次爲什麼變成有點濫情，而且還一說再說？」

眼睛雪亮的年輕人總是一針見血，我的「論述僞裝」顯然沒有達到迷彩隱形的效果，他當然是對的，那些濫情似乎是藏不住的。但我又有什麼別的辦法？這些文字的出現本來就是自我療傷的過程，我沒有更好的方式可以修改它。唯一的方法是請求無意中讀出其中私密訊息的朋友原諒，我在大部分時候仍然努力做個單純的說故事者，當中只有一些時候情感過盛，希望大家不要太介意。

二〇二二年九月

輯一・舊日廚房

舊日廚房

四十歲以前的我，還是一個連燒開水都不會的無用男子，這當然是媽寶之屬；小時候父母顯然有點重男輕女，女孩功課再忙，也被要求做點家事，但男孩子遠庖廚，好像就被認爲無所謂了。

不過這樣斬釘截鐵的話，常常會被人生眞相打臉。我母親要姐姐們做家事似乎出於好意，總覺得女孩家如果不學會做點家事，將來嫁人恐怕要吃到苦頭。但我的二姐初中聯考就考了個中部聯招的狀元，震動鄉里，報紙電台都來採訪，老師也帶著她到處去露臉領獎，出了鄉下人少見的風頭，從那之後，二姐似乎有了「家事豁免權」，媽媽也不太叫她做家事了；可憐我另一位頗有文學才氣的大姐，就淪爲家中唯一必須幫忙做家事的女兒。

人生之事是福是禍或許不能太早下定論，後來我大姐燒得一手好菜，頗得朋友與家人稱許；我二姐卻許多家事都不擅長，自己頗爲懊惱，這件事她一直要等到擔任大學教授接近退休之際，才發奮圖強，力求在廚房當中能尋回自信。現在手藝愈來愈好，但錯過少年時期的學習，今天她的廚藝完全和母親的菜色毫無關聯，成了一個沒有家傳來歷的自學廚娘，不能不說也有點遺憾了。

要說男孩子沒有被要求做家事，好像也不完全對，至少我從小就是家中的「小跑腿」，臨時家中少了什麼柴米油鹽，媽媽幾乎都是派我出去採買，「小弟，去買一斤雞蛋。」

「小弟，去買一塊錢味噌。」

媽媽一面交代，一面把錢交給我，我一溜煙就跑到菜市場去了，雜貨店就在菜市場口，我向老闆說要買味噌，老闆馬上拿起一張粽葉，從木桶中用飯匙舀出一勺土黃色的味噌來，把粽葉包好，用繩子繫好，笑盈盈交給我，一面還交代：「路上拿好，不要打翻了。」

雞蛋則要到另一家店去買，店就在市場裡面，那是一家賣麵條的小店，門口則擺著整箱的雞蛋，放在防止磨擦的米糠上，白白的雞蛋沾滿了黃色的米糠，乾乾爽爽的，拿起來很舒服，我小心翼翼一顆一顆撿著。媽媽很早就在菜市場教過我怎麼挑雞蛋，要看雞蛋外殼有沒有破損，要純白近乎透明，要拿在手上有沉甸甸的扎實感……。

爲什麼買東西都是我的差事？家中有哥哥、弟弟，但他們都只是母親不得已的「第二選擇」，只有我才是正選。原因可能是媽媽看我不愛讀書，最愛往外跑，叫我出門算是「投其所好」，不覺得是苦差事，而叫我哥哥出門買東西，他就苦著一張臉，好像是接到什麼痛苦的任務一樣。另一個原因可能是我比較大膽靈光，絕對不會容許賣東西的攤商找錯錢或開出離譜價錢來。如果老闆找我短少的錢，我就直挺挺站在那裡，一臉嚴正說：「昨天我媽媽來不是這個價錢。」我堅持說這和媽媽買的價錢不一樣，老闆在別的客人面前掛不住面子，一面補給我錢，一面嘟囔地說：「昨天是特別算你媽媽便宜。」幾次之後，媽媽知道我是使命必達小跑腿的最佳人選。

等到我四十歲以後，失業在家，突然有了學做菜的念頭。我一開始進廚房，水深火熱，手忙腳亂，壓根兒沒有想過做家庭主婦們做的菜，或者說我一點也沒有勇氣做「家常菜」；對我來說，那些家庭主婦每天做的菜是最難的，因爲她們那麼駕輕就熟，我如果冒失闖進去，我的笨拙一定落得個人人嘲笑的下場，這絕對不是初學者最想見到的場面。事實上，我一開始嘗試的料理，是從一道義大利的「蔬菜湯」（minestrone）做起的，學習的方式是來自食譜書的「西洋料理」；我先學北義菜，再學南義菜，然後學習南法的鄉村家庭菜，之後又學西班牙菜、希臘菜。等幾年過去，我在廚房裡已經不怕刀不畏火，家中的主廚老婆大人看我逐漸有點樣子，開始也願意讓我在廚房裡擔任助手，交代我一兩個簡單的任務：「你把空心菜炒一炒。」或者：「你把湯熱一下。」

即使只是「把空心菜炒一炒」，我還是做得「戒慎恐懼」。這麼簡單的東西，就是半路出家的自學者最容易露出馬腳的地方。我開始回想小時候在廚房裡觀看媽媽做菜的樣子。媽媽隨手炒一盤空心菜，也要加上一句名言：「寧可人等菜，莫要菜等人。」她要等全家人都坐定了，大火把鍋子燒得火熱，半勺沙拉油下去，爆香拍扁的大蒜和辣椒，油燒熱了，切段的空心菜嘩啦一聲下了鍋，三下兩下翻炒，下點米酒，火焰竄起半天高，再滴兩滴麻油就起鍋，熱騰騰端上桌時，菜梗脆爽，芳香撲鼻，酒香麻油香大蒜香，加上菜葉中刺激的辣椒味，那麼平凡的一道家庭料理，卻永遠百吃不厭。

我卻一開始總做不好，鍋子不夠熱，油不夠熱，炒菜的動作不夠俐落，更糟的是，我不太會用中華炒菜鍋，我總是拿了西式平底鍋來炒菜，等到吃來覺得鑊氣不足，卻已經後悔莫及。

等我睡覺時閉上眼睛，試著回想母親做這些菜的模樣，我驚訝地發現中年後的我什麼都記得。我閉上眼，有著兩口大灶的廚房浮現眼前，爐火正旺紅紅地燒著，那已經是民國五十年以前的事，我才五歲或者未滿，我們還住在基隆的七堵。房子是日式陳設，榻榻米和紙門，後方的廚房卻是傳統台式，磚砌大灶在角落，灶的前方有四方桌充當料理檯，牆邊還有紗窗櫥櫃。媽媽似乎是在煮一道「韭菜花炒豆干」，年輕美麗的三阿姨在旁邊幫忙，我看見三阿姨把菜刀打橫，把棕色的大豆干橫向片下薄片，一片兩片三片，她把一塊豆干橫向片成六片，再把菜刀打直，直向往下切，切了八刀十刀，豆干變成工工整整的豆干絲，媽媽在一旁起大油鍋，她拿鐵鏟在爐火裡攪一攪，火光熾烈起來，映得她滿臉通紅，她下了一勺油，油上冒出煙，她下了蒜與辣椒，又下了一點紅色的肉絲，肉絲一下子變成了白色，她再把切好成段的韭菜花下了鍋，翻炒幾下又下點米酒，火焰衝出來，媽媽再把豆干都撥入炒鍋裡，又翻炒了幾下，她再從湯鍋裡舀小半勺湯加入鍋中，把鍋蓋蓋上燜煮一下，再開鍋，白煙竄出來，她快速起鍋，把整盤菜放入大盤中，韭菜花與豆干綠黃相間，加上紅辣椒和灰白肉絲點綴，很漂亮的一盤菜。

我繼續回想媽媽做大黃瓜鑲肉的模樣，她拌肉餡，有絞肉、有香菇、有蛋清、有切碎的胡蘿蔔，用醬油和糖調味，然後塞入挖空的大黃瓜中，她把黃瓜塞肉放入骨頭高湯中，才煮滾一下下，她就用湯匙去試味道，點點頭，她很滿意地加上一句名言：「四腳走過的就好吃。」原來，透過一個小孩天眞的眼睛，那些遙遠的廚房舊事，我一切都記得……。

薑絲赤肉湯

那時候童年的我，可能才七、八歲，不只一次當我生病時，大概都是受了風寒之類的常見疾病，發高燒冒冷汗，昏昏沉沉，全身軟弱無力，無法上學（也許沒到那種程度，我卻暗自高興有了好理由）。

沒有錢帶我去看病的媽媽決定要進行她自己的治療，她提起菜籃上菜場，無力上學的我卻渴望跟隨她一起去，菜市場畢竟比上學好玩太多。媽媽牽著我，先到了豬肉攤，向豬肉販子要一百公克里肌肉（一百公克媽媽的台語發音是「嘰巴瓦」，似乎沒有比一百克更小的購買單位了）；爲了這一百克肉，意志堅強的媽媽和豬肉販子進行了一場冗長的討價還價，最後總是豬肉販子屈服讓步，他搖搖頭笑了笑，多切了一小塊肉放在已秤好的肉上。媽媽當然還得轉去其他攤位又買了蔬菜、雞蛋、魚、味噌之類的家庭日用食材，不過，我已經心不在焉，滿腦子都圍著那一小塊豬肉打轉。

回到家，進了廚房，媽媽先燒開一小鍋水，她把那小塊肉細細切成長條肉絲，再取出一塊薑，也把它細細切成絲，水滾開了，媽媽把肉絲放下去，鮮紅肉絲幾秒鐘就轉白了，她再把大量薑絲下下去，又滾了幾秒鐘，她撒一點鹽調味，下一小匙米酒，再滴兩滴麻油，立刻就起鍋了，前後不到一分鐘；媽媽把薑絲赤肉湯裝在一隻湯碗裡，叫著我，趁熱，趕快喝。這時候，差不多才早上九點多，其他同學大概才上到第二堂課呢。

我用筷子夾著肉絲混合著薑絲放入口中，肉絲煮的時間很短，內裡還呈現粉紅色，肉絲兩頭則帶一點肥肉；薑絲的數量比豬肉還多，有強烈的新薑香氣，口味則帶著刺激的辛辣味，肉湯極清甜，帶著淡淡酒香與麻油香，我一面感受清湯的美味，一面冒出滿頭大汗。喝完一整碗湯後，出了大量的汗，我好像做了一場激烈的運動，覺得有點疲倦。媽媽拿來冷毛巾幫我擦拭了額上與身上的汗水，叫我去床上蓋被躺著。我昏昏沉沉睡去，常常一覺就睡到傍晚，醒來之後燒就退了，覺得病已經好了。

這一道只有在童年生病時才吃得到的美食，它從不曾出現在正式的餐桌上，也不曾出現於我初中以後，幾乎已經過去了半個世紀，最近才又出現在我夢中。但我在大學時期來到了台北，在夜市裡偶爾會看見賣湯類的攤販，那是一種賣豬肝、豬心、豬腰和赤肉的湯品小販，看攤販的手法也和母親的薑絲赤肉湯有點相似，都是輕快清爽的小吃湯料理；他們用小鍋一碗一碗煮，放肉料，放薑絲，下米酒，下鹽，最後滴兩滴麻油，一碗湯煮起來也不需一分鐘。

第一次看到這種湯品小販的時候，我還非常興奮，以爲遇見了童年的滋味，但試了幾次之後，發現完全不是同一件事。仔細觀察，差別來自幾個地方，首先，我媽媽用清水煮湯，小販則用豬骨高湯（裡頭極可能還有不少味精），媽媽的肉湯乾淨清甜，夜市的肉湯則味道較濃濁；第二，媽媽的薑絲遠多於肉絲，整碗湯其實是以「薑味」爲主，而不是肉味，通常喝入口時先感覺到薑絲的香氣和辣味，肉味藏在裡面，之後才慢慢湧現；媽媽用的里肌肉，幾乎全是瘦肉，只有肉絲兩端有一點肥肉；最後，我媽媽煮肉湯的時間比小販更短，常常肉絲還是粉紅色，所以極其軟嫩⋯⋯。

我媽媽的「薑絲赤肉湯」是一種治療風寒的「偏方」，現在想來不無道理。原理大概是用「肉絲」來補充蛋白質，讓患者有體力抵抗消弭元氣的疾病；大量辛辣薑絲帶來的發熱冒汗，大約就是促進循環的意思。我有時回想起來，覺得有點遺憾生病「不夠多」，沒有吃到太多次的薑絲赤肉湯。

除了吃飯時桌上正式的湯料理（常見的有蘿蔔排骨湯、鑲肉大黃瓜湯、豆腐柴魚味噌湯），我媽媽有一些小鍋煮的單碗湯，似乎都是針對一個人的「某種情境」而做的，譬如剛才說的「薑絲赤肉湯」是爲生病的小孩做的；而她偶爾會爲發育期的小孩單獨煮一碗豬肝湯，一樣是從肉販那裡買來的「嘰巴瓦」豬肝，再加上一把綠油油的菠菜，一樣是短於一分鐘的快煮，清水加米酒，豬肝還帶一點生，咬下去會滲出一點血水；她還會爲即將面臨大考的小孩煮一碗「豬腦湯」，豬腦買回來，大小像小孩子的拳頭，表面佈滿血絲，必須用牙籤細細剔除，這個工作常常落到我頭上，但煮好之後多半是給我哥哥喝的（我是免試入學的國中第一屆，因而失去補充豬腦的正當性）。

我年輕的時候不會想，不知道這些料理有可能是母親獨有的創意或發明，或者這些東西有來歷，卻又被母親詮釋成自己的風格；我總以爲它們是很普遍也普通的存在，也許每個人家的母親都會煮。等我失去母親之後，我才知道「百母百味」，每位母親其實都是不同的，就算是一道共通的菜色，每位母親做起來，味道也是完全不同的。

終於我知道每個家庭的滋味都應該珍惜，而珍惜的方法就是不斷有「傳承」，也就是要有晚一輩做上一輩的菜，每個家庭必須都有新一代的下廚者，而他也必須有興趣保存家中某些獨有菜色。我體悟這件事有點太遲，因爲可參考的對象都不在了，我只能憑記憶的味道來「校正」自己的嘗試，有時候我能做出很相似的滋味來，有時候我卻怎麼做都不像。我媽媽所做的「卜肉」是我很難忘的一道菜，但我做了很多次都覺得不像，後來找到機會徵詢年近九十的阿姨，我把我的做法告訴她，問她到底錯了什麼步驟，腦筋清楚的阿姨想了一想，說：「麵糊裡要再放一點沙拉油。」我回家再試，果然味道才變對了。

但我又疑心我心目中的古早美味，可能只是匱乏時代的美化記憶；那些美食或許根本沒有什麼高明之處，只是懷舊者依戀昔時的心理作用。有一次在家裡宴客時，我終於試著把「薑絲赤肉湯」放入菜單，想問問我那些美食家朋友們，這樣樸實無華的料理到底值不值得保留？朋友們見多識廣，並不以這些清貧料理為簡慢，反而鼓勵我應該把這些眞醇本味保留下來，也有朋友說他們家中也有類似的料理，有人說「薑絲赤肉湯」還可以用在坐月子的時刻，小叩大鳴，也讓我醍醐灌頂，我們何必斤斤計較一道菜色是否上得了檯面？只要它與人生有某種連結，它就是一道「有故事」的料理。

詹媽卜肉

母親對子女的關心常常是永無止境的。在我母親生命的最後日子裡，不斷進出醫院已是常態，幸虧有我弟弟全心全意地照顧她；有一天，弟弟的電話又來了，電話另一邊的他帶著一點哀傷：「媽又不行了，這次連我都不認識了，現在已經半昏迷，救護車等一下就來，你如果能夠，就趕緊來看她吧……。」但那個悲劇時刻也常常轉成喜劇，甚至是笑鬧劇；當我排開工作行程，匆匆趕往新竹，到了醫院，媽媽情況已經穩定，弟弟說，媽媽在救護車裡恢復神智，他安慰她：「不要害怕，我們帶你去醫院，已經通知宏志了，他馬上會來看你。」吊著點滴、吸著氧氣的母親點點頭，跟他說：「既然宏志要來，那就拜託司機，先轉去菜場，我去買條魚……。」

可惜救護車的司機專業不打折扣，不由分說直接把媽媽載往醫院急診室，如果救護車閃著紅燈響著警鈴，直奔菜市場，讓戴著氧氣面罩吊著點滴的媽媽下來買條魚，那應該是更動人的場面吧？可是買了魚又要如何去醫院急救，做母親的人可能會覺得做菜給回家的子女比生命更重要，說不定她就會進一步要求救護車先送她回家乾煎那條赤鯮了。

母親的料理不一定是最高明的宴席，卻常常是一個人味覺的原點，我們當小孩的時候常覺得外食是更開心的事，但在後來人生的每個階段卻一再發現，母親的飯菜總有療癒之效；只是我們也常常忘記這些事並不是理所當然，母親不是永遠都在，有時候媽媽親手做的料理突然就失去了，而且再也難以追回……。

我媽媽所做的菜，現在回想起來，其實都是一些「貧窮料理」，經濟匱乏的家庭主婦用最平凡的材料做出美味的家常菜；我母親用鳳梨皮做「鳳梨茶」，用蘿蔔粗皮與硬菜梗做「淺漬醃菜」，用冷涮的菠菜加上柴魚片與醬油膏，都是我如今夢中回味的滋味原點。我媽媽還有一道料理「卜肉」（裹了麵衣的炸腰內肉），是我和我太太王宣一都很難忘的一道菜，通常只出現在年節時或有賓客蒞臨時，只要「卜肉」出現在餐桌上，那就預告了那場家宴的節慶感。我離家之後，常常懷念媽媽的「卜肉」，偶爾有機會在外頭知名餐廳吃到別人的卜肉，都覺得滋味不如母親所做；我和宣一很晚才想到要學做這道菜，但我們做了很多次都覺得不像，回去問我年事已高的母親，她想了半晌，才說：「很久沒做了，我有點想不起來怎麼做了。」隔了一會兒，她又變得哀怨起來：「你們都不回來，我一直沒做，現在就想不起來了。」

等我母親過世之後，我更加懷念那道卜肉的味道，但試了幾次還是做不出那個味道。我很小住在基隆，還沒上學的時候，媽媽不讓我出門，因爲門口就是省道，車輛來來往往川流不息，對四、五歲還不知輕重的我非常危險，不能出門的我，只好每天坐在板凳上看著廚房裡的動靜；在那個還不到民國五十年的年代裡，家庭裡的一切活動幾乎都發生在廚房，而家庭主婦花費在廚房的時間也長得驚人。記憶中我的母親幾乎都要清晨四點多就得起床進廚房，生火煮水，爲全家人準備早餐和上學小孩的便當；家人吃完早餐，母親收拾廚房之後就要上街買菜，然後開始準備午餐；午餐之後也許母親有片刻的休息，通常她也會利用這個時間在本子上記帳；然後她要再開始準備晚餐，晚餐後她還要爲家人煮水供衆人洗浴，一直忙到深夜才入睡。

我這個坐在廚房觀看的小孩童，常常一坐就是好幾個鐘頭，這解釋了幾十年後當我開始學習母親的料理的時候，閉上眼睛，我發現我可以記得母親每道菜的每個步驟和動作，只是當時的我並不明白每一個動作與步驟的意義。我用這些回憶複刻了母親很多道菜，也幸虧我還記得許多媽媽的菜色的味道，讓我得以校正每一道菜的正確滋味。

但是奇怪的，我卻一直不能正確複製出母親的「卜肉」；我從記憶中喚出母親的動作，她先醃肉，用的是腰內肉，把它切成長條的肉塊（比肉絲粗很多的肉條），用醬油、糖、一點米酒和白胡椒去醃，大約醃個半小時，再用太白粉抓一抓；然後媽媽做麵糊，我記得她用一隻大碗，用麵粉和水，加了一點太白粉，再加上一小匙蘇打粉，麵糊靜置幾分鐘，然後她把肉條裹上麵糊，放進熱油鍋裡炸至金黃，起鍋後趁熱吃，或者並不需要趁熱，只是它太受歡迎，在來不及放冷之前我們已經把它吃光了。那卜肉的麵皮膨起，鬆脆滑口，充滿空氣，內裡的腰內肉條甜鹹兼具，柔軟多汁，非常好吃，你很容易一口接一口，完全停不下來。

我照著記憶中母親的手法去做，怎麼樣都做不出那個樣子和味道。一方面我做的麵皮膨不起來，而麵衣的味道也不太相似。我有點疑心媽媽的麵糊裡有放味精（那個時代什麼東西都放點味精是正常的事），但試了味精，味道也還是不對。終於有一次我找到機會徵詢年近九十的阿姨，我把我的做法告訴她，問她到底錯了什麼步驟，腦筋清楚的阿姨想了一想，說：「麵糊裡要再放一點沙拉油。」對呀，我腦中的畫面回來了，媽媽的麵糊上面，的確是漂浮著油光的；我回家再試，果然味道才變對了。

不久之後，我請一些老朋友來吃飯，讓大家試試我的「詹媽卜肉」，雖然我的麵衣還是發得不夠，麵皮不夠膨鬆，麵糊好像就黏在肉條上似的，少了一種輕柔的口感，但味道還是接近的。朋友都覺得好吃，也有人興起懷舊之感，顯然他們小時候也嚐過類似的滋味，只是現在我們在餐廳裡都找不到這些舊時味了。

客人朋友當中的一位作家番紅花，特別喜愛這道媽媽味的家常菜，在一個演講場合裡，她帶去了這道菜當做示範，我忍不住也跟著跑去看看結果；當天用的豬肉是來自宜蘭非常好的豬肉，但做法和我母親的手法已經有點不同，主要差別還是在麵衣上面，這道卜肉也做不出膨鬆的口感；調味當然也有點不同，我媽媽做的似乎要更甜一點。不過味道還是很好的，而且頗受歡迎，現場聽眾把它一掃而空，還詢問了我很多關於做法的問題。

我心裡其實是很高興的，母親的料理如果留得下來，家庭熟悉的滋味就得以流傳，我們就還可以討論爭辯，好像這些逝去的親人還活著一樣，而她們的某一部分靈魂好像還飄蕩在我的身邊，讓我不至於覺得孤單。

父親的海魚

我的父親生長在基隆八斗子漁村，是漁夫人家的小孩，但在我長大到有記憶的時候，我的父親離開海岸已經很久了。

我的父親很少對我們提及他自己的身世和成長，事實上，他在家裡根本很少說話；所有有關父親的事蹟，我都是聽媽媽和阿姨轉述的。我也不能說我自己一點記憶都沒有，印象中在基隆時期父親曾帶著我們全家到一個海水浴場，他下水游泳，浪裡白條一般，游得又快又好。這個記憶可能來自我的三歲、四歲或者五歲，我也不能確定這究竟是記憶中的畫面還只是想像？

然後我的父親就生病了，這才是我明確的記憶，我的印象中父親就是一個和疾病搏鬥的殘存者，失去他的事業和工作，每天在家沉默地喝茶看報，晚上去打針，無盡無休的等待。等待什麼？治癒？還是死亡？他太沉默了，我沒辦法看出他的心思。

父親是家中唯一的經濟來源，如今我可以想像母親當時的沉重壓力，她既要照顧隨時有狀況的病人，又要設法張羅食指浩繁一家人的需求；她還得做一些最壞的打算，這樣的打算通常發生在深夜，幼小的我偶爾偷聽到母親和阿姨討論的後事安排，無非是把這個小孩送給誰，那個小孩託給誰之類的計畫，伴隨著母親壓抑的低泣聲，這讓我感到哀傷與害怕。我清點我藏在榻榻米縫中的財產，一共有三個五毛錢的黃銅板，這對任何五、六歲的小孩都是不小的財富，但似乎不足以解決我母親的困難。

不久之後，我們搬離基隆，來到不靠海的山區小鎮，父親的病情似乎穩定一些，他不再經常住院，但也不再出門工作，他每天坐在同一個位子，保持一樣的姿勢，把一份報紙看了又看，一杯香片茶也反覆回沖到毫無滋味。

雖說病情比較穩定，突然間必須送醫院急救，或者遠赴他鄉治療的事情還是偶有的。

有一次父親送醫急救，住在鄉下醫院裡，病房門口亮著紅燈，那是表示危急的意思。我已經比較大了，被媽媽派去陪父親過夜，日式房舍的病房夜晚頗爲恐怖，窗外的樹影搖動，風聲淒厲，隔壁病房不斷傳來病人痛苦的呻吟，加上走廊盡頭的廁所，一直有漏水的滴答聲，我整夜被自己過度豐富的想像力嚇得無法入睡，昏睡一整天的父親卻在此時突然醒了。

醒來的父親看到縮屈在長椅上的我，他似乎無視於時間，也可能根本不知道時間，他竟然開始東一段西一段講起他小時候的事，他講到教他各種海上知識的阿公，那是我不曾見過的曾祖父；那些海上的求生之術，我也聽得似懂非懂，如今我只記得退潮時游回岸邊的方法，以及小船被浪打翻時要如何自救的故事。

然後父親就進入一種出神狀態，喃喃自語說：「好大呀，那隻龍蝦！」我追問他的記憶，父親說他小時候徒手潛水捕捉龍蝦，收穫就帶到市場販售補貼家用。有一次他在水裡撞見一隻巨大的龍蝦，它的身體看起來和十二歲的父親一般大，它頭上的觸角也有小孩手臂那麼粗。父親說，他雖然感到害怕，但又覺得它應該很值錢，決定還是要抓它，結果大龍蝦用它帶刺的觸角打了他一記，父親的頭部立刻流血了，他不得不放棄那隻龍蝦，浮到水面上治療傷口；陷入童年回憶的父親還是忍不住讚嘆說：「眞大呀，那隻龍蝦，可惜沒有抓到。」

父親從小生長於漁村，每餐飯無魚不歡。可是此時困居在不靠海的山城，取得海鮮並不容易，但他愛吃的魚大多是海魚，對於河魚、湖魚、養殖魚則不甚喜，嫌它們有泥土味；他也不喜歡魚的加工品，山中小城的居民愛買魚丸、魚漿製品以及魚鬆等，父親一概不贊成，他認爲魚加工品都是不新鮮的魚的歸宿，聰明的海邊人是不吃那些東西的。

經濟拮据，他也不能買市場中比較高級的魚。大部分時候，他只能買一點價廉的肉鯽仔、手掌大的小赤鯮，或者鹽醃的白帶魚。媽媽用醬油加水與米酒紅燒肉鯽仔，有時候也用來煮味噌湯；小赤鯮大部分是乾煎，白帶魚也是乾煎，煎到金黃，皮脆肉嫩，鹹香下飯，非常好吃，它也是我們帶到學校便當裡的常見菜色。

另一個經常出現在餐桌上的魚種是四破魚，四破魚便宜而且肉厚，身上有硬鱗，媽媽也都是乾煎，煎得皮脆焦香，一煎一大盤八條十條，幾乎是家人最重要的蛋白質來源。

如果手頭比較寬裕，媽媽偶爾也會買輪切的旗魚，她都是用日文說卡濟奇（かじき），有時候乾煎，有時候煮醬油；到了年節的特別場合，母親需要一條能上供桌的全魚，也許她會買一條鯧魚，在身上斜劃幾刀，入鍋油炸，這樣就有一條漂亮的全魚可以拜拜，拜完之後她再做一個糖醋醬汁淋在魚身上，端上桌時還半哼半唱一句〈安童哥辦酒菜〉的歌詞：「第一好呷是五柳枝……。」

父親愛吃海魚，但他在家中唯一施展手藝的魚料理用的卻是淡水湖魚。

有一次父親提到鰱魚頭料理的美味，媽媽哀怨地說：「你又沒帶我吃過，我怎麼變得出來？」

第二天父親興致勃勃來到菜市場，向魚販要了一個鰱魚頭，又買了寬冬粉、凍豆腐等家中不常見的材料。回到家中，他把魚頭先在油鍋裡炸穌了，然後在砂鍋中爆香蔥段薑片，把魚頭擺進去，鋪上香菇、筍片、大白菜等材料，加水慢慢煮；一段時間後，他又放進豆腐，還炒了一點肉片和木耳，連油一起都倒入湯中。印象中這個砂鍋魚頭燉煮的時間很長，父親一直等到魚湯煮到奶白色，才下寬粉和大量青蒜，最後才起鍋。

這是我少年時代罕見的奢華料理，首先感受到的是香菇、青蒜與魚湯交織的香氣，湯汁中吸收了魚頭與肉的鮮味，以及大量白菜帶來的甜味，豆腐和冬粉則飽吸魚湯精華，變得鮮美無比。魚肉因爲炸過而變得緊實，又浸在湯汁中而變軟嫩，我從來沒有吃過這樣美味的料理，我們都沒有想到平常不進廚房的父親有這樣的手藝。

餐桌上的他鄉

這恐怕是超過五十多年以前的往事了，那是除夕夜，母親突然興沖沖地宣佈，我們今年不吃老掉牙的年菜，我們不吃雞，不吃香腸，不吃年糕，這次我們要吃「思奇亞奇」（すきやき）。

那時候我們這些大大小小的小孩可能都沒聽過「壽喜燒」這個名字，而母親口中跑出一些日文也是正常的事，我們聽著發音，跟著噘著嘴說「思奇亞奇」，用日文描述的事物通常意味著比較「高級」，我們也跟著很高興，想著今年年菜將有些變化，我們要吃「思奇亞奇」了。

那一年，父親不在家；我現在已經記不得他爲什麼不在，極可能就是另一次病危的住院，留下一個孤獨的母親強顏歡笑帶著六個小孩過年，而那時候的母親，比今日的我還要年輕十多歲。

但畢竟是喜氣洋洋的年節日子，母親還是顯得興致很高，她不用家中的餐桌，先在地上鋪了塑膠布，模仿榻榻米（搬離台灣基隆老家之後，我們就不再住有榻榻米的房子了），把炭火爐架在地上，又把大燈關掉，點上蠟燭妝點氣氛，她把各種蔬菜、肉片一盤盤擺在地上，好像要吃火鍋的模樣。我們都坐在地上，拿了枕頭當墊子，媽媽給了我們每人一個碗和一只生雞蛋，我們都好奇媽媽接下來要怎麼教我們吃思奇亞奇？

媽媽要我們把雞蛋打在碗裡，然後加了一大匙糖下去，用筷子拌勻；媽媽在爐上一個平底鍋中放進水和醬油，也加了一小匙糖，然後她把肉片（用的是豬肉，那時候台灣人家裡一般不吃牛肉）放下去，略熟之後拿出來，要我們拌著雞蛋吃，我們都輪著吃了一回。

但那味道太奇怪了，加了糖的雞蛋和豬肉完全不合，大我一歲的哥哥鼓起勇氣發問：「沒有沾醬嗎？」媽媽歪著頭認眞想了一會兒，猜想似地：「用

所司（ソース），所司就是喔司（お酢，日文醋的意思），來加一點喔司。」

小孩子們全叛變了：「唉呀呀，這樣已經夠奇怪了，還要再加醋，不要啦！」

媽媽勉強又試了一回肉，她自己也知道味道非常奇怪，她低聲說：「奇怪，我小時候日本老師說是這樣吃的呀！」但我們幾個小孩都覺得吃不下去，跟我們想像的日本「高級料理」不太一樣，有一、兩個小孩顧不得禮貌，忍不住說出：「這個思奇亞奇，不好吃。」

母親紅了眼睛，辯解似地說：「沒法度，你爸爸從來也沒帶我吃過思奇亞奇，我也不知道怎麼做呀！」她只好站起身，打開大燈，進廚房把全部材料煮成一個大火鍋，我們覺得自己闖了禍，除夕夜裡惹母親傷心，全家人圍著圓桌默默吃了一個罪孽深重的年夜飯。這件事距今已經五十多年了，但我總覺得歷歷在目，母親最初的興致勃勃到最後的哀怨神情的影像，一直在我心中揮之不去。

多年之後，我來到東京淺草一家牛肉壽喜燒的老店，看穿著和服的服務生把平底鐵鍋刷上油，下甜醬油和水，然後把大片牛肉放進鍋中輕涮，再用長筷夾到我們面前的盤中，我們的面前各有一個小碗，碗中打了一個生蛋，我們拿燙涮後的牛肉沾著生蛋吃，那霜降牛肉柔軟多汁，生蛋則滑潤適口，而且稍稍減低了浸在醬油中的鹹味。我在心中輕輕嘆了一口氣：「原來是這樣的味道。」

我那位沒有機會出過國的母親，僅憑小學時聽日籍老師對「壽喜燒」的描述，就「幾幾乎乎」都做對了呢。她知道要用糖，可惜她錯把糖放在雞蛋裡，而不是涮燙肉片的醬汁裡，加上用的是味道不同的豬肉，奇怪的滋味讓我們完全無法接受這「異國情調」的思奇亞奇，那是母親引以爲憾的一件往事。

是呀，異鄉的食物有時候不容易從想像而來，你必須有機會「見識」它的眞正面目；但在那個資訊封閉的時代與社會裡，我那位受教育機會無多、不曾出過遠門的母親又要如何去見識一種異鄉的食物？

話雖如此，你不去敲外人的門，外面卻有人要「破門」進來，很快的，我們家的餐桌上也開始要起巨大的變化，陌生的食物也開始來到我們的餐盤之中。

其實也不奇怪，那是因爲「通婚」的緣故。我的外祖母早逝，身爲長女的母親必須姐代母職照顧年輕的六個妹妹與一個弟弟；我那位極其聰明的母親，覺得沒有母親的女孩嫁到別人家有時會受到婆家欺負，她力排衆議，把幾個妹妹都嫁了隻身來台的「外省人」。這在鄉下並不是一個很受贊同的主張，有時候鄰居會跟她說：「你的妹妹好手好腳，又長那麼漂亮，爲什麼要嫁給阿山仔？」

但媽媽的決定證明是極具智慧的選擇，我的兩個阿姨嫁給了中興新村台灣省政府的公務員，後來建立的家庭都幸福美滿。一方面沒有公婆，家庭單純；一方面這些離鄉背井的外省先生珍惜得來不易的姻緣，對嬌妻與子女都極其疼愛，家庭氣氛是和諧親愛的。

另一個意外收穫是，異鄉人帶來異鄉的食物，我們家的餐桌就不再只是農村台灣人的菜色了。兩位新來的親戚都是大陸北方人，他們帶來的是我們不熟悉的麵食文化；山東人姨丈來家裡教我們怎麼全家包餃子（還送給我們擀麵棍），又讓我們知道餃子餡料千變萬化，可以有多種組合。姨丈又有耐心地教我母親如何做饅頭與包子（一個講山東腔的國語，一個只會閩南語，溝通困難是可以想見的），使麵食變成我們餐桌上的「新日常」。

當我們過年過節到姨丈家裡去作客，我們又看到不曾出現在台灣人桌上的食材與料理，從青椒牛肉絲到酸辣湯，從炒臘肉到粉蒸丸子，這讓我們大開眼界，也讓我那位本來就很聰明的母親產生各種學習模仿和創作靈感，後來連我們帶到學校的便當，內容也和同學都不一樣了。文化混血，的確是創新的重要來源。

這是我們最早經驗到的「飲食文化輸入」，我們的味蕾被開拓了，我們買菜的眼界也改變了。當然，同樣的故事也發生在「外省人」家裡，嫁過去的阿姨走進廚房，山東人、河北人的餐桌上也出現芹菜炒花枝、蚵仔煎之類的台灣美食了。

過了不久，小孩長大了，外出讀書，看到也吃到完全不一樣的食物，他們又帶回來不一樣的飲食想像；第一位帶回他鄉食物的是我的大姐，她到台南讀大學，成了家中第一位「見多識廣」的孩子。她走進廚房幫忙，想的菜色和母親已經截然不同，我生命經驗中第一次的雪菜肉絲麵和酸菜拌麵，都出自大姐之手。然後我們走得更遠，年輕一代開始出國留學或旅行，帶回來各種異鄉的食物想像，相聚的時候我們桌上開始有日本料理、泰國料理、法國菜、義大利菜、土耳其菜，餐桌上的菜色已經成了我們家人「見識的總合」，五十幾年前母親試圖想要複製壽喜燒的傷心往事，我們已經很久沒有提起了……。

馬鈴薯沙拉

不久前來到上海參加活動，朋友邀約相見，知名美食家沈宏非（人稱沈爺）安排在一家精緻小館聚餐，席上有幾道菜讓我想起出身杭州的岳母的家常料理，心底有一絲絲懷念。

前菜當中有一碟不起眼的菜餚，是上海人所稱的「土豆色拉」，也就是台灣人說的「馬鈴薯沙拉」，味道與岳母所做極爲相像，也忍不住讓我想起這道菜的身世流離與演化。

岳母家裡的馬鈴薯沙拉承繼的是上海西餐的傳統；上海的西餐和日本的「洋食」一樣，都有歐洲的原始來歷，也都有「在地化」的一些調整，現在已經完全融入兩地一般人的生活之中。

岳母家的馬鈴薯沙拉，做法簡單，把馬鈴薯入水煮熟切丁，白煮蛋也切丁，加上美乃滋（蛋黃醬）；其他材料則有熟火腿（哈姆）、胡蘿蔔、小黃瓜或是豌豆，有時候也加入蘋果，都切小丁混入，用蛋黃醬拌勻卽可。這道菜現在做起來已經不麻煩，你可以買市售的美乃滋回來加工調味，主要的工作就只是把材料煮熟切丁；但從前做這道菜重點是做蛋黃醬，蛋黃加白醋再一點一點加沙拉油去打，直到完全融合滑順爲止，這是頗費工費勁的一個過程。

上海這道家常菜馬鈴薯沙拉，和羅宋湯、炸豬排一樣，本來都是二十世紀初的上海西餐廳的名菜（譬如「紅房子」或「德大西菜社」），後來流入尋常百姓家，才成了一般家庭的桌上餐餚。而這些西餐的流行，與俄國革命期間，大量白俄貴族流亡上海頗有關係。

就拿馬鈴薯沙拉來說吧，這道菜在歐洲多半會被稱爲「俄羅斯沙拉」，來歷也正是俄羅斯，但在俄國本土則稱爲「奧利維耶沙拉」（salat Olivie），名稱是從發明這道菜的廚師而來。「奧利維耶沙拉」的原貌比後來的版本豪華很多，除了我們現在常用的馬鈴薯、雞蛋、胡蘿蔔、醃黃瓜、青豆等，它還根據季節放入松雞肉、燻鴨肉、小牛舌、小龍蝦和魚子醬，而沙拉所用的醬料除了蛋黃醬，還有紅酒醋和黃芥末。

這道以馬鈴薯爲核心的沙拉後來在歐洲其他國家也開始流行（特別是東歐國家），但大部分都是比較簡化的版本，不再用到珍貴的松雞與魚子醬，而是改用雞肉與火腿；傳到上海的西餐廳的，也是這個比較親民的版本。

我岳母的馬鈴薯沙拉就是從俄羅斯一路流離到上海，再由上海人流離到香港與台灣的一道菜，成爲許多江浙子女共同的味道記憶。有一次我們的家族旅行來到日本，在溫泉旅館的自助餐檯上，我的小孩和他的表哥們發現當中有一道馬鈴薯沙拉，味道竟然和外婆所做的一模一樣，感覺很驚訝，事實上，這只說明了「俄羅斯沙拉」的流離足跡遍及各地，上海只是其中之一。

可能我們也容易忽略，其實台菜當中也一直有這個馬鈴薯沙拉，而它的來歷正是從日本傳來，只是它並沒有像上海那麼流行（現在在上海，餐廳裡也不太出這個菜了），比較常見的是在台味十足的日本料理店；然而在台式麵包店裡，我們還是每天都可以看到各式各樣的蛋沙拉三明治，夾在麵包裡面的蛋沙拉就是馬鈴薯沙拉，雖然有的沙拉省去了其他材料，有的甚至省略了馬鈴薯，只用了白煮蛋和蛋黃醬，但它還是超簡版的俄羅斯沙拉。

我很小時候，可能還不足五歲，曾經有一次，我母親與阿姨興沖沖要做三明治，她們不知從哪裡找來柔軟的長型熱狗麵包，先在麵包中央劃一刀後，貼在平底鍋煎一下，內裡先塗一層當時很稀奇的牛油（牛油據說是跑船的人帶回來的，是一個黃底藍字的罐頭），然後再放入自製的馬鈴薯沙拉（我不知道媽媽和阿姨是哪裡學來的，它只有蛋黃醬、白煮蛋和馬鈴薯，味道簡單清爽），最後再放入切片的小黃瓜和熟火腿，這是我前所未見最奢華的食物，那滋味美妙極了，牛油的香氣和馬鈴薯的口感，都令我難以忘懷；顏色也美極了，沙拉是白色的，火腿是紅色的，小黃瓜是綠色的，構成圖畫一樣的視覺感受。但也有可能那只是一個被放大的美好回憶，我們家後來就變得艱困了，類似的奢華再也不曾出現，那充滿異國情調的沙拉三明治，也就變成我童年記憶裡一個極特殊的畫面與經驗。

多年之後我來到日本旅行，在麵包店裡看到和母親手做的幾乎一模一樣的三明治，熱狗麵包裡夾著馬鈴薯沙拉，上面放著新鮮小黃瓜片與哈姆切片，母親興致勃勃想要複製的異國風情，原始的來歷顯然就來自這裡。

在日本，馬鈴薯沙拉的應用很廣，吃各種洋食的時候，餐盤內常常有一坨馬鈴薯沙拉在一旁做為配菜（有時候還會用冰淇淋勺子舀成球狀），這在從前台北一些有上海血源的西餐廳，像已經歇業的「中心西餐廳」，也可以看得見。

而我在日本旅行時，早上喜歡四處去尋找家庭式小咖啡店所提供的早餐，這樣的早餐通常稱爲「模寧古」（モーニング，也就是英文的morning）。咖啡店會製作一些簡單的早餐，重點則在最後附上的一杯又熱又濃的咖啡，而整套「模寧古」往往只比一杯咖啡貴一點點（譬如點一杯咖啡要四百圓，而一套模寧古可能只要四八〇圓）；常見的早餐內容則可能包括一片現烤的厚土司（塗上香濃的融化牛油）、一個放在容器上的白煮蛋、以及一小碗馬鈴薯沙拉。

這些場合的馬鈴薯沙拉內容比較完整，都是有胡蘿蔔、小黃瓜、火腿丁和豌豆的，但在其他地方，譬如在速食的三明治裡，馬鈴薯沙拉通常被簡化成馬鈴薯、雞蛋和蛋黃醬，其他都省略了。現在，日本連鎖咖啡店或便利商店裡也流行一種「雞蛋三明治」，它的材料簡化到只剩切碎的白煮蛋和蛋黃醬（台灣的蛋沙拉三明治顯然也是起源於此），但吃起來仍然是十足「俄羅斯沙拉」的經典味道，這實在是太神奇了。

白灼豬肉

在我小時候的印象中，母親做菜時並不另外熬煮高湯，原因可能還是成本考量，窮人家一葉一莖都要撙節使用，把食材拿來準備湯水大概是奢侈之事。但煮湯總要湯水有點滋味，所以大碗湯中丟兩片肉片、一塊排骨，或是兩隻帶殼蝦，都是積極作爲；缺乏材料時，兩片筍乾或一點蘿蔔乾，甚至是一點花瓜蔭瓜，都能帶給湯水一抹鮮甜；如果連這些也沒有，下一匙味精，起鍋後滴兩滴麻油，也是拯救清湯如開水的不得已辦法。

到了過年過節，母親手上有時有雞有時有肉，食材寬裕，她的創造力就發揮了。大部分時候，她做的幾乎都是「一石二鳥」之計；譬如把一條五花肉放入清水中滾開，肉熟卽起，清水已成爲清甜可口的肉湯，再把大黃瓜用滾刀切塊，入湯煮熟至略呈透明狀，這是一碗極其鮮美的大黃瓜湯，黃瓜有肉味加持，到口卽化，湯中則加上大黃瓜的果香與甜味，上桌時滴上兩滴芳香撲鼻的麻油，這道樸實的農村湯品對我來說根本就是貢品。

白斬雞也是如此，母親若有一隻現宰活禽，她的首選也是白雞，用近滾非滾的熱水把雞「浸熟」，要斬切開時雞肉剛熟而骨中帶血，才能算是恰好的熟度。雞隻取出放涼時，那鍋浸過雞隻的淡味雞汁就是昔時的美味高湯，我們那時候沒看過也不能想像把雞隻放在砂鍋裡熬煮多時去取得濃醇雞湯，爲了雞湯，放棄整隻可食的雞肉，這是多大的浪費奢華呀！另一方面，也許因爲雞湯珍貴，讓我們味覺變得敏感，一點點鮮甜就讓我們吮指咋舌，覺得幸福無比；但享有濃厚高湯的世代卻變得貪濃無厭，像日本拉麵裡強調濃郁肥滿的豚骨高湯，有些拉麵店的湯頭根本一味求濃、俗不可耐，對味覺也根本就是重拳霸凌，無一點矜持含蓄的雅意，我們又要如何討論「大味必淡」的眞義呢？

哎呀呀，我講到哪裡去了？剛才說到那塊撈出來的五花肉呢？賦予一鍋清湯生命之後，這塊五花肉卻竟然還保有完整的身家滋味。如果要拜拜，它就成了上供桌的體面牲禮；如果沒有拜拜，我母親也不等它全部放涼，直接就切片上桌，肉片連皮帶肉，中間還夾著雪白如玉的肥脂，一整盤玉體橫陳；母親的白灼火候永遠是恰到好處，五花肉的中心部分還帶著微微的粉紅色，那是肉塊剛剛斷生的徵兆，肉汁飽滿，肉質軟嫩，沾著大蒜清醬油來吃（不是醬油膏，醬油膏太重了），簡直是我們能想像的最高美味。

這是我母親的白切豬肉，也是其他萬千位台灣母親的基本手藝，就這麼一塊白花花的五花肉，沒有花招，沒有調味，冷熱不拘，卻百吃不厭，可能是從前慢慢飼養的豬肉滋味自然濃厚，這麼簡單的手法也能帶來如今難以追尋的美味。

我曾經嘗試用同樣的手法想要找回母親從不失手的舊時味，發現不行，感覺豬肉的味道稀釋了，或者豬種或養豬方法已經不同了，今天我必須加上一點蔥薑與米酒，來去除一點腥羶，但豬肉的甜味仍然不足。我又試著買來自然放牧的豬肉，還是覺得不似記憶。也有朋友提醒我，極可能是記憶騙了我，那位不曾吃過什麼好東西的年輕人所記得的美味，根本只是想像之物。有一次，我發狠用了伊比利豬來做白切肉，結果效果驚人，豬肉不僅甜美，還有一股獨特香氣，絕對是值得品嚐的白切肉，只是它有一種異國風情，那就不是我想尋覓的母親之味了。

如今在台灣，要如何找到好吃的白切肉？以我的想法，在某些猶有古風的台式麵店（譬如台北涼州街的「賣麵炎仔」）的黑白切裡，我們還略見昔日白切三層肉的風情，但滋味是不能比了。今天尋找白切肉的滋味可能要另闢蹊徑，我覺得台北能夠找到最好吃的白切肉可能是位於永和「三分俗氣」餐廳的「白灼禁臠」；這白灼禁臠用的不是五花肉，而是油花均勻分佈的豬頸肉，老闆選料極精，用的是每日取得的溫體豬肉，白灼的火候永遠恰到好處，中心呈粉紅色，其餘通體透白，也用大蒜淸醬油（和我母親一樣）；與昔日相比，味道是更細膩了，只差少了肉皮。

但簡單直白的白肉並不是台灣人的專擅，四川人的「蒜泥白肉」也是另一個經典白肉料理，但在醬料上更爲講究；五花肉燙熟之後，淋上蒜泥醬汁，醬汁裡有蒜泥、薑泥、醬油、香油、糖、醋、花椒粉與辣油，講究的醬油還得事先煮過。四十幾年前，我剛到台北時，各種大小四川館子的蒜泥白肉都滋味飽滿，怎麼吃怎麼好；但近年來，我自己在台北已經很久吃不到像樣的蒜泥白肉了；有的是技術出了問題，大概是早期來台的川菜師傅凋零，新一代廚師沒有完全接到傳承，我有時吃到過熟的白肉（有些人只管把肉掛在竹竿上耍噱頭，卻不肯好好注意火候），有時吃到完全走樣的醬汁；但也有部分是肉的問題，這麼簡單的處理，本來就仰仗食材本來的滋味，食材一旦改變了，廚師也難以回天。

說起來日本也有接近的白肉料理，最像的大概是「冷涮豬肉」（豚の冷しゃぶ），拿好的黑毛豬肉切成薄片，在湯底（通常就是清水，但也有用柴魚高湯的）略涮一兩回，立卽取出冰鎮，食用的時候沾柑橘醋醬油（我也遇過沾梅醬的）；追求豬肉清甜本味，這概念和台灣人的白切肉是相似的，但台式的白切肉皮肉俱全，又可厚切，我總覺得更勝一籌。

但比起韓國人的白切肉，我卻有種感覺，韓式白切肉極可能把我們都比下去了。韓國人吃肉本來就很講究，不同部位、不同吃法都有不同的餐廳選擇，牛肉、豬肉都是如此。

以豬五花肉來說，韓國人有兩種常見吃法，有時烤來吃，通常就稱做삼겹살（samgyeopsal）；如果是白灼來吃，就叫做보쌈（bossam）；但這其實只是簡稱，因爲前者按字面意思就只是三層肉，後者也只是包起來的意思。不過在韓國，你說samgyeopsal指的是烤豬五花，說bossam就會點到一盤白切肉，附有泡菜，加上一籃生菜菜葉，讓你用菜葉包白煮五花以及其他調味料來吃。

我在首爾多次吃到好吃白煮豬肉，有的是韓國友人帶去，有的則是根據書本按圖索驥；有一次，出差在首爾，看到有一家店好幾本書都提到它，名字也好記，叫「開花屋」，位置離狎鷗亭站不遠，就和朋友摸索去了。店家裝潢有點時髦，還有好幾櫃子的紅酒，似乎是針對中產白領客層；我因為事先讀了書，二話不說就點了白煮豬肉。

料理端上來時，賣相甚佳，大塊白色豬肉放在方型大陶盤裡，旁邊放著陳年泡菜和菜葉包著的蘿蔔泡菜，並附上一碟蝦米醃醬（새우젓．saeujeot）與一碟味噌供調味用，當然少不了一籃各色生菜葉讓我們用來包肉。我取了一片葉子，挾了兩片肉，包一些泡菜，抹一點味噌，加一點蝦醬，捲起塞入口中，豬肉甜美帶著香氣，微辣帶甘的泡菜滋味與豬肉相互激盪，的確是我心中期待的白煮豬肉的美味，韓國人的確把豬肉的本味既保留也發揮了……。

春節年菜

那是一九六二年的春節前夕，我們剛剛從台灣北邊的港都基隆搬家到中部山城的南投縣；搬家的原委似乎是屬於大人的事，我們小孩無從操心，只是驚奇於景色、氣候、物產的更迭差異，當然生活環境與空間也是很不相同的，在基隆我被母親嚴格要求不許出門（我還太小，在基隆的家一出門就是車水馬龍的大馬路，太危險了），到了南投草屯農村，家門口就是池塘與一畦畦綠油油的水稻田，鮮少車輛，母親不再限制我的活動。而我第一天出門，就打死了一條不知爲何跑出冬眠期的昏昏沉沉的水蛇，贏得周邊鄰居小孩的尊敬，從此開啟了我「野孩子」的生涯。

搬到農村小鎮的時候，正值冬季，我對樣樣事物都感到無比新奇，譬如每天清晨起來，草地與田裡菜葉上佈滿白霜，而田地裡的富饒也讓我內心驚嘆。除夕早上父親出門去採辦一些年貨，回來時我遠遠看見他手上提著滿滿的收穫，我向他飛奔而去，靠近時發現那是大量的某種蔬菜，父親笑呵呵地說：「你們看，這麼水（漂亮）的刈菜（芥菜），一斤只要一毛錢。」我從他手上接過來一部分的刈菜，感覺到那沉甸甸的重量，每一株都是翠綠欲滴而且巨大肥美，葉片上還淋淋地掛著水珠，應該是早上才從田地裡採下來的吧？

我們住在基隆時，年菜裡大概也少不了這個名稱吉利的「長年菜」，但顯然我不曾看過這樣大的數量，盛產季節，一斤只要一毛錢，便宜到好像不要錢一樣；那是我最初的鄉村經驗，父親笑呵呵提著刈菜從遠處走回來的畫面，卽使已經過了六十年，在我腦海仍然像昨天早上一樣清晰。

那一大把一大把翠綠欲滴的刈菜，後來卻成爲年復一年小孩心目中的年菜惡夢。本來到了過年，卽使是最艱困的歲月，母親總是設法張羅到一些平日不易得的豐盛菜餚；我們總會有一兩隻白斬雞，母親把雞隻浸入滾水中，浸到剛好斷生，雞肉柔軟多汁，剁開的雞骨則還有一絲血水（母親總是煮得剛剛好，我從來沒有見過她煮得過熟或不熟）；我們也總會有一塊白煮的五花肉，那是拜拜必須有的牲禮，但也永遠柔嫩甜美，用來沾大蒜醬油，而且還因此有了一鍋鮮甜的湯底用來煮大黃瓜湯或筍湯；我們也一定有一些台式香腸，煎得焦香撲鼻，配著蒜片來吃，鹹甜相間，美味不可名狀；也一定有一大盤炒米粉，拌著母親現做的滷汁，那也是百吃不厭的滋味。

但家中人丁旺盛，眾多稀有美味的菜餚大部分在過年第二天就吃得差不多了，那時市場還不開門，無法添補新菜，雞肉香腸都吃完了，只剩下那一大鍋永遠吃不完的「刈菜鍋」，一次又一次反覆加熱，最後竟流露出一股陳腐的氣味，我們看著這道每餐飯都端上桌的萬年年菜，心中感到畏懼，不但胃口不佳，有時候甚至盼望過年趕快過去……。

很多年後，我在香港一家老牌潮州館子重新吃到這道費時燉煮的芥菜鍋，那熟悉的味道竟然讓我覺得美味至極，跟我記憶中的恐怖年菜很不一樣，我有點弄不明白是怎麼一回事。我後來領悟，也許燉煮刈菜在滋味上一點問題都沒有，問題出在它不該每餐飯都出現，誰叫它一毛錢一斤呢？

後來我有兩位阿姨都嫁給了在台灣省政府上班的流亡外省人公務員，我們家的年菜開始起了「文化交流」的變化。兩位新來的姨丈都是擅長麵食的北方人，他們會說：「唉呀，好吃不過餃子呀。」有一次，大年夜裡，三姨丈就來教我們包餃子，我們也學會了新的吉利話：「過年夜吃元寶呀。」三姨丈教我們絞開高麗菜的水份來做餃子餡，教我們擀餃子皮，我們家裡沒有擀麵棍，只好用酒瓶來充當擀麵棍，但大夥做得開心，餃子也的確好吃；過了兩天，三姨丈還特地送了擀麵棍來給我們，麵食也從此正式傳到我們家的過年餐桌上。

等我自己結婚之後，結親的家庭又是另一家「外省人」，這是來自江浙地方的南方人，年夜飯和我們家以及我們的北方親戚也是不同的；岳母家年夜飯桌上沒有白斬雞，但總有一道「如意菜」，它是我不曾見過卻深深著迷的。我後來結交各種江浙背景的外省朋友，發現人人家中都有這一道菜，只是名稱各有不同，有人叫它「什錦菜」，有人叫它「十香菜」，也有人因爲它是素菜而叫它「十素齋」，內容大同小異，各家有各家的特色，但似乎各種版本都好吃。

我岳母家的版本用的材料有花瓜、醃薑、豆干、百頁、方型油豆腐、酸菜、胡蘿蔔、黑木耳、黃豆芽等，全部細切爲絲，起油鍋把所有材料炒在一起，用醬油、鹽、糖調味，我太太告訴我一個秘訣，就是可以把花瓜的醬汁一起混進去炒，會多出一些鮮甜滋味……。

後來我自己開始學做菜，一開始做的都是「外國菜」，主要是身邊能幹的女性太多，做「家常菜」最危險，太容易被看出功夫不到位。做了幾年之後，有一天我突發奇想，也許我可以來擔當年夜飯的重任，家庭主婦辛苦了一整年，我爲什麼不讓她們全部休息一天，而讓我來準備所有的年菜呢？我把這個構想告訴回家過年的家人，姐姐嫂嫂們全部投票贊成，她們全部樂意在一旁喝香檳，看我一人出鋒頭或者出洋相，也不介意年夜飯是否搞砸。結果我端出滿桌的異國料理，一樣的豐盛美好，只是和傳統年味頗不相像；我母親雖然也滿心歡喜接受這種「異國年菜」，卻也不免嘀咕：「拜天公和拜祖先的牲禮要怎麼辦？」我說：「也許天公和祖先偶爾吃一次西餐也不錯。」

我太太王宣一辭職回家成為全職家庭主婦後，常常想到她那些還在職場奮鬥的姐妹淘們。她說職業婦女回家過年還要忙著做年菜，實在太辛苦了；她想到她可以做一些年菜讓朋友帶回家，那就少了一些工程。連續好多年，過年之前我們家像是年菜工廠，她做大量的紅燒牛肉，做大份量的「如意菜」和素雞，更一次做數十盅的佛跳牆，然後她把這些菜分裝好，一份一份送去給她的姐妹淘，交代她們如何加熱回溫，讓她們帶回去過年，有了這幾道年菜做為基礎，她的朋友們可以輕鬆許多。

不久前，我又想到宣一做的這些事，我覺得我也應該承繼她的工作；我發奮圖強，做了大份量的紅燒牛肉，又做了幾盅佛跳牆，想到一些吃素的朋友，我又做了一些「素佛跳牆」，一位昔日老同事自告奮勇連夜幫我分送各家，雖然我做的規模比宣一還小得多，但第一次這麼做，我彷彿覺得她的生活風貌又回來了，她的感染力也還在，她那種永遠讓朋友開心的行動彷彿也還可以繼續下去……。

家庭菜色

從前每個家庭都有自己的菜色，有時候我們就稱它是「媽媽的味道」；但媽媽做的菜也常常是從「她的媽媽」而來，所以有一些國家（像韓國或者義大利）就直接說它是「阿嬤的味道」。當然，祖母也有她的母親和祖母，所謂祖母，指的不過是比媽媽更源遠流長的滋味傳承。在那個女兒跟著母親在廚房一起活動的時代裡，學會媽媽做的菜（也就是家庭滋味的源頭），似乎也是自然而然的事。

我太太王宣一在她的《國宴與家宴》裡有一篇文章叫〈學做菜〉，文章中說她很難回答朋友問她：「妳從什麼時候開始學做菜的？」因爲那時間點不是明確的，她說她從小跟著母親去菜市場、或在廚房裡轉來轉去，看著媽媽

「青菜買來摘下嫩葉、豬肉買來拔毛去皮、活魚買來開腸剖肚去鱗抹乾，一道道程序，看多了再跟著演練也就會了……。」

小女孩在廚房裡跟著母親打轉，有一天，也許媽媽在忙，就對小女孩說：「你去把鍋裡的青菜幫忙炒一炒。」小女孩就踮起腳尖依樣畫葫蘆把青菜在鍋裡炒了一炒。又一天，媽媽說：「你把爐上的牛肉攪一攪，別讓它焦了。」她就爬到爐上把牛肉在鍋中攪一攪。沒有正式的教導，沒有正式的學習，沒有份量比例，沒有順序步驟，小女孩只是「耳濡目染」，家裡的「紅燒牛肉」、「海參燴蹄筋」、「醃篤鮮」、「蜜汁火腿」等大菜小菜，也就「微分」式地一點一滴流傳了下來。

在我的上一代，在家裡學做菜大體上都是這樣自然而然的事。但從我的世代開始，有了國民義務教育加上升學競爭，人人都必須「停止『教育』去上學」（英國作家蕭伯納的妙語），有些人在成長階段忙著念書補習，就錯過了向母親或祖母「自然學習」的機會，因此就變得不會做菜了（「不會做菜」，這在從前是不能想像的事），有的人或者後來才開始學習做菜，做出來的菜色有時候就跟母親或祖母沒什麼關係了。

我的二姐小時候讀書出色，考試永遠第一名，大家都捨不得叫她做家事，隱然擁有某種「家事豁免權」，雖然她還是很乖巧地主動幫忙掃地、洗碗，但好像做菜就沒怎麼學了；後來她結婚生子，出國念書，在海外為了省錢求生存，什麼都得學會；她也就變得能烤餅乾、包餃子、做披薩、甚至做潤餅皮（我也只是聽說，並沒有親眼見過），但她的菜色自成一格，看起來和我媽媽的菜色關係就不大了，也因此就沒有可辨認的家庭傳承滋味了。

我有一次讀書讀到雲南貴州苗族人「背扇」的故事，背扇是苗族女人用來背小孩的「背帶」，經常做成扇狀，所以又稱「背扇」；苗族的背扇用刺繡、蠟染、織錦等技法，精心製作而成，非常美麗，是苗族人民很重要的工藝遺產，現在也成了收藏家的蒐集對象。這些背扇，製作費時，常常苗族女人在少女時期就開始編織刺繡，花費多年才完成，嫁人生子後就可以用上。

但後來社會生活型態改變，苗族小女孩去上學或打工了，就沒有隨著媽媽學做背扇的生命階段，這項手工藝型態，現在就面臨失傳了。

我曾經在文章中說，當今社會已經有很多人失去自己做菜的能力，這是一個值得探討的大問題；其實失去做菜能力，最重要的原因就是失去原來傳統生活裡的「學習安排」。現代社會把人生少年發展時期拿來接受國家提供的「公共教育」，這當然是一個重大的社會進步；但無意中卻破壞了古時候生活技能學習的安排（利用小孩在廚房裡與母親相處的自然學習），「食育」因而消失在我們的成長歷程中，如今反而需要有心人另外出來倡導了。

我有一位企業家朋友事業龐大，他投入在事業上的時間精神不可勝數，但他有一次對我說：「等我退休之後，最大的願望就是希望能夠伙食自理。」這句話讓我印象深刻，一方面這位企業家追求動手的精神令人欽佩，一方面也令人感嘆「動手做飯」原來已經「疏離」到這個地步。

有了「家庭菜色」，遂有了「家庭認同」。家庭認同（或者「原鄉認同」）

某種程度是根據「家鄉味」來的，這家鄉味有時候源遠流長，可以追溯到遠古時期；但有時候家庭滋味因為「通婚」或「流離」，發生變異，歷史有時並不遙遠。

就先拿流離來說吧，我每次有機會到馬來西亞旅行，都有強烈的食物歷史感觸，華人漂流南洋，食物卻隱藏清晰足跡；閩南人有閩南人的料理，廣東人有廣東人的料理，海南人有海南人的料理，客家人有客家人的料理，即使離鄉背井，風土有別，食材有異，他們仍然在異鄉「複刻」了家鄉的滋味，我們也仍然可以從食物辨認他們的祖先來歷。

再拿「通婚」來說吧，通婚帶來「文化混血」，創造出兩種滋味的混同；在馬來西亞，我們看到「娘惹菜」正是通婚帶來的文化混同，創造出強烈南洋香氣，就又有華人概念的全新飲食系統，幾乎可以說是「中食為體，南食為用」。我在台南吃到所謂的「外省麵」，其實是北方人的清湯白麵條加上一大匙的肉臊；白麵條來自於「外省」固然可以覺察（台灣人本來是吃黃色鹼麵的），但那一大匙的肉臊卻又「台」得可以。這個「外省麵」，不管你到哪個「外省」都找不到，只有在台灣本地才看得到這樣的混血。

「流離」有時候也帶來創造，我的岳母來自杭州，家裡所做的菜當然保留了江浙菜系的口味；她帶了味覺的記憶南漂而來，卻要在台灣的菜市場裡拼湊出家鄉的味道。本來上海菜裡有一道「馬蘭頭香干」，台灣找不到馬蘭頭，她只好尋求替代，最後她用了茼蒿或山茼蒿來代替，滋味依稀相識，略得精神，但因爲沒有馬蘭頭，菜名不好沿用，只好另取新名叫「翡翠豆干」。

流離之際有時候也會出現特殊歷史情境，台灣的「眷村菜」可能是一個例子。一九四九年國民黨政府流亡來台，帶來超過百萬人的部隊、文官及其眷屬，其中人數衆多的軍人安置最爲困難。當時國民政府蓋了大量簡易的眷舍，讓軍人眷屬居住；眷村的房舍狹窄簡陋，自成天地，各種省分的人種混居一起，所謂的眷村菜（沒有明確定義），指的就是各種菜系混合，材料價廉樸實，不求「傳眞」（故鄉菜系之眞），只求「實用」的風格。這樣艱困的環境，有了各種樸實美味，其中竟然也創造出「牛肉麵」這樣的偉大發明，如今風靡海內外，也算是意外的驚喜了。

輯二・廚房實驗

觸鬚之宴

多年前有一次，我興致勃勃想在家裡舉辦一個「觸鬚宴」；所謂的「觸鬚宴」，我指的是使用各種海洋「頭足類」軟體動物爲主題食材的一個宴席，台灣近海孕育豐富的「頭足類」食材，種類很多，口感各異，其實很適合做出各式各樣的料理來；有些人如果不常上市場，不見得都能叫得出各種「頭足類」的名字；或者有的人看到頭足類一律都把它們叫做「花枝」，有的人則一律都把它們叫做「墨魚」。

我自己是「頭足類」料理的眞誠愛好者，看到菜單上有頭足類食材，總忍不住要試著點來嚐嚐。而世界各國的確有不少爭奇鬥豔的頭足類料理，我在多次的旅行途中，慢慢體會到日本人、韓國人、義大利人、西班牙人、葡萄牙人都有許多令人讚歎的頭足類料理。有的民族也許頭足類料理的花樣不多，但僅只一、兩樣也偶爾令人驚豔，譬如說我在馬來西亞吃到的「參峇臭豆蘇冬」就是風味獨特、教人一吃難忘的頭足類料理（發音近似蘇冬，sotong，就是馬來人說的烏賊）；又有一次，我在峇里島的金巴蘭海邊一家很平凡的海鮮燒烤店裡，店中用椰子殼烤的紋甲花枝（其實是台灣人稱的「軟絲」），椰子香氣就迷人得不得了。

「頭足類」料理我是從小吃到大的，母親煮飯的時候，有時在電鍋內同時放進一盤「小卷」去蒸；每隻小卷都只有手指頭長，不去內臟，只加一點薑片與醬油，或許還有一點米酒，飯煮好時，小卷也蒸熟了，滿滿一大碗，是價廉物美的恩物。我每次把一整隻小卷塞在嘴裡，再慢慢把小卷體內的鞘從嘴裡抽出來，小卷的墨水沾染了我的嘴唇，總是吃得唇牙皆黑。我們家裡也常吃「芹菜炒花枝」，三阿姨把花枝鋪平細細刻花，切片後與芹菜大火快炒，刻了花的花枝片在大火中會立刻捲曲起來，三阿姨還會在芹菜中放進幾片辣椒配色，炒出來的菜綠白相間加上紅色點綴，非常漂亮。

等到我離開鄉下，剛剛來到台北讀書，在當時的士林夜市裡吃到「生炒花枝羹」，覺得很美味；後來我父親到學校看我，我偕他一起同嚐「花枝羹」，本想討他歡心，但捕魚人家長大的父親一吃就皺眉頭，說：「這不是花枝，是透抽。」大部分時候我吃的那攤花枝羹，肉厚而硬，應該是花枝無誤，但那一陣子可能花枝貴而透抽便宜，攤販就改用透抽，透抽肉薄而軟，口感略有不同，羹湯其實一樣美味；但父親生性耿直，覺得「花枝羹」名實不符，面露不豫之色，弄得我也意興闌珊，草草結束了一場難得父子相聚的時光。

此後我對夜市裡的花枝羹有點情結，不太願意再去光顧，但這也沒有阻止我對「頭足類」食物的愛慕之情，我仍然繼續追索各色烏賊料理；譬如在東北角海岸，我嚐到白灼的活軟絲，潔白的肉身沾五味醬而食，做法簡單，卻新鮮甜美難以比擬；後來到了香港，在潮州館子裡吃「韭菜花炒吊桶」，吊桶就是小而短的鎖管，與韭菜花同炒，翠綠與白玉相映，十分好看，店家挑的鎖管，鮮脆有咬口，滋味也不凡。

有一次來到紐約，在一家義大利餐館裡吃午餐，心中想要簡單進食，只點了一個「章魚沙拉」，沒想到上菜時是一盤以芝麻菜（arugula）爲中心的綠葉蔬菜，上頭放著一整隻帶著焦痕的八爪章魚，章魚不大，約莫只比拳頭大一點，在木炭上烤過，又脆又香，讓我多年難忘；可是我只吃到這麼一次，後來就不曾在其他義大利館子吃到同樣的做法。但在紐約的希臘餐廳裡，我卻好幾次遇見類似的烤章魚，只是不是做成沙拉；可能在地中海一帶，簡單的烤章魚，只是料理的基本元素而已。

又有一次，我來到葡萄牙的波爾圖，按書中推薦來到一家餐廳，我也點了一道章魚料理；菜端上來時，放在一種叫做「卡塔布蘭那」（cataplana）的銅鍋裡，那銅鍋是兩個對稱的半圓型，可以相對扣緊，打開時熱氣蒸騰，中間是很大一整隻章魚腳，醬汁已近收乾，全部吸進章魚肉中，那道菜烹調精妙，醬汁似乎有肉湯與海鮮，滋味豐富，章魚煮得柔軟，餐刀輕輕可劃開，但章魚腳的表皮卻又有焦脆口感，似乎是先烤再煮，旁邊的配菜有馬鈴薯與長豆，吸收同樣的醬汁，都很入味，非常好吃。

「頭足類」食材普遍可見，一般而言也不昂貴，所以在高級料理（fine dining）或星級餐廳裡並不常相見（見到龍蝦或干貝的機會要多很多），我大部分時候都是在一些傳統家庭式館子裡與它相遇。有一次在韓國，朋友帶我去吃章魚料理，那是一盤盤醃得紅通通的章魚小塊，自己放到桌上的炭爐去烤，餐廳裡放眼看去全是老人與大叔，完全不見年輕人；章魚滋味焦香鹹辣，搭配燒酒完全合拍，但我的韓國朋友感嘆說，現在新一代不吃這些過時的傳統菜餚，恐怕再過幾年，沒有地方吃得到這樣的菜了。

我的「觸鬚宴」念頭，就是來自於多年對頭足料理的情感反映，你可以說這是一場「頭足動物禮讚」。我想從在各國享用「烏賊料理」得到的啟發，用台灣近海的頭足類食材，發展出一場宴席來。譬如在日本，我吃過許多精彩的「烏賊刺身」，我也想試試一種生吃的烏賊，我選的材料是在基隆和平島買來的「游水活軟絲」，殺好處理乾淨之後，先回到冰箱降溫，收縮它的肌肉，再把它片成薄片；我用新鮮海膽與醬油調成「海膽醬」（也加了綠芥末進去），把黃澄澄的海膽醬抹在軟絲薄片上，顏色大膽鮮豔又有絕妙滋味。

在韓國，我也生吃過頭小腳長的「飯章魚」（飯章魚爲いいだこ，是日本的稱呼，韓國人則叫它산낙지，sannakji）；大部分的人都對它在口中仍然蠕動印象深刻，但我卻對它的沾醬感到神奇（用了麻油和鹽，多麼簡單，卻又如此合理）。我從和平島也買了活章魚回來，把其中一隻仍在蠕動的腳切成薄片，我把章魚薄片貼在平底鍋上略微乾煎一下，再用麻油、花椒、蔥末和鹽做成滋味更複雜的沾醬，就成了向韓國菜致敬的新版本。

我用活跳跳的澎湖「脆管」來清蒸，跟我母親做的略有不同，我把整束青蔥拿來鋪在盤子上，清理過的脆管擺在青蔥上，下一點醬油和清酒，一點薑片，然後入鍋清蒸。我仿義大利人先做油醃的甜椒，再放入烤過的透抽，成爲一個沙拉；我也做了「白灼花枝」佐五味醬，又做了台式的「三杯透抽」與「芹菜炒花枝」；仿葡萄牙人的做法，我做了「章魚燉飯」；我又用章魚、五花肉以及蛤蜊做了一道「章魚燉肉」；最後，爲了要有一道湯，我模仿在日本北海道稚內市吃到「章魚涮鍋」，把活章魚腳切薄片放入昆布湯中輕涮，成爲一道湯品。用了五種頭足類食材，我因此有了十道菜的「觸鬚宴」。

鹽漬鮭魚

朋友家中做高檔食材進口生意，有一天突然通知我，說當天傍晚要送給我一條「冷藏的」紐西蘭國王鮭魚（king salmon）。這句話非同小可，鮭魚遠渡重洋，通常必須冷凍處理，才能運輸出口，平常我們買到的都是冷凍分切好的鮭魚；如果是未經冷凍的冷藏保存，那就意味著活魚殺好卽刻要包裝空運，另一頭的收貨人也必須做好等待準備，否則收到漁貨沒有立刻使用，又必須把它凍起來，不就白白浪費它的冷藏青春嗎？

這樣的漁貨來源通常是特別講究的餐廳才能享有的奢華，漁貨抵達立卽處理，當晚就來到食客的餐桌上，一般的家庭廚房是很難有機會得到這樣的食材，也沒有條件處理。我的朋友顯然是對我期許甚高，一整條新鮮國王鮭魚從天而降，當然令人喜出望外，但我要怎麼料理它呢？

另一個時間不等人的經驗，來自於另一位進口食材的朋友帶來的意外驚喜（請不要追問我爲什麼認識這麼多進口食材的朋友，我自己也答不上來，我認識他們的時候根本不知道他們家中有這樣的生意，我眞的不是故意的）。朋友捎來訊息要送我一顆剛剛空運抵達的白松露，她只撂下一句話：「我想你應該自己知道怎麼處理。」松露的青春譬若蜉蝣，香氣分分秒秒消散，一刻都不宜耽擱，當時時間已近黃昏，我緊急通知幾位愛吃的朋友，約好晚上較晚一點一起享用白松露宴（來不及等到週末了），我下了班趕去超市採辦其他材料，等到朋友到齊，我做了「雞湯浸蛋包」、「松露奶油麵」、「炙烤伊比利」、「清灼白蘆筍」四道菜，上頭都慷慨地刨上一片片的朋友牌白松露，並搭配了一道沒有放松露的清爽「干貝雪碧切」，大家一起讚歎這從天而降的天然恩賜。

回到未冷凍的新鮮國王鮭魚，漁貨到達也是黃昏，我下了班已經七點多，有點來不及也沒力氣找朋友來共同享用了。但我回到家，看到的是一個巨大的保麗龍保溫盒，打開來則是一尾身長超過一公尺、重逾二十公斤的龐然大物，躺在大量的碎冰和多包保冷劑當中。我知道必須立卽分解處理，否則就太可惜了，我拿出不常用的最大與最長的日式「出刃」與「柳刃」，那是日本人處理漁貨最重要的兩種「庖丁」（就是菜刀啦），先試著分解它。

我並不缺殺魚的經驗，雖然中式烹調常用全魚，我們比較少像日本廚師那樣動不動就要「三枚落」（把魚分解爲兩大塊淸魚肉和一塊中骨），當然不容易像日本廚師那麼熟練俐落；但我的三枚落的經驗還是有的，最常見的是驅車去北海岸港邊買「煙仔虎」（卽鰹魚）或竹筴魚，買回來做生魚片或「碎生魚」（たたき），那時候都必須先把魚肉片下來，多做幾次就摸到訣竅，知道片魚時要把刀刃緊貼魚骨，沿著魚骨一路向下，直到魚尾邊上爲止。但那些魚都比較小，這條魚卻是超過二十公斤的怪物呢。

我費了九牛二虎之力先用出刃把魚頭切下來，試著取魚肉的時候就知道自己的刀太小也太短了，刀身陷入魚肉之後石沉大海，完全感覺不到魚骨，掙扎了一會兒才觸到魚骨，我絲毫不敢大意地拖著刀緊貼魚骨一點一點往下移動，最後抵達魚尾，一邊的整大片魚肉終於被我取了下來；有了第一片的經驗，第二片看來就容易很多，不久後，我也取下了第二片魚肉。

但這整片魚肉實在太大了，連我最大的料理鐵盤也放不下去，我想了一想，決定把每一片切成四大塊，總共八大塊，每塊魚肉恐怕也都還有一公斤以上。一塊一塊先用保鮮膜包起來，放在料理盤內冰藏起來。然後我再把鮭魚頭分切兩半，冷凍起來，預備未來做鹽烤鮭魚頭之用，尾巴、中骨，以及周邊魚鰭的部分，全部分切好裝袋，以備以後或湯或烤，均可使用。經過半小時的努力，一條二十公斤以上的巨大鮭魚，就完全分解成一袋一袋或一塊一塊待用的材料了。

而那一整塊一整塊漂亮的生魚片品質的去骨清魚肉，我已經想好要做北歐式的「鹽漬鮭魚」（gravlax），這道菜也可以稱爲「醃製鮭魚」（cured salmon），但在很多時候，這道料理卻常常被誤稱爲「煙燻鮭魚」（smoked salmon）。在西式自助餐裡，不管是早餐或午晚餐，一整片鮮紅油亮的半生鮭魚，幾乎是必備的菜色；在各種西式料理裡，這種被稱爲煙燻鮭魚的應用也非常多見，用來做沙拉，或者搭配「班乃迪克蛋」，三明治也常以它爲材料，如果你愛吃貝果（bagel），塗上混合煙燻鮭魚和奶油起司（cream cheese）的塗醬，也是經典款式。煙燻鮭魚應用這麼廣泛，我爲什麼說它是一個「誤稱」？

事實上，被俗稱或誤稱爲「煙燻鮭魚」的，在調理過程中，完全沒有煙燻的步驟，鮭魚如果眞的經過煙燻，不管「熱燻」或「冷燻」，都會使鮭魚肉變硬變熟，沒辦法保留像生魚一樣的軟糯口感。我們平日吃到那種鹹香有味、柔軟綿密口感的鮭魚，其實是醃製而來。我覺得眼前這許多塊飽滿鮮豔的魚肉，除了保留一塊立卽當生魚片食用，其他最好的使用方法就是趁新鮮把它們醃製起來。

我雖然沒有做過gravlax，但在電視上倒是看過多回，而當今之世，有「谷歌大神」常相左右，很少有什麼知識是找不到的，我上網看了一下，就決定要做「蒔蘿原味」與「甜菜根鹽漬」兩種。第二天清晨上班前，我趕到台北濱江市場去買一大把蒔蘿（dill）和一個甜菜根（beetroot），再匆匆忙忙趕回家做菜。在大碗裡我用二比一的鹽與糖，加上一點胡椒，然後取出一塊魚肉，在鐵盤中用鹽糖混合物厚厚塗抹在魚肉各面，北歐人會加一杯烈酒「阿夸維特」（aquavit），我手邊沒有阿夸維特，我就加了半小杯金門高粱和半小杯噶瑪蘭威士忌，擺上大量的蒔蘿，然後用重物壓住放入冰箱冷藏，這樣我做了三塊；另一種做法，材料完全相同，只在最後再上下各加數片豔紅的甜菜根，一樣壓上重物，放入冰箱等待。理論上，這道鹽漬鮭魚你可以醃漬二十四小時，或三十六小時，或四十八小時，端看你想要的熟度，我自己傾向於要生一點，所以我一半醃漬二十四小時，一半醃漬三十六小時。

第二天早上（二十四小時後）取出鮭魚肉，抹去鹽糖，棄去蒔蘿與甜菜根，原味的鹽漬鮭魚是豔橘色，加了甜菜根的是深紅色，都很漂亮，鮭魚品質極佳，整塊魚肉泛出油光，極其誘人。那天已經來到週末，我本來就約了朋友來試我的「熟成五十五天的沙朗牛排」和「合鴨紅酒煮」，現在突然又多出了一道新奇菜色，雖然颱風已經登陸，台北風狂雨驟，但朋友們決定風雨無阻，還是冒險來嚐，大家對這道新鮮菜色嘖嘖稱奇，沒想到新鮮鮭魚製成的鹽漬鮭魚這麼脂滑甜美，把我們平日在餐廳裡吃到的全部比了下去。

煙燻諸物

一位從香港跨海來台做書報發行的大哥，得到我一點地緣上的小幫忙，堅持一定要請我吃頓飯表示感謝，我推辭不了，只好專程飛到香港給他請客，他說他也有一家自己的餐廳，等我到了指示的地點，才發現是一家法國餐廳，可讓我有點意外。

這位發行商大哥雇用了許多金盆洗手的兄弟，我曾到現場參觀他的報紙發行作業，清晨寒風中，一群打著赤膊、肩背上刺龍刺鳳的工人，推著板車分送剛剛抵達的新印報紙，每個動作都用小跑步，自動自發，一刻也不耽擱；發行商強哥說，這些歹路回頭的更生人，珍惜重獲工作養家的機會，如果你待他們以誠，他們肝膽相照，爲你賣命絕不皺眉。

這種重情重義的江湖黑手大哥，開什麼餐廳我都不意外，但開了一家服務生白衣黑褲打領結的優雅法國餐廳，就令我有點沒辦法有連結的想像。餐廳的法菜中規中矩，以傳統常見的bistro菜色爲主；強哥開了一瓶價格高昂的瑪歌紅酒，誠意十足，兩杯紅酒下肚，氣氛放鬆，我忍不住問起開法國餐廳的緣由。他說，工作打拚多年第一次休假，帶了老婆小孩去法國旅遊，愛上了法國人那種悠閒享受的美好生活，覺得自己夥伴平日工作辛苦，開家法國餐廳讓大家都能試試應該不錯，但法國餐廳廚師難找難管，所以他的餐廳以法國食材爲核心，以儘量不需要烹調技巧的菜色來供應。

譬如一上桌就來生蠔，全部從法國空運而來，生蠔只要打開奉上，無需複雜本事，把工作人員訓練好就行。但當晚我最印象深刻的菜色卻是擔任前菜的「冷燻鰻魚」，也是現成從法國進口的，食客點餐後，只要取出切片，稍加盤飾卽可。鰻魚肉厚結實，煙燻後有橡木香氣，煙燻前顯然曾先醃漬過，微有酒香與香草味，應該也少不了鹽與糖，因爲是冷燻，魚肉未經受熱過程，保留了一點生魚般的溼潤。這鰻魚的魚肉潔白，滋味淡泊優雅，比我以前吃過的各家煙燻鰻魚都好吃，讓我覺得很驚奇。

我向來喜愛煙燻之物，喜愛煙燻帶來的香氣；在英國吃早餐時，如果菜單上有「燻黑線鱈」（haddock）、「燻鯡魚」（herring）、「燻鱒魚」（trout），或者只說「燻魚」（kipper），都是我的首選；這些燻魚鹹香有味，搭配炒蛋和鬆餅（muffin）就是很有特色的早餐，好像日本人的早餐搭配的烤魚，並不是鮮魚而更常是「一夜干」一樣。

當然，英國早餐有燻魚很不錯，但我吃過的最好吃燻魚並不是英國，而是出自華人之手，從前香港「天香樓」的「煙燻黃魚」是我心目中最好吃的煙燻之物，黃魚魚肉細緻，煙燻帶來茶香與甜味，整條魚則金黃鮮亮，好像鑲了金邊似的，視覺口感都令人著迷。但江浙人或上海菜的頭盤菜裡所謂的「燻魚」，卻是經過油炸後或浸或煮，跟煙燻一點關係也沒有。

台灣人自己當然也有煙燻手法，老派的台菜餐廳，有時能做出很好的

「煙燻鯧魚」或「煙燻午仔」來，一樣有著金黃色澤，加上煙燻香氣，和常見的蒸魚或煎魚手法比起來，不但不遜色，有時還增添一種貴氣。

不，說貴氣是不對的，煙燻之物有時候也完全符合「庶民生活」的內容，姑且不說台灣路邊攤的「鯊魚煙」就是唾手可得的煙燻美食，如果有機會到宜蘭蘇澳，不妨試試「阿英小吃部」的「綜合魚雜」，在一大盤中擺滿各種魚的內臟，肝腸皮卵都有，魚種也包括曼波、鯊魚和旗魚。有一次，我去得較早，正好看到店家正在燻魚雜，一位大嬸在攤位門外一口灶前，用一隻大炒菜鍋，下鋪紅糖，上面鐵架上擺滿醃漬過各種魚部位，大火燒鍋，等紅糖燒熱起大煙時蓋上鍋蓋，只一會兒（或許才一、兩分鐘），掀開鍋蓋，街邊全是煙味和香氣，一大鍋的魚雜已經全燻好了。

這是「熱燻」之法，鍋中有高溫，煙燻同時也把食物烹煮熟了。熱燻要掌握火候，火過頭了食物就太乾了，也許「冷燻」是更好的方法。燻總是要煙，但要有煙而無溫度，我們就要製造一種沒有熱度的煙來蒸燻食物。我的瑞典朋友Niklas告訴我，瑞典人家家戶戶都有「煙燻房」（smoke house），冷燻熱燻都行，差別只在火的位置；熱燻的火通常就在食物下方，冷燻則需要一條長管子，火在遠處，把製造出來的煙通過管子冷卻，再燻製食物，有點像「低溫烹調」一樣，冷燻通常需要很長的時間，幾個小時甚至燻整天都是可能的。

華人做煙燻菜色，並不需要用到「煙燻房」，連「煙燻箱」（smoke box）都不用，通常都是一隻炒菜鍋就夠了，除非是燻很大量的東西（像臘肉），或體積很大的食物。我有一些朋友能製作很出色的煙燻菜色，有一次我收到何麗玲小姐親手做的「煙燻豬頭」，那是視覺震撼與美味口感兼具的佳作。

有一次我讀到一本日文食譜書，是教人在家用煙燻手法做下酒菜的（也教你怎麼用空紙箱自製一個「煙燻箱」）；食譜裡燻的都是現成之物，譬如魚板、熱狗、滷蛋、起司之類，大部分都是本來已經可吃的食物，只是再經幾分鐘煙燻增進香氣，加添喝酒的趣味。這本書給了我很大的啟發，有許多食物你都可以照原來的方法做好，再拿去快燻一下，多一分香氣與樂趣。譬如我本來做一道「紅糟烤肉」，把豬頸肉用紅糟醃漬過夜，用烤箱烤熟，香脆兼備，簡單好吃。後來我在烤好之後（當然也要減少一點火烤時間），再放進鍋中用茶葉與紅糖來燻，味道更勝一層。我也把滷過的綠竹筍、豆皮、豆干、溏心蛋都拿來煙燻一下，簡單的家常菜色突然間多了一種專業之感。

我自己最得意的煙燻菜色是「煙燻透抽」，先把透抽洗淨切大塊，用滾水汆燙幾秒鐘，半生熟狀態，塞入玻璃瓶中，用上好橄欖油、鹽、胡椒，加上羅勒以及大量紅椒粉（paprika）醃漬過夜，使它完全入味，再用二砂糖與「台茶十八號」煙燻兩分鐘；成品有極複雜的香氣，橄欖油的香氣、香草的香氣、紅椒粉的香氣、茶葉的香氣、煙燻香氣，有時候我還在架下放幾株迷迭香增添異國情調，半生熟的透抽本身獨有的口感，加上油鹽浸透的滋味，手法中西合璧，顏色金黃似橘，又好看又美味又可事先準備，是宴客席上非常討好的配角（當主菜好像還不夠份量）；或者如果我缺乏一道沙拉，準備一些各色生菜葉，把煙燻透抽切塊撒上去，再用醃漬透抽的橄欖油調製一個紅椒沙拉醬，滋味也是渾然天成。

便當派對

在台北市幽靜巷弄角落裡的「我愛你學田市集」，是一個不容易簡單說明的組織；這是由昔日台灣政壇金童羅文嘉夫婦所創建的獨特複合空間，裡頭有書店（賣一些奇怪的書），也常舉辦讀書演講活動；又有小農市集，你可以在那裡買到來歷清楚、高水準的農產品和生鮮雞鴨魚肉；店內還藏身一位滿身絕技的主廚蘇彥彰，本來也有一家餐廳，不過現在只做料理教室了，但主廚的手藝仍有各種熟食讓你買回家（你可以帶一大塊安格斯Prime烤牛肉回家嗎？）；店內也有各種充滿社會關懷意識的氣息與活動。這種奇怪而「不切實際」的純情商店，兩岸三地只有台灣看得見。

雖然說這個複合店是羅文嘉夫婦共同所創，不過依我私下不準確的觀察，美女老闆娘劉昭儀（人稱「瑞安街青霞」）的重要性應該遠超過政治金童老闆，這從美女老闆創辦的「便當派對」（又稱「便當趴」）就可以看端倪。

「學田市集便當趴」活動的底層是一種雙重的社會關懷，一方面關心小農（關心食材的來源與健康），一方面關心家庭（希望媽媽或爸爸回家做飯吃飯，讓家庭老少都有安心的食物）。但如今有太多家庭早已失去「在家做飯」的能力，一切仰賴外食，而許多簡易外食來源不明、加工方法可疑，長期在外吃飯其實對一般家庭是不健康的；美女老闆娘有鑑於此，不但每日把自己爲家人做的晚餐與次日小孩上學的便當全部公諸於網上，讓大家看到食材來源、得到食譜做法，並提倡一種「回家做晚飯」的美好家庭風氣。

爲了增加活動的「音量」、讓更多人感覺到在家做飯的重要，她更邀來各界名人，一起做便當；這些名人，有的是作家（像蔡珠兒），有的是政治人物（像還沒當上總統的蔡英文），有的是美食家（像莊祖宜），有的竟然是電影導演（像柯一正），也偶見職業名廚登場。名人便當主廚自己設計主題與菜色，由學田市集供應食材，名人到場做菜義賣，街坊鄰居或粉絲則自己帶便當盒來裝填（店裡不提供容器），義賣所得則捐給便當廚師指名的某一個公益團體……。

這當然是個有內涵、有意義、有情感，也有熱鬧的活動，我在一旁看也覺得很有意思；活動從二〇一五年開始了將近一年，想不到瑞安青霞就打電話來問我願不願意去「學田市集」做一次便當；好奇心加上愛湊熱鬧，也許再加上好勝心發作，我不疑有他就答應了。

看著其他主廚都有各種主題或食材名堂，而不只是做個便當，我也不得不想，應該出個什麼題材呢？正好當時我剛剛出版了我的新書《旅行與讀書》，心裡覺得有了靈感，不如就拿旅行來當做主題吧。

「旅行」做爲一個料理主題，在我身上其實也頗爲眞實，我的確是在旅行中受了各種味覺的啟發，因而對做菜有了興趣；我在旅行途中，經常找機會去上各種短期的「烹飪課」（cooking class），希望從當地料理的實作當中和街頭餐廳覓食做一個交互的印證。我的旅行當然也少不了各種食物的冒險，而且不限於美食，我對「他者」的奇異食物都是好奇的，譬如說，在納米比亞旅行時，我就忍不住好奇心，特地嚐了當地名叫「莫怕你」（Mopane）的毛毛蟲……。

但問題來了，「旅行」是一個太大的題目，你要怎麼樣才能表現旅行的寬廣和多樣呢？我的答案是，你不能做一個便當，你要做「兩個」。

我內心的意思是，旅行本來就是一種「相對文化」的概念，你的旅行讓你的「家鄉」有了一個「對照組」，也就是那個我們稱爲「異鄉」的。我們之所以旅行，或者相信旅行有價值，就是因爲它讓我們走到和家鄉不一樣的地方，在旅行地，人種不一樣，房子不一樣，神祇不一樣，服飾不一樣，食物不一樣，草木鳥獸不一樣，政治體制不一樣；通過窺探異鄉，我們才免於坐井觀天，才免於「世人皆如此」偏見，才知道世界與人生有另種選擇。旅行，理應是豐富多元的，只選一個答案就變種另一種專制，和旅行的原意是相違的。

但便當又是「一盤餐」（one plate meal）的概念，一盤或一盒之內，你必須滿足前菜與主菜、主食與副食的完整呈現，你要豐富又要緊湊，你要美味可口又要營養均衡，有時候你還要考慮「冷後可食」（這是日本人的便當概念），或者「覆熱可食」（這是台灣人的便當概念）。

等我把這些條件都想過之後，再考慮食材取得與菜餚製作的方便容易，我就列出了下列的菜單：

一、羊肉咖哩便當（北非、中東、印度）

①羊肉咖哩

②土耳其沙拉

③燻製軟絲

④大蒜蘑菇

⑤塔金花椰
⑥番紅花飯

二、打拋豬肉便當（泰北、越南、爪哇）
①打拋豬肉
②胡蘿蔔沙拉
③咖哩魚餅
④涼拌粉絲
⑤炒空心菜
⑥薑黃炊飯

第一個便當從北非、中東和印度取得靈感，第二個便當則是東南亞風情，但兩個便當其實都是「滷肉飯便當」的概念，只是我用碎羊肉咖哩和打拋豬肉來做爲台式滷肉飯的「異國情調版」，兩種菜色都用了碎肉，都賦予便當基本味道。兩個便當都搭配一個沙拉和一個蔬菜，關心家人的營養均衡，卻又有遠方的奇特香氣（泰式炒空心菜用了蝦醬和魚露，來自北非用塔金鍋蒸出來的花椰菜則用了咖哩粉）。兩個便當的米飯也分別用了番紅花和薑黃，熟悉的米食也就有了陌生的面貌。兩個便當還另外各加了兩種下飯的菜色，第一個便當用橄欖油和紅椒粉去醃製軟絲然後再燻，加上用大量大蒜和橄欖油去炒蘑菇；第二個便當則用魚漿調味做成炸魚餅，加上泰式聞名的涼拌菜餚，結合起來，我們彷彿就複習了一場遠方的旅行。

兩塊牛排

雙十一網路搶購大戰的時候，我也有幸搶佔一點版面；各大平面或電子媒體有的用了一點小篇幅報導我站在鏡頭前煎牛排的模樣；這位過氣文青大叔身穿圍裙，頭戴麥克風，揮舞平底鍋，儼然夜市裡「武市」叫賣者的模樣（「武市」是台灣俚語，如果你在夜市擺攤，陳列商品，靜待顧客上門，那是「文市」；如果你滿口話術，呼喝招徠，更兼動手演示，主動出擊，這就是「武市」）。

報導者或者把這則新聞當做花邊趣談，但也有人在網路上寫起評論，就寫成了「同情或嘲諷」的文字來，大意是說一定公司經營困難，連大老闆都得拋頭露面，下海煎牛排以求業績了。幸虧雙十一瘋狂購物節慶購買力實在驚人，幾千公斤的「和牛牛排」幾分鐘一掃而空，不然評論者更要嘲笑我了。

但這場「牛排小秀」其實是我向同事自告奮勇「爭取」而來。一方面我對電商販賣農漁畜產自始就充滿興趣，總希望打造出一條「從產地到餐桌」的網購路徑來。但生鮮食品需要一條漫長且蜿蜒的「冷鏈」（低溫管理的運籌），投資規模與工作難度頗高，這個願望遲遲不能兌現；這一次得到日本三井商社與台灣協力廠商的合作，做成產地直接進口完整一條龍的和牛供應，我感覺興致盎然，我跟我的夥伴們說：「和牛在網站開賣那天，我就來煎牛排吧。」

我說這句話並非出於愛出鋒頭的虛榮，而是覺得我確有學來的調理牛排技藝可與朋友參詳，或許購買牛肉的客人也有參考之效；事實上，那天在鏡頭面前，我所叫賣的兩種牛排手法，全部出於名家，也全部習自於日本主廚。

兩塊牛排，一塊切成四公分厚，一塊切成二公分厚，都是沙朗部位，和牛來自日本鹿兒島，爲了避免太肥，我選的是A4等級，而不是油花更富饒的A5；以我的經驗和感受，A5的和牛也許切成薄片拿來做壽喜燒最合適，甜美脂肪可以呈現非常美味，但做成牛排就太膩了（不然就要學習日本人吃鐵板燒那樣，只吃八十公克到一百二十公克）。我在家請客，如果選擇以牛排奉客，我常到台北知名肉商的「美福超市」去買他們的熟成菲力或沙朗，我最常選的是美國「蛇谷農場」（Snake River Farm）的和牛，它油花少一點比較不肥，非常適合牛排。但這次我得到的是日本上等肉牛的牛肉，覺得應該設法讓它有好的表現。有一次我有機會聽到台灣「牛排教父」鄧有癸先生的解釋，他說A5和牛如果要做成牛排，要略為保持低溫去煎，效果會比較好（我過去知道的，都是煎牛排前先把牛肉放在冷藏室外回溫，直至它回到室溫才開始烹調）；這個訣竅，我還沒有機會眞正試過。

四公分與兩公分厚的牛排，爲的是不同的手法；如果我在家裡，我可能還會把肉切得再厚一些，譬如六公分和三公分。六公分厚的牛排不好煎，主要是熟度不好掌握；但我師法的對象是日本的法國料理大廚北島素幸，他就是把沙朗牛排切成六點五公分來調理的人。

北島素幸是東京老派法國料理名店「北島亭」的主人兼大廚，這是一家我十分喜歡的餐廳；菜式是傳統法式，菜單每天更新，不拒重油濃味，滋味飽滿又兼價格合理。我多次造訪北島先生的餐廳，有好幾道菜都讓我頗難忘懷。譬如他把法式「康蘇米」（consommé）清湯做成果凍，下置新鮮生海膽與蓴菜，再在邊上圍一圈白花椰與生奶油做成的白醬，清爽美味，口感獨特，是一道別出心裁的料理。又或者他的「奶油香煎白子」，白子其實是鱈魚的精囊，被日本人視爲珍饈，我猜想法國人大概不食此物，但北島大廚用法國「奶油煎魚」（meunière）的手法來調理，白子變得外酥內軟，白子的鮮甜結合了奶油的香氣，也是一道令人回味無窮的料理。北島先生名菜很多，每次去都有驚喜，餐廳不大，有時候也不好訂。有一次，我請他容許我進他的廚房參觀，發現整個廚房掛滿大大小小的銅鍋，別無其他設備，連烤箱都沒有，所以菜色全部是用銅鍋在爐火上煎炙完成，眞的是手藝高超。

我後來買到由他示範牛排做法的《肉品料理百科》一書，發現他也是用一支平底銅鍋完成各種部位牛排的調理，當下就有強烈動機想要學起來。拿「沙朗牛排」來說吧，北島把它切成六點五公分的極厚片（一塊重約一點七五公斤，足供五人食用），調理前先用鹽和黑胡椒遍撒表面，在銅鍋內放少許油（我用的是橄欖油，只要一點點，因爲肉本身很快會出油），用小火慢煎，等到全體熱透後，再加入削下來的牛肥肉，使鍋內有更多油脂，仍然用小火，但可以把油脂反覆淋在肉上面慢慢加熱；等到肉的表面出現焦糖顏色，轉開大火，用一兩分鐘把兩面煎至焦香，立即取出靜置。由於這塊肉厚度很厚，靜置的目的是讓肉內的沸騰汁液繼續把肉芯部分煮熟；但這個牛排煎法的特色是要煎兩次、靜置兩次；煎完第一次靜置八分鐘後，再度回鍋，同樣用小火把兩面都充分加熱，各約三分鐘，然後取出再靜置，約莫還要八分鐘，才切開上桌。這時候，牛排表面焦脆帶香，內裡柔軟帶生，非常美味。

北島的手法是西式的，但日本本地也有衆多廚師調理的牛排有「日本風」，事實上在日本許多鐵板燒處理牛排，最後都會使用牛油、炸蒜片與醬油，那就是十足的亞洲風情，在歐美，你怎麼找得到「牛排與醬油」呢？

但我另外在書上找到另一個「和風」牛排的做法，這是來自日本東京知名餐廳「分とく山」（Wake-toku Yama）的大廚野崎洋光。「分とく山」是一家米其林星級日本料理店，也是我心儀的餐廳，我對他一道稱爲「鮑魚磯燒」的料理印象深刻，那是把鮑魚肝抹在用酒蒸透的鮑魚身上，再加上大量新鮮海苔去烤的鮑魚料理，香氣撲鼻，鮑魚軟嫩飽滿，令人一吃難忘。

野崎大廚的做法用的是較薄牛排，先小心剔去筋並修下脂肪，並在肉上用刀尖略爲穿刺；先把平底鍋大火熱至出煙，放入修下來的牛脂，並轉小火使它出油，取走油粕後，再改大火放入牛肉，反覆煎炙，牛肉有焦色後下牛油，牛油溶化時再下清酒；酒精蒸發後，放人洗淨的紫蘇葉，香氣進入牛肉就取出，靜置三分鐘，切成大口；再回鍋輕煎，使牛肉溫度上升就取出；旁邊的配菜也是和風，野崎大廚搭配的細切的小黃瓜、山藥、青蔥與胡蘿蔔，把蔬菜放入鍋中用餘油略燙即起。與牛排一同享用。牛肉透著酒香與紫蘇香氣，極獨特的牛排風味。

當然，牛排的好壞，取得牛肉時已決定大半，手法只是增添風味而已。我提供兩種煎牛排的方法，在這個好牛肉比從前容易取得的年代，不自己動手，眞是有點可惜呢。

台菜練習曲

春節期間，來自美食文學家蔡珠兒的召喚，邀我一起到台南去享用黃婉玲老師的「阿舍宴」。事實上，在此之前，至少有兩次朋友相邀共赴黃婉玲「古早台菜宴」或「阿舍宴」的機會，我都因爲工作忙碌而失之交臂，這一次，無論如何，我是不想錯過了。

大年初五，我趕早搭高鐵南下，與一衆朋友會合，趕上了中午的黃婉玲老師經典台菜宴席；這場刻意復原古早滋味的台式宴席菜，豐盛澎湃，論道數超過十四道，有些菜雖說是一道，卻包含多種品項，譬如前菜拼盤，內容就有五樣，炸物出場一擺開也是五樣，再加上黃老師臨時加碼的菜色（譬如鹹豬肉和麻油豬心都是臨場增添的），全部數起來恐怕不只二十來樣，都是極費工夫的古早手法，眞是令人大開眼界。

若論及滋味，對我來說，也有好多滋味是第一次見識。有一道用豬油網包裹起來的蒸魚，肚內包入數天熟成的豬碎肉和曝曬過的豆豉，吃的時候把魚肉拆散，和豬肉與豆豉混著一起吃，並不用醬油或鹽，鹹味來自於豆豉，鮮味則是豬肉與魚肉的融和，非常巧妙，是不曾吃過的味道。又有一道台式香酥鴨，一隻鴨又滷又蒸又炸，上桌前把鴨子壓一下，聽見骨頭碎掉的聲音，是一道連骨頭都吃下去的香酥鴨，味道也前所未見。

黃老師的態度與精神更是宴席背後最令人動容的部分，她強調她不是創新，只是「遵古」與「保存」，她不忍見這麼美好的古老手法失傳，一點一滴試著要把它們重現並保留下來。這些手法在現代生活中的流失，其實也可以想像，因爲太麻煩了，也太耗時了，肉要熟成，豆豉要曝曬，連甜湯用的糖都要和冬瓜一起煮過，重新結晶後再靜置「半年」；是的，半年，你沒有聽錯，而經過漫長等待時間最後呈現出來的甜，完全是一種糖類醇化後的甘美，不是直接用糖所可以得到的滋味。

在宴席進行中，我自己像個學生，「入大廟，每事問」，黃婉玲老師的每個回答都讓我大大增廣了各種台菜的知識，有很多是我長期以來好奇而又未有答案的（事實上我幾乎讀過黃老師的每一本書，我的困惑仍然是很多的），這場宴席難得的是「滋味對照知識」，這可能是我參加這場年假盛會最大的收穫了。

但我對這場宴席有眾多感嘆，其實跟一件幾年前的往事有關……

有一次，和一位香港美食記者朋友聊天，發現對各種菜系見多識廣的她，對台菜的理解卻頗有限，可見她在台菜部分下的功夫是遠不足夠的（或者也可以說台菜的自我推廣做得不夠），我半開玩笑說：「下次來台灣，讓我有機會帶你去幾家餐廳，讓我為你的台菜補點課。」結果這位積極的記者劍及履及，立即排了行程，準備再訪台灣，要我實踐「補課」諾言。我因為說了大話，變得騎虎難下，說怎麼樣也要拿出一點台菜的場面。

但要用某些示範（幾家餐廳）來呈現台菜的樣貌，談何容易？當我們在說台菜的時候，又指的是哪一個台菜？

眞實生活中，的確有好幾種台菜。在我成長的年代裡，每個家庭裡母親都還在廚房裡做菜（現在就不是了）。這些台灣媽媽在家裡做的菜，姑且稱爲台菜當中的「家常菜」，它其實構成我們許多人味覺養成的源頭，跟母語一樣，它都是我們的mother tongue；固然每個台灣媽媽拿手的家庭菜色不盡相同，但總合起來也有一個大範疇，那就是「台味」的基礎之一。八〇年代台北曾經一度流行一種台菜館子，提供的就是我們的懷舊家常，煮個地瓜稀飯，配個炒地瓜葉、菜脯蛋、煎豬肝之類，大家居然也趨之若鶩；可見那是台灣社會都市化剛剛全面完成，人人都「失去了母親」，也就失去了「母親的味道」。

既然有在家的「家常菜」，也就有走出門外的「江湖菜」。江湖菜，也許我可以用來指一切「在外的飲食提供」，這當然就系統繁雜了。街邊提供出外人用餐的「飯桌」(一種古早的自助餐形式，現在在台南也還見得到)、麵館、滷肉飯之屬當然都是；夜市裡提供的各種點心、小吃當然也是；還有提供給成人世界應酬飲宴的高級料亭也是，這已經是所謂「酒家菜」的範疇；或者我們還要加上辦理婚喪喜慶宴席的外燴總鋪，這樣就構成了台菜的「江湖菜」系譜。

大部分的外來者（包括這位見多識廣的香港美食記者），理解的台菜可能都從這些系譜而來。他們可能許多人有台灣夜市小吃的經驗，或者對台灣街邊有過價美物廉的小館體驗，有的人或許還有去過精緻的台菜餐廳，見識了像「明福」、「山海樓」這些比較代表性的餐館。但除非你有較深的台灣生活經驗，或有特別的機緣，否則你是不容易見過較有古風的「辦桌」的總鋪師文化。我特別得要強調「古風」，因爲辦桌後來有一種較量「桌數」的浮誇文化(你辦五百桌，我就要辦一千桌)，反倒傳統菜色內容與製作講究都不見了。

饒是如此，我們還是缺了一塊，因爲最精緻的台菜並不出自江湖菜，而是來自於「有錢人」的家中菜色，這就是所謂的「阿舍菜」了。黃婉玲老師說得特別風趣，她說阿舍菜的麻煩是「他們從來不會餓」；正因爲有錢人家取精用宏，從來不會餓，他們「要吃巧，不要吃飽」，阿舍家菜當然必須製作精巧，不厭其煩。酒家菜與辦桌菜也不少見下足工序的「功夫菜」，但畢竟是「營業」的菜色，材料成本與出菜時間都得考慮；而「阿舍菜」則精益求精，不計成本，不畏工時，只怕沒想法，不怕沒辦法。

大戶人家的家庭菜常常是菜系當中最精細的部分，這是自然的歷史過程，在江南或廣府，都有過這樣的現象。當今香港精緻料理當中，也有不少名菜的淵源可以追溯到某些名門，譬如「太史蛇羹」這樣的例子。但台灣的歷史相對周折，多次的移民、殖民更迭打斷過很多富裕家庭的發達歷程；而有錢人家的菜色也沒有「社會化」（通常是因爲有錢人家的家廚跑出來開餐廳），所以我們雖然知道有「阿舍菜」這個事實，除非你就生在富貴人家，不然是不容易「看見」或吃到「阿舍菜」……。

如果我眞要給這位記者朋友一場「台菜課」，我要把她帶到哪裡，才能吃到完整的系譜？我心裡的盤算是，不如就自己來做吧？

爲什麼要提供香港朋友一個多元面向的「台菜課」，我卻想到自己動手？

原因可能有兩個。一個是市面上見得到的餐廳，在我的看法，大部分都只代表了台菜系譜的「某一小部分」，如果要一家一家去品嚐並且解說，也許我需要好幾家餐廳和好幾天的時間，這對行程忙碌的我來說是困難的，更何況台菜當中所謂的「阿舍菜」，根本是不存於市場上的（黃婉玲老師示範性的「阿舍宴」當時還沒有出現）；另一個原因是更「私人的」，我自己正在學習做菜，從我太太王宣一的宴席菜開始回憶摸索，後來又及於我岳母的某些菜色（我岳母有一些菜色是我非常喜歡的，但不知何故宣一並不愛做），最後就一步一步來到回憶並學習我自己母親的菜色，而我母親的家常菜當然就是台菜文化的一部分，當我開始複刻我母親的料理時，我就意識到我對台菜的了解是太少了。

說來慚愧，母親爲我們做了一輩子的三餐和便當，我卻從來沒有想過學習她每日反覆慰藉我們的菜色，直到我們終於失去了她。我開始學習做菜的時候，是先從「異國料理」著手的，完全沒有想過日日親近的「家常菜」，原因不難想像，那是因爲身邊的媽媽們都太能幹，每個人都做得一手好菜，如果從家常菜做起，那個笨拙的面貌一定被對照得加倍不堪。如果從那誰也不認識的「異國料理」開始，雖然初學的狼狽大概也相同，但衆人不熟悉那些菜色，也就顯得比較寬容。我學習做菜的前十年，通過收集來的食譜書與各地的「廚藝課程」，我學得了超過十幾個國家的上百種菜色，也能辦出一整桌宴席饗客，但這裡頭都是異國料理，沒有任何中華料理的蹤跡。

宣一過世之後，我強烈地有了動機想要留下她的菜色，我開始憑藉記憶學做她的料理，一點一滴地複刻了部分她生前常做的菜；然後我又開始試做我岳母的某些菜色，最後才想起我自己的母親。我發現學做母親的菜竟然是最困難的，一方面是我離家已久，連我母親都抱怨我不常回家，有些菜色她都忘了怎麼做了；另一方面則是我自己接觸最少，基礎理解最弱，眞想要做台菜的時候，發現自己缺少的東西實在太多了。

我彌補的途徑也不脫書呆子的方法，凡有疑問，就找書來看，這是我發現黃婉玲老師的各種著作的緣由。我從黃老師的《總鋪師辦桌》（二〇一二，健行版）讀起，這是一本帶著濃厚「田野採訪」氣息的書，描寫她追隨總鋪師探訪台灣民間的辦桌文化，她化身廚師的「水腳」（下手），近身採訪老師傅，不但描述了各種古早辦桌的規矩與軼事，更記錄了許多古早菜餚的名稱與製作，讀來興味盎然。在這本書時期的黃婉玲，似乎研究目的還超過動手的企圖；讀此書雖然樂趣無窮，也增長見聞，但書中所述的大部分菜餚，既吃不到也無法按書施工，心中不免感到悵然。

再讀《老台菜：紅城花廳台灣味》（二〇一三，健行版），書中仍然以記錄與敍述爲主，但書的後半部討論若干古老知名台菜（如豬腳魚翅、小封、通心鰻、布袋雞等）的做法，細節敘述頗多，雖不是常見的食譜寫法，內容已經足以啟發愛好做菜的人；特別是附了完整的「菜尾湯食譜」與製作步驟，那是完全可以按單學習的實用食譜，而「菜尾湯」實際上是多種料理的匯集，一個食譜其實同時包含了多樣菜餚的工作方法，一口氣你可以學到白蘿蔔豬肚湯、酸菜筍絲排骨湯、白菜滷、五柳枝等多道菜色。

等到我再讀到《經典重現失傳的台菜譜》（二〇一五，時報版）和《台菜的一年》（二〇一七，男子製本所）等書時，這已經是地道的食譜書了，內容多半是可以邊讀邊做；而作者黃婉玲自己，也從一位台菜的研究者與報導者，轉身變成授業解惑的教導者了。

讀這些書一方面讓我多識多聞於台菜的許多歷史淵源與製作方法，一方面也讓我躍躍欲試，現在香港朋友即將登門，我是否可以藉此機會，動手來做那些我心儀已久的古早「阿舍菜」呢？

我內心的構想是這樣的，這個對我而言帶有強烈學習性格的宴席要包括三種來歷的台菜，一部分是我媽媽的菜，這是一位平凡的台灣母親的家常菜，每個家庭也許都不乏這樣一張菜單，這也是對我媽媽的回憶與致敬；第二部分是市場街坊可見的宴席菜色，第三部分則是從書本裡學來的古早阿舍菜；匯總起來，似乎可以成爲一個台菜系譜的「樣板秀」（a sampler）。

由這個構想我開出了一張宴客菜單，內容如下：

前點

一、開場雙炸（卜肉、剁肉丸）

前菜

二、素菜小盤（涼拌花生、醃蘿蔔、麻醬韭菜）

三、起家雙色（白切烏骨、桂丁油雞）

四、五色冷盤（咖哩燒肉、三色蛋、燻豬心、燻軟絲、冷透抽）

熱菜

五、炸排骨酥

六、魚翅羹

七、肉米蝦

八、紅燒馬頭

食事

九、詹媽米粉

十、鹹蛋四寶湯

十一、日式雞肉飯

十二、雞白湯

甜點

十三、牛奶清冰

十四、芋仔丸

全部十四道菜，但包含的項目則超過二十樣；其中卜肉、醃蘿蔔（其實用的是蘿蔔皮）、米粉是我懷念的母親手藝；而剁肉丸、魚翅羹、肉米蝦、鹹蛋四寶湯與芋仔丸，則都是我從黃婉玲書中讀來的……。

開出來的菜單中，一共要做二十個項目，當中有超過半數的菜色是我從來沒有做過的，這可能是我在家宴客經驗裡比較罕見的情況；但也不是沒有過，有時候我們出國回來，想試做旅行地的菜餚（譬如做一個「秘魯宴」），請朋友來試試，那時候也會有大部分的菜色沒有做過，不過朋友都知道他們是來充當白老鼠嚐鮮的，如果失手朋友一般也不會介意。

可是這次不同，因爲做的是人人都有一點經驗與看法的「台菜」（特別是出身台南的朋友，眼睛、舌頭都銳利得不得了），而其中一些菜根本就是從大家熟知的名餐廳「偸師」而來（譬如「炸排骨酥」就是對「金蓬萊餐廳」名菜的仿作），更不要說上門的客人幾乎都是名號響亮的美食家；雖然這些美食家都是老朋友，就算做壞了大概也不會遭受什麼的酸語或譏評，不過自己一定不好受。

爲了準確執行宴客的工作流程，我列了一張小心翼翼的工作清單，我把它稱爲「回家做點台菜」（也是當晚宴會的名稱）的工作清單，內容如下：

●「回家做點台菜」工作清單

八月二日 上網訂購：鮑魚罐頭、乾魷魚。

八月三日 下午買菜：桂丁雞一隻、烏骨雞一隻、里肌肉、梅花肉、五花肉、排骨、豬肚一副、豬舌一副、絞肉一包、豬背脂。

八月四日 早上買菜：去骨雞腿兩隻、雞胸兩副、雞骨架六個、軟絲一隻、皮蛋一盒、鹹蛋兩個、鹹蛋黃六個、雞蛋一盒、紅糟、玫瑰露酒、五印醋、蒜頭、扁魚、紅蔥、蝦米、蔥、薑。

八月四日晚上醃軟絲、醃五花肉、醃梅花肉、三色蛋、滷豬舌、雞白湯、雞鬆、滷肉汁、醃照燒雞腿、爆油渣、油炸扁魚、剁肉泥、肉油渣、剁肉丸。

八月五日早上買菜：馬頭魚一尾、鮮蝦一斤、綠竹筍兩支、韭菜、韭黃各一包、白蘿蔔一條、胡蘿蔔二條、洋蔥一個、花生、荸薺、香菇、芋頭、高麗菜、大白菜、金針菇、米粉、木耳、香菜。

八月五日上午煮筍、醃蘿蔔、桂丁油雞、白斬雞、蒸芋頭、煙燻軟絲、涼拌花生、泡魷魚、香菇。

下午燙韭菜、蝦酥、米粉、做芋丸子、魚翅羹、肉米蝦、鹹蛋四寶湯、油炸咖哩燒肉。

下午 05:30 卜肉、二次炸剁肉丸

06:00 前菜裝盤、剁雞裝盤

06:30 炸排骨酥

07:00 加熱魚翅羹、肉米蝦

07:30 乾煎馬頭

08:00 加熱米粉、鹹蛋四寶湯

08:30 雞肉飯、雞白湯

09:00 炸芋丸子

這張鉅細靡遺的工作清單其實是一種「控制表」的概念，在裡面我仔細列出所有該做的事項與時間（特別是晚上宴會進行時的進度），我在其他宴客的時候也會列出一張簡單的單子，避免自己工作時漏掉某些動作（我曾經做好某些菜餚根本完全忘了，直到客人回家我才發現），但我很少列得如此詳盡，主要就是因爲大部分的菜色都沒有做過，如果時間全擠在客人登門以後，很容易手忙腳亂。

但這場宴會其實對我來說是一個台菜的學習之旅，譬如說我在黃婉玲老師的書中讀到炸扁魚的方法，從前我做「白菜滷」時，知道要放扁魚提味，卻通常只是過個油就放入菜中；黃老師在書中說，要做好台菜，一定學會爆扁魚，必須在油鍋五分熱時下鍋，並保持小火慢慢爆香，經過三、四十分鐘的翻炒，書上說：「那香味可以留在屋子裡三天都不會散。」她還說，不能把扁魚爆焦，以免產生苦味，如果油溫太高，可以把火關掉降溫，再用小火去爆。

在工作的三天當中，我反覆琢磨書裡的話語，用我有限的經驗與記憶來校正味道，雖然費時費工，我每天幾乎都工作到半夜（週間白天我要上班，眞正作業都在晚上，到了週末才有全天的工作時間），但絲毫不覺得辛苦，那是因爲過程充滿了「求知」的樂趣。

部分菜色在客人到達之前就必須準備好，這部分是事先知道結果的，譬如冷盤的各種菜色都是事先做好的，台菜裡頭湯湯水水的魚翅羹、肉米蝦與鹹蛋四寶湯也是先做好，客人來了再加熱。也有許多菜色，都必須客人入座後才工作，才能保持最佳狀態，譬如排骨酥、卜肉、紅燒馬頭之類，但也要做得不慌不忙，好像沒事一樣，才能讓客人不感到壓力。那也要把材料和預備工作都做好，才能夠顯得從容輕鬆。只有一件事我是完全不費力氣的，邀請的客人當中有葡萄酒大師林裕森，已經說好所有的酒都由他來搭配，他帶來所有的酒，連該有的溫度和出場順序，他都已經爲大家安排好了。

終於到了宴客之日，我那個一面讀書（並寫成小抄）一面做菜的準備工作已經大致停當，房子也打掃乾淨，桌子餐具酒杯也都擺好了，就等朋友上門。客人當中除了新朋友香港美食記者外，大部分都是老朋友；但老朋友們臥虎藏龍，每個人都身懷絕技，有好幾位是烹調高手，在江湖上享有盛名；還有我剛才已洩露天機的葡萄酒大師和海內外知名的咖啡大師，甚至還有一家台灣最厲害義大利餐廳的老闆娘，再加上幾位餐廳大廚看了名字會抓狂的美食文學家。

我的其他朋友看了這張賓客名單都替我感到緊張，他們說，在這些最銳利又最挑剔的味蕾面前，你做這些從未做過的料理，不是找死嗎？事實上，我並不因爲朋友而緊張，這些朋友在我家聚餐已有多年，宣一和我都很樂意在他們面前嘗試新菜，因爲他們見多識廣，既是最挑剔的食客也是最懂得食物的諍友。當我們做得好時，他們完全懂得欣賞；當我們搞砸的時候，他們其實能夠告訴我們哪裡出了錯，甚至可以提出改進的意見。我只有在宣一過世不久，第一次單獨宴客時感到緊張，後來我都覺得很放心，我並不害怕在這些老朋友面前出醜，不熟的朋友恐怕還讓我焦慮一些……。

宴客之日，時辰已到，賓客陸續登門，一時之間家中熱鬧起來。香港美食記者朋友以及她攜伴帶來一位歌壇天后級的同鄉朋友，兩位是第一次的訪客，對我們家是新鮮的；其他則是舊雨，都是平日經常聯繫的老友，大家都是相識熟悉的，不用客套，也不必管我還在廚房忙碌，各自找到自在的位置與方法，當場就顯得賓至如歸了。

朋友當中的葉怡蘭是見多識廣的美食家，對台菜也有深刻知識，看了我的菜單笑了起來，說：「你好大的膽子，這麼多費工夫的老菜。」

眞的太大膽了，而且宴席的邏輯也不見得符合古風，因爲我爲了創造出一種「樣板秀」的教育效果，反而變得不倫不類，任何時代與任何階層，大概都不會有這樣的一個混合型菜單。但另一方面，則是我耽讀台菜食譜與書籍之後第一次有機會這麼大規模「實踐」台菜的製作，內心其實充滿知識性的樂趣與滿足，覺得內心長久的想像終於一點一滴變成了現實。

雖然是新手上路，有一些菜色做得很順利，譬如說當天有許多炸物，那天做得十分順手；當做「前點」的卜肉和剁肉丸，很受賓客歡迎，一出場就一掃而空。我把兩種炸物當做正式出菜前的點心，是照著我母親的方法，從前母親在年節或請客時會做這道用里肌肉或腰內肉做成的「卜肉」，在坐上桌之前就端上來，小孩子太開心了，通常連筷子也不用，一手一塊，唏哩呼嚕就把整盤吃完了。後來宣一學會這道菜，也把它當做上座之前的點心，我們給客人倒點香檳，同時用牙籤取卜肉來吃，醞釀一種宴客前的熱鬧氣氛。這一天我又多了一樣從黃婉玲老師書上學來的剁肉丸，據說是府城的必備年菜（我小時候在鄉下不曾聽聞過這道菜），爲了忠實呈現，我也自己炸出豬油渣，和荸薺一起剁碎打入肉泥之中。

另一道炸物則是餐宴中的正式菜餚「炸排骨酥」，那是從台北天母「金蓬萊」餐廳學來的名菜；排骨先用醬料醃了一夜，炸粉則混合了番薯粉和低筋麵粉，雖然是東施效顰的仿作，但也得到賓客的贊賞。

當天也有做砸了的菜色，其中慘不忍睹的是我媽媽的炒米粉，這本是台菜的基本家常菜，每個家庭都有自己的版本，我母親的版本必須準備一鍋滷汁，我也都照做了；但當天菜多工雜，手忙腳亂，在浸泡米粉時不小心泡過頭了，結果米粉變得濕軟無味。我嚐了一口就發現問題嚴重，本來想不要端出這道菜，朋友看著印出來的菜單，堅持說：「言必有信，做壞了也要試試。」結果一致認爲是當天的敗筆。

當天的紅燒馬頭也有問題，我把一道本該是台式的紅燒魚，做得太像是日本人的「煮付」，幸虧滋味不壞，沒有受到批評，但我自己覺得不夠正宗，心裡覺得懊惱。

幾個新學來的台式酒家菜和阿舍菜，像「魚翅羹」和「肉米蝦」，都是台菜代表性的羹菜，做起來倒都新鮮有趣，滋味也很不錯，但誠如黃婉玲老師說的，現在的醋很難找到古風，這些菜的滋味是很難和古早味相提並論了。

最有意思的一道菜，是我在黃老師書上第一次聽聞的「鹹蛋四寶湯」，她說是酒家菜裡的最高檔之作（地位更高於比較知名的「魷魚螺肉蒜」）；從食譜來看，這道湯品集眾鮮於一爐，湯中要有豬肚、蹄筋、乾魷魚、干貝，以及罐頭仙女蚌（我的版本改用罐頭車輪鮑），還要加上五顆鹹蛋黃；書中提到一個訣竅，要把其中一個鹹蛋黃戳破，讓鹹蛋黃的油汁能煮進湯裡頭。這道湯鹹香濃郁，是解酒的恩物，也不怕反覆加熱，食材滋味相激相盪，愈煮愈有味道，和「魷魚螺肉蒜」的特性很相似。

這道湯菜果然受到好評，我自己也覺得新鮮有趣，好像可以列入未來的宴客菜單之中。但這次在春節間，我來到台南見識黃婉玲老師親自主持的「阿舍宴」，她也端出了「鹹蛋四寶湯」，湯品上桌時，我有點不敢相信我的眼睛，因爲它跟我做的完全不像是同一道料理；黃老師的「四寶湯」上桌時，湯上面漂著黃澄澄的一片油光，那是鹹蛋黃完全融化的痕跡，顏色非常豔麗，滋味則集鮮美香濃於一身，令人難忘。我做的「鹹蛋四寶湯」滋味雖然相近，但顏色實在沒有這樣誘人，看來只戳破一個鹹蛋黃似乎是不對的，應該把所有的蛋黃都戳破才對，或者黃老師還有另外隱藏的訣竅？

有意思的另一個插曲，參加黃老師的「阿舍宴」不久，我又有機會宴請外地朋友到「山海樓」吃飯，一道稱爲「清湯四寶」的湯品出現在宴席之上；同樣叫四寶湯，卻長成完全不同的模樣。按照餐廳提供的文字資料，這道湯品的湯底是用整隻放山雞和當季的白玉蘿蔔熬成，加上豬肚、干貝、香菇、松茸，再加上鮑魚與竹蟶提鮮；材料看起來與鹹蛋四寶湯非常接近，差別僅在沒有鹹蛋黃。這個有趣的差異讓我感覺到台菜源流的豐盛與複雜，我還沒有機會向黃老師或山海樓的老闆何奕佳請教差異的由來。不過我猜想加了鹹蛋的版本，目的是用濃厚鹹香來解酒，證明這道菜是酒家菜無疑；何家山海樓的版本或許與解酒的目的無關，所以相對清淡雅致。對我來說，清湯四寶是可想像的料理，鹹蛋四寶則出人意表，更讓我覺得驚奇。

不管做得對還是做得不對，總之那個晚上在我家中的台菜「練習之宴」應該還是成功的，參加宴席的朋友看來都很開心；但那主要是因爲老友歡樂相聚，有共同關注的話題和喜好，而當某些料理做得成功的時候，則增添了喜慶般的氛圍。當然我也不該忘記，葡萄酒大師林裕森帶來六瓶美酒起的化學作用。

讀食譜學做菜的確帶來一種永無止境的摸索樂趣，我一開始是因爲對母親的懷念而學做台菜，但很快地就發現自己的不足，才進一步利用閱讀來幫助自己更了解台菜的源流。幾次由好朋友擔任白老鼠的台菜宴席則給了我動手驗證的機會，而那次的台菜練習之宴是我所做過規模較大的一場歡宴，幾年後的今天回想起來還覺得回味無窮，有一部分的菜色已經成爲我近日宴席裡的經常內容。但參加了黃婉玲老師的阿舍宴之後，我再度發現自己的貧瘠，台菜的傳統眞是比想像豐富太多了，也許我應該捲起袖子，再次開立更富挑戰性的菜單，重新摸索古早台灣菜的可能性。

魚湯

「你去柑仔店買一塊錢味噌。」

媽媽把一塊錢硬幣遞給我這個小跑腿，交代我去市場口的雜貨店買味噌，我們的語言中其實並沒有「味噌」這樣的中文詞彙，媽媽說的就是miso；年紀才六、七歲的小跑腿使命必達，我飛也似地跑到雜貨店門口，跟老闆說我要買一塊錢miso；下巴長了一個腫瘤的老闆笑呵呵地拿出一張粽葉般的葉子，從味噌木桶裡舀出一飯匙的味噌，包入葉中摺好，再用一條鹹水草繩綁起來，交給我的同時也從我手中把一塊錢拿走，叮噹一聲投入零錢桶中，順便摸摸我的頭笑說：「愈來愈能幹了呢。」

味噌是台灣人慣用的米味噌（大豆加米麴發酵而成），顏色是淡淡的米黃色，質地細細綿綿，猶如芝麻醬一般。味噌買回家後，媽媽爐上的魚湯已經快煮好了，媽媽用湯勺子把味噌加下去，香氣飄散出來，一鍋帶著切塊魚肉、豆腐、柴魚片和蔥花的味噌魚湯就已經煮好了。

父親生長於漁村，也許是出於對大海的童年記憶，他每餐飯無魚不歡，而這些餐桌上的魚，必須得是海魚（印象中父親並不吃流行台灣各地的虱目魚）。可是我們後來的日子都住在中部不靠海的農村小鎮，海鮮的取得相對困難，加上經濟拮据，也買不了昂貴的魚鮮。但畢竟台灣四面環海，魚貨還是豐富的，便宜的食魚也有很多鮮美的選擇，大概運輸的路途也不遙遠，即使是封閉的山城，父親也總是能買到新鮮的魚。

媽媽煮魚好像有固定的套路，如果買到是價廉的四破魚、青花魚、白帶魚，或者有時候奢華一點買了一片旗魚，那一定是乾煎；如果過年過節，買了價昂應景的魚鮮如鯧魚或嘉鱲，那也一定是乾煎；但如果買到的是巴掌大的肉鯽仔或小赤鯮或其他雜魚，就有可能拿來煮湯。

台灣媽媽們手製的魚湯，常見的好像也就兩種做法，要不是加了薑絲的清湯，不然就是加了柴魚片和豆腐的味噌湯。比較特殊的魚湯，像我在基隆市的「康師傅海產店」曾喝到一種用了醃瓜和紅鮒合煮的湯品，醃瓜的鹹甘與魚肉的鮮味相互激盪，竟帶出一種溫潤悠長的甘甜滋味，這是我在家裡從來沒吃到過也不曾想像過的。

但有一次父親在家中提及「砂鍋魚頭」的美味，母親哀怨地說：「你也不曾帶我吃過。」父親第二天親赴市場，買了一個碩大的鰱魚頭（不是說他都不吃淡水魚嗎？這次卻是個例外），又買了寬冬粉、凍豆腐、蒜苗等家中不常見的材料。

回到家中，他把魚頭先在油鍋裡炸酥，然後在砂鍋爆香蔥段薑片，把炸過的魚頭擺在中央，鋪上香菇、筍片、大白菜等材料，加水慢慢煮；一段時間後，又放進豆腐，還炒了一點肉片和木耳，連油一起都倒入湯中。這個砂鍋魚頭燉煮的時間很長，一直等到魚湯煮到乳白色，最後下寬冬粉和大量青蒜才起鍋。

這是我少年時代罕見的豪華料理，甚至散發著一種異鄉情調，我首先感受到的是香菇、青蒜與魚湯交織的香氣，湯汁中吸收了魚頭與豬肉的鮮味，以及大量白菜帶來的甜味，豆腐和冬粉則飽吸魚湯精華，變得鮮美無比。魚肉因爲炸過而變得緊實，又浸在湯汁中而變軟嫩，我們從來沒有吃過這樣美味料理，也成了家中僅有的獨特魚湯經驗。

等我出了家門，才開始在外食當中嚐到了不同食材的魚湯；譬如在南台灣的夜市邂逅頂級奢華的「鮢過魚湯」，鮢過魚其實就是龍膽石斑，名稱不同時身價變得不同，如果在日本料理店被稱做「九繪魚」（クエ）時，同一種魚，就要變成摘星一般的「夢幻之魚」了。在夜市裡，鮢過魚湯做法和其他台式魚湯一樣簡單，清水加米酒加薑絲，快速煮滾，滴兩滴麻油就上桌，魚肉Q彈，皮富膠質，湯清甜美，完全是沒有花招、「直球對決」的美味。又或者在基隆夜市裡喝到的鮮魚湯有時候是「象魚湯」，一樣是煮薑絲的清湯，手掌大的象魚帶來鮮甜的海水滋味，肉細少刺，本來是價廉物美的庶民食物，但近年漸漸變得貴了（標價也變得不可預測的「時價」了）。

夜市裡也有味噌湯，特別是賣台式日本料理的攤販常有用到魚貨下腳料做成的味噌，這些魚種有時候不是我媽媽會用來煮湯的，像鮭魚的背鰭與下巴，我印象中母親的魚湯永遠用的是白身魚；青皮魚或紅肉魚很少會拿來煮湯，大概是因爲魚腥味過重吧？所以當我在夜市裡喝到用鰹魚、旗魚或鮭魚來做的味噌湯，總是略帶驚訝和不適應，雖然也有做得很美味的攤販，但我總覺得有一條界限被跨過去似的。

等到我走出了台式家常菜的「同溫層」，才知道世界上的魚湯並不都是薑絲清湯與味噌湯，光是粵菜裡的魚湯就很不一樣；廣東人煮魚湯路數多端，也不像台式魚湯清澈似水，他們常把魚湯煮成乳白色。做法上是先煎魚，再下湯水，溶出蛋白質，讓湯色濃白似牛奶，有時候更加芫荽與皮蛋，更添濃稠滋味。奇怪的是廣東人煲湯愛濃味，蒸魚卻求清雅；台菜恰恰相反，煎魚重油炙熱，魚湯卻愛做清湯。

後來我走進江浙人的家裡，發現他們的魚湯也不一樣；一個「蘿蔔鯽魚湯」用大量蘿蔔絲與鯽魚同煨，也是煨到湯色乳白，但滋味倒是輕爽淡雅的，那是因爲大量蘿蔔絲釋放清甜的緣故。

然後我走到日本，發現味噌湯未必有魚，魚湯也另有手法。味噌湯當然也有借味於魚鮮之類，特別是貝類與甲殼類，如果席中有螃蟹、龍蝦或明蝦，螃蟹殼或蝦頭、蝦殼拿來煮味噌湯的機會不小；但也有大量的味噌湯是簡單樸素的，柴魚海帶的「出汁」是基本味道，再加一點豆腐或麩，或者一朵鴻喜菇、舞菇或柳松菇已經自給自足。

味噌湯並不被看成一道菜，它通常只是「食事」的一部分，「食事」是吃完大部分的菜色之後（菜色其實是用來下酒的）才拿來飽肚用的，通常包括了米飯、味噌湯與醬菜（漬物，或稱「香物」）。但在懷石料理或會席料理裡頭，菜色當中是有一道湯品的，通常來得很前面，像開胃前菜一樣，另外稱爲「椀物」。「椀物」當然也有多種創作與表現，有時候是「魚湯」，這魚湯和我們用魚煮湯是不同的，它固然也有魚有湯，但魚與湯是分開煮的，只是組合在一起⋯⋯。

後來我在日本自助旅行時，慢慢有機會吃到代表日本料理核心的「懷石料理」或「會席料理」，逐步領略到它的構成與手法。會席料理是一種多道菜色所構成的套餐，通常是廚師呈現自己多樣手藝的一種表演，高評價的廚師常常要能顯露出他對季節的敏感以及他對時令食材的理解與應用。一套會席料理的構成並沒有強制性，所以給了廚師很大的創作空間；但多數的會席料理仍然會有一些套路，譬如說一開場有個用來下酒的「先付」，有一道湯品，然後有一個展現多種華麗手法的「八寸」（前菜組合），然後依照取得食材可能有「造物」（生魚片）、「醋物」（涼拌菜）、「揚物」（油炸的東西）、「燒物」（烤的菜色）、「煮物」（燉煮的菜色）等等，這時候也不配飯，多半的菜色都是用來直接品嚐或下酒，直到「食事」上來爲止。

在「食事」裡搭配白飯（或炊飯）的湯，通常是很簡單的味噌湯；在台灣的成長經驗，讓我誤以爲味噌湯幾乎都是魚湯，但在日本「食事」裡的味噌湯常常是品嚐素樸的味噌滋味，很少放進魚肉；魚肉與味噌同煮，反而更常見於「鍋物」，譬如「鮟鱇魚鍋」，用味噌與鮟鱇魚肝做爲濃厚湯底，但這是豪華的「湯菜」而非「湯品」。在日本人的家常料理中，又把味噌和豬肉、蔬菜同煮，成爲某種「療癒料理」的「豚汁」，這卻不是我在台灣家庭裡會看到的做法。

我說了上面這麼多話，目的是表達我的困惑，我本來以爲我從小在家裡吃到的「魚湯」，薑絲清湯是本土自產，味噌魚湯是受日本影響；這些鄉土料理受到日本影響當然非常明顯，但日本的味噌湯，概念與台灣人並不相同，我並不常在日本餐廳裡看到台式的「味噌魚湯」。而在會席料理裡，前段上菜裡比較奢華的湯品「椀物」，當然常常有某種「魚湯」的概念，但和我們「煮魚得湯」的想法卻大相逕庭……。

在會席料理的「椀物」裡，通常奉上的是淸雅淡泊的淸湯，湯汁本身是另外萃取的高湯；日本料理所用的高湯，萬變不離其宗，幾乎都是柴魚與昆布浸漬得來的「出汁」。脫去水份其硬如柴的枯節，一般以鰹魚爲主，偶爾也有其他魚種，日本高湯方法幾乎都相同，高下就在所用魚節與昆布的品質等級，當然還有出汁萃取的手法。年輕時期不會做菜也不懂品嚐美食的我，曾經以爲日本高湯都是「煮」出來的，也就是把昆布和柴魚片放入滾水中，加醬油與米醂就是「和風高湯」；等我讀到名家食譜，才知道著名料亭的高湯的「第一出汁」幾乎都是「冷泡」得來，因爲萃取的手段最柔和，所得的「高湯」也最醇厚。日本各種料理滋味，多半離不開各種等級的「出汁」，會席料理的椀物，就是高級出汁表演的時刻。一嚐椀物，體會廚師萃取出汁的水準，大概也就明白大廚的本事與餐廳的地位。

在椀物裡，高湯已經決定了大部分的勝負，但它還是會放入各種時令材料，增添湯品的豐富滋味；常見的可能有一種「丸子」，稱爲「眞丈」（しんじょ）；真丈常常是用魚肉或蝦蟹肉製成的丸子，除了手磨的魚肉之外，也會加入山藥和蛋白來增加黏性。在高雅的出汁之中，再加上手製的真丈，真丈的魚蝦鮮味微微溶入高湯中，也許再加上一兩葉香氣強烈的菜葉（如花椒嫩葉與茗荷之類），這就構成讓人口齒留香的一碗清湯。

但我也多次在會席料理裡，遇見「椀物」裡放的是一塊魚肉。在京都旅行時，如果季節湊合，御椀裡一片「狼牙鱔」（鱧，讀做はも）或者是一片「鰆」（さわら，也就是我們說的土魠），也是常見的事。這當然是我們熟悉的「魚湯」形式，但不同的是，魚湯並不是通過煮魚而得到滋味，高湯是原來的「出汁」，與魚無關；而魚也不是經過湯而煮熟，用這裡的例子，狼牙鱔是事先蒸熟的，鰆魚是另外烤熟的。有一次，我在京都一家京料理店裡，坐在吧檯上享受「京會席」，看著廚師用鐵針串起一片鰆魚，放在炭火上烤，肥美的鰆魚滴下油脂，把木炭滴得嘶嘶作響；那片魚略略烤熟，沾滿炭火的香氣，廚師用手摸觸魚肉的熟度，立即將魚肉置於碗底，滾燙的高湯一注而下，再撒下一把細碎的米麩，兩片鴨兒芹，卽刻端上桌。這個時候，湯是燙的，魚肉才入湯中數秒，還是脆的，又有現烤的香氣，這才察覺它的奧妙，也明白「板前」的重要，因爲時間一點都不浪費。

你看出我們家的魚湯與日本會席椀物的「魚湯」的差別了嗎？我們的魚湯，魚煮在湯裡，湯的滋味仰賴魚的捐軀與賜予；但日本魚湯，魚是魚，湯是湯；湯的滋味是自足的，不依賴魚身，所以魚肉可以保留全部的美味，湯只是來襯托魚肉的美味，或者魚肉是來豐富湯品的口感的，它們相激相盪，並不依賴對方，也不剝削彼此……。

日本食評家愛說：「日本料理是水的料理。」按他們的說法，他們說：「法國料理是火的料理。」又說：「中華料理是油的料理。」這些說法，主要是想描述這些料理主要的概念與手法，他們認爲中華料理愛用熱鍋大油爲媒介，產生類似快炒這樣的獨特手法；而日本廚師愛用溫柔的手段，如水一般的輕微碰觸，希望食材能保留最多未被驚動的狀態。卽使是魚湯，魚與湯的關係也僅只是輕微短暫的接觸，魚肉的鮮味也僅是最小限度溶入湯中，你能在湯中敏感地察覺它的存在，但也僅只於此。相較於廣東人的奶白魚湯，魚肉煎熱（油的料理？）與熱湯相激，滋味滾燙鮮濃，乾柴烈火一般，炙熱激情多於冷靜清醒，這算是兩種料理底層哲學的差異吧？

我說到哪裡去了？我的目的本來只是解釋一個對食物所知無多的土包子，經由與異文化的接觸，逐漸拓展的「美食地平線」；我從鄉下的家中出發，從母親的魚湯開始，到了父親顯然有外來文化影響的「砂鍋魚頭」，再到他鄉與「他省」的魚湯，因而知道有完全不一樣的魚湯概念與手法，當然也就有不一樣的味覺想像與記憶。然後，我有幸接觸到日本魚湯的概念，才注意到「魚歸魚、湯歸湯」的一種思維。當然這些故事都只是舉其一例，並不周延，未舉的例子其實更多，但都是我很後來才有機會接觸，理解也最遲，譬如貴州人使用發酵番茄的「酸湯魚」，或者泰國人又酸又辣的「冬蔭功」（酸辣蝦湯，你也可以使用白身魚），都是饒富意味的魚湯實例。但那也是後話，我也許應該先說，八〇年代初，我走出國門，初步接觸歐洲人的魚湯經驗，一開始，那是義大利人的「魚湯」（zuppe di pesce）……。

八〇年代初，工作的命運把年輕的我帶到大都會紐約，這是我親身接觸西方生活的開始。如今我回想起來，這眞是無比的幸運。就如同海明威描述巴黎的名言所說的：「如果你夠幸運，在年輕時待過巴黎，你的餘生不管身在何處，巴黎將永遠跟隨著你，因爲巴黎是一席流動的盛宴。」（If you are lucky enough to have lived in Paris as a young man, then wherever you go for the rest of your life, it stays with you, for Paris is a moveable feast.）

但對我來說，紐約就是巴黎。像我這樣來自台灣鄉下小鎭的青年，出國第一站就來到紐約工作並生活，親炙它的豐盛美好，紐約的某種啟發的確也「永遠跟隨著我」，成爲人生一種「流動的盛宴」。那場在生命中刻痕至深的「流動盛宴」，一開始指的應該是文化資源的接觸，但後來就及於更多的層面；而這種不斷受到「大城」啟發的經驗，幾乎就是我自己一生發展的寫照。

我從文化資源匱乏的鄉下出發，充滿了對更大世界的渴望，我先到了台灣中部的大城讀書，見識了大型圖書館與英語書的圖書館（美國新聞處），也第一次在音樂廳裡（台中的「中興堂」）見識了交響樂團的演出（那是鄧昌國指揮的省立交響樂團、藤田梓鋼琴演出的貝多芬第五號鋼琴協奏曲《皇帝》）；然後我又來到台北讀書，才來到台北不到一個月，我就在「中山堂」目睹我心目中的文化英雄「雲門舞集」的演出；不久後，我又有機會看到舞台劇《武陵人》與《和氏璧》。而台北擁有的文化資源可能還不只是場所與節目，它真正最大的資源是「人」；我來到台北不到一年，通過學生的活動，我已經可以有機會見到大量的作家與藝術家。這些晤面與交談，大部分就是直接拜訪與演講邀約，多數作家都沒有矯情身段，他們不但願意和這些毫無來歷的大學生見面，也願意傾心面授，說出他們在創作上的種種思考與體會。回想起來，這些與前輩創作者的單純相逢真是人生無比珍貴的因緣。

然後我來到了紐約，時間是一九八二年，當時的台灣還是文化訊息頗爲稀少的年代；就拿電影來說吧，我讀了「新潮文庫」談西方電影的諸多書本，知道影史上有許多經典名作，儘管書中內容我已經讀得滾瓜爛熟，但多數電影作品其實不曾看過。到了紐約落地，我驚訝發現，有各種電影俱樂部、經典老片電影院，加上圖書館的影片收藏與映演，每天的節目就是我書本讀到的衆多經典，那位充滿渴望的年輕人像是跌入了寶庫，我在紐約的前三個月，足足看了一百部電影，沒有一部是新片，簡直是一場電影史的補課之旅。三個月後，我發現自己不著急了，這些影史的經典名片根本不會消失，我不必那麼擔心錯過，它們還會一再映演；我應該撥出時間，去看畫廊、博物館，我應該去看那豐盛至極的舞台劇與其他表演藝術，我應該去聽各種新舊的音樂會、演唱會。大蘋果文化資源如此豐富，我怎麼能夠空手而回？

但當時還很年輕的我只注意到文化表演藝術的富饒，並沒有意識到紐約的日常生活也一樣多元豐盛。就拿一日三餐來說吧，我的選擇（包括沒有選擇）遠超過我在家鄉的認知。我居住和工作的地方都離唐人街甚遠，頑固堅守家鄉口味對我並不是合理或方便的選擇；又因爲我從事的並不是高收入的工作，囊中羞澀，進出體面餐廳並不是我日常生活可以做的事，我發現各種「異國食物」（ethnic foods）可能是物美價廉的最好選擇。

當時我們的辦公室附近有一家韓國館子，中午時候你叫一個主菜，譬如泡菜鍋（kimchi jjigae），他就附贈給你五、六種泡菜，一鍋紅赤赤熱騰騰的鍋物，加上任吃到飽的白飯，花費不過五塊錢，比速食餐廳貴不了許多；辦公室另一邊不遠處，我也找到一家印度餐廳，你叫一份印度北方的羊肉咖哩（rogan josh），配上黃澄澄的薑黃飯或烤得焦香的饟餅（naan），一樣非常便宜，但看起來完全是一頓像樣的正餐；離辦公室不遠的正對面則有一家羅馬尼亞餐廳，在裡面你叫一碗甜菜根羅宋湯（bor），配粗麥麵包佐餐，或者來了一客粗壯的香腸，通常也並不破費。跑到城中心時，在我經常鬼混格林威治村的戲院附近，有一家希臘餐館，提供你用口袋餅（pita）包著烤肉和沙拉的souvlaki，羊肉與蔬菜均衡分配，加上橄欖與羊起司，美味可口，索價三塊多，比唐人街一碗麵還便宜，完全符合我心目中物美價廉的定義。偶爾想要奢華一點，我信步走到小義大利區，那裡佈滿了美味地道的大小餐館，挑了一家坐下來，點一客義大利麵加上一杯紅酒，假裝自己是個上流人士，即使飯後加點一碟甜死人不償命的提拉米蘇，也不到打破銀行的地步。

但就在偶然奢華的義大利餐館裡，我第一次邂逅了「歐式魚湯」，我無意中點了一個湯菜「巧比諾」（cioppino），這是我的義大利魚湯淵源的起點。

在餐館裡無意中點來的「巧比諾」，其實是出於侍者的推薦，當時因爲冬天初臨，龍蝦正當令，餐廳裡侍者說，每份「巧比諾」裡都會放進一整隻龍蝦，索價只要十八元，非常划算；十八元雖然比我平日飯食預算高出許多，但一整隻龍蝦？老天爺，那簡直是偷到一樣，我忍不住就點了一份。「巧比諾」上桌時頗爲戲劇性，它用一個大盆盛出，整碗湯豔紅通通，盆內海鮮堆積如山，看得見的當然包括那隻搶眼的龍蝦，看得見的還有不少連殼的蝦子，各種蛤蜊淡菜，加上雪白的花枝圈，竟然還有切塊的螃蟹與魚肉，上面還大方的撒了綠色的平葉巴西里碎葉。湯盤一旁附上烤得焦脆的麵包數塊，伴隨著一小碟青翠色的橄欖油。

侍者笑吟吟來幫我給魚湯磨一點胡椒，我看著那盤壯觀的海鮮湯，有點不知從何下手；只好先用手，先把疊在上方的若干蛤蜊拿到盤中，就口吃淨了；再試一口湯的滋味，天啊，這是我不曾知曉的美味，湯汁中當然充滿大海的滋味，因爲用了大量海鮮，螃蟹、龍蝦、魚肉、蛤蜊各自貢獻了鮮味，但豔紅色的湯本身則是番茄爲底，顯然還藏有多種蔬菜的甜味，至少我可以吃得出西芹和洋蔥，還有一絲蒜味，不確定是否還有其他。這是我的全新體驗，多種菜蔬與海鮮在同一處相激相盪，撞擊出繁複多重的華麗滋味來，我內心暗自嘀咕，原來義大利的魚湯是這個模樣。

從此之後，我在美國旅行，只要遇見「巧比諾」，就一定點來試試，我有時候會遇見絕妙精品，但遇到地雷的機會也不少（大部分是因爲海鮮素質不佳，加上番茄味過重的緣故），我心目中因而把巧比諾當做我的義大利菜的重要選擇，直到我後來讀書，才知道在義大利根本沒有一道魚湯叫做「巧比諾」……。

在紐約市無意中邂逅義大利魚湯「巧比諾」之後，我經常在美國各城市的義大利餐館裡點這道湯菜來吃，有好幾次嚐到非常出色的義大利魚湯，特別是在靠海的城市，印象中在波士頓、舊金山、西雅圖我都曾經遇見好吃的海鮮魚湯；但有一次，我們開車經過加州一個小漁村叫波德加灣（Bodega Bay），那是昔日希區考克拍攝電影《鳥》（*The Birds*）的取景之地，我在一家面海的小館子吃到一個極其美味的義式海鮮湯，滿盆的淡菜、蛤蜊、蝦子、花枝，白酒的香味加上一點新鮮番茄和巴西里，令人難以忘懷。

數年之後，我走入廚房，強烈地想學習一點做菜的技藝；我不敢嘗試家庭主婦擅長的日常料理，因爲我身邊的母親們都太能幹，我如果做大家熟悉的菜色，我的笨拙將會顯露無遺。我的「策略」是從異國料理動手，因爲就算做得不地道，畢竟不是家人每日習見的菜餚，也許比較容易逃過嚴苛的批評。我第一道學習的料理是「義大利蔬菜湯」（minestrone），用來參考的食譜是義裔美國作家馬切拉・哈贊（Marcella Hazan, 1924-2013）的食譜名著《經典義大利烹飪精萃》（*Essentials of Classic Italian Cooking*, 1992）。

我做出的第一個蔬菜湯，並不完全地道，因爲我並沒有用到白豆（cannellini），也沒有使用她要求的「阿柏里歐米」（arborio rice）；但我老老實實把洋蔥、西芹、胡蘿蔔都切成細丁，番茄去皮也切成細丁，再加上切丁的櫛瓜與切段的豇豆，都先用橄欖油仔細炒透了，最後加上雞高湯把所有蔬菜滋味收攏起來，混在其中的米就用我們平日煮的白米，但效果還是好極了，餐桌上的家人也都給了我「同情的讚美」……。

也許可以把這場入廚的勝利稱爲「新手的運氣」，或者因爲這是一鍋無需火候與技巧的燉煮湯品。但受到這個初嘗試的成功激勵，我內心已經準備好要挑戰另一道菜，我想要來做一道「義大利魚湯」，也就是我在美國邂逅的「巧比諾」；我興沖沖把食譜找來，卻發現義大利人並沒有一道魚湯或海鮮湯叫「巧比諾」。

我搬來更多參考書，發現名爲「巧比諾」的魚湯其實發生在舊金山，最早大概是出現在十九世紀初，是義裔移民把義大利熱諾亞（Genoa）地方的魚湯做法帶了去；它本來是漁夫料理，未出海的漁夫有時候會拿口空鍋，向出海歸來的漁夫朋友要點漁獲，各家都給一點雜魚或賣相不佳的蝦貝類，漁夫就用它來做一鍋混合的魚湯，cioppino的名字可能是從熱諾亞地區的ciuppin而來。根據哈贊書裡的說法，義大利海岸線上各個漁村都有自己的魚湯版本，也都有自己的名稱，如果是亞得里亞海這邊，魚湯可能叫做brodetto，如果是在托斯卡尼沿岸，可能叫做cacciucco，到了蔚藍海岸這裡，名字就叫ciuppin了；但叫做巧比諾的，那就完完全全是美國的產物了。

從哈贊的書中看起來（她提供了好幾個版本的魚湯），美國版本與義大利鄉土版本最大的不同是，義大利人強調要用多種魚混合才會有好滋味，而且一定要充分運用「魚頭」；美國人卻怕骨怕刺怕麻煩，用的都是大塊蝦蟹、花枝和貝殼，如果用到魚，一定也只有大塊魚肉，不會有小雜魚，更不要說用「食物攪拌器」（food mill）去攪碎魚頭了。

義大利魚湯的概念是有意思的，它需要至少三、四種魚（哈贊說，不然你就跟魚販多要幾個別人切下來的魚頭），要一些蝦蟹類（給魚湯鮮甜味），再加上各種貝殼和花枝，但魚要用白肉魚，不要青皮或紅肉，因爲這會使魚湯變腥。魚頭並不像我們亞洲人是拿來吃的，義大利人只是把魚頭的精華煮進湯裡（還要攪碎它萃取汁液），最後再濾掉雜質，湯最後還是清的。

義大利煮魚湯的手法是從炒蔬菜開始的，這和亞洲人的煮湯不太一樣（我們多半是從煮水開始的）；在各種版本的義大利魚湯裡，先炒洋蔥、西芹、胡蘿蔔之類的蔬菜，然後才分次煮不同海鮮，取得它的各種層次的味道；然後再加入魚頭魚身同煮，魚身如果預備要吃，煮熟之後就要取出，避免過老。其他海鮮材料如蝦蟹蛤蜊等，則分別煮好，連汁液一起加入魚湯之中。這樣完成的魚湯，既有蔬菜與番茄的鮮甜，更有多種魚蝦蟹貝的滋味，層次豐富，美味無比。

在義大利沿海各地，由於海產不同，每個地區都有自己版本的魚湯（雖然在我看起來幾乎是大同小異），每個地方甚至都有自己的名字，所以哈贊開玩笑說，魚湯眞正的名字是「我爸爸的魚湯」，因爲每個家庭都有他自己的手法與風格。

熱諾亞地處地中海海岸，離法國南方海岸不遠，往西不遠處正是法國著名「馬賽魚湯」（bouillabaisse）的產地。馬賽魚湯和義大利魚湯一樣，都是用多種漁獲混合煮成，豐富飽滿，更接近一道湯菜而不是一道單品。在我有限的馬賽魚湯品嚐經驗，感覺它比義大利魚湯更爲濃稠，它一樣要把魚頭魚骨攪碎進入湯中，但馬賽魚湯還加入大蒜蛋黃醬，使得湯水更加濃郁而重味，也加入番紅花，金黃色的湯汁看起來更添風情。

馬賽魚湯的各家做法確實有些不同，很難說誰的魚湯最爲地道；可能古時候馬賽魚湯本是漁夫料理，他們是有什麼魚用什麼魚，特別是那些多骨無肉的雜魚，市場難以賣出，就帶回家做魚湯。馬賽魚湯知名度很高，但我有很多朋友覺得魚湯腥味過重，難以消受。我自己不曾到過法國地中海岸，我吃到的馬賽魚湯大部分是在巴黎吃的，在高級餐館裡魚湯都已經精緻化了，保持番紅花的金黃色澤，但魚湯本身則比較輕盈，倒是沒有遇見腥味過重的。

我嚐過的馬賽魚湯最出色反而是在日本，本來亞洲人處理海鮮就特別重視鮮度與輕盈，很少給海鮮過重的味道。在日本吃到馬賽魚湯，高湯萃取與煮在其中的海鮮大部分是分開完成的。他們先用魚頭魚骨與蔬菜、香草加白酒一起熬湯，湯汁已經比較清爽鮮甜，以此做爲湯底，湯中的海鮮，包括魚蝦蟹貝，很多都是另外煮好加入的，這些分開吃的材料，或烤或煎，再放入湯中，常常帶著焦香，更添魚湯滋味。

這一系列魚湯其實不只義法，事實上西班牙、葡萄牙人都有自己風格的魚湯；連希臘人都有他們引以爲傲的魚湯，希臘人更自認魚湯歷史最爲悠久，是其他地區魚湯的啟蒙者，雖然我不敢確定他們的血緣論斷，但希臘人魚湯當中，必須加入蛋花和檸檬，這倒是我特別欣賞的一個特色。

從義大利的魚湯開始，我逐漸認識這個在歐洲諸國各有自家版本的「魚湯」（其實常常是豐盛多樣的綜合海鮮湯）；它的製作其實沒有固定法式，但大體上都用到多種漁獲，有什麼做什麼，也常常包括了不易賣到好價錢的雜魚，所以每一次的味道是「隨興的」與「混合的」。這道湯菜走進了名餐廳，有時候爲了味道的穩定，廚師會明確使用固定的食材和固定的工序，但那就少了漁獲不同所帶來的驚喜，哈贊把義大利沿海各漁村的魚湯總稱爲「我爸爸的魚湯」，說的正是這種家家戶戶都能做的普及特質，而說的是爸爸，不是阿嬤，又透露這道菜本是男性「漁夫料理」的身世來歷。

「魚湯」在義大利菜中份量很重，在著名的義大利食譜的編排中也可以讀出弦外之音；譬如在哈贊的食譜名著《經典義大利烹飪精萃》當中，「魚湯」

被排在「魚類料理」的專章，而不在「湯類」的專章；又譬如在英國食譜作家伊莉莎白．大衛（Elizabeth David, 1913-1992）在一九五四年出版的《義大利食物》（*Italian Food*）一書裡，「魚湯」既不排在「魚類」也不編在「湯類」，而是自成一章，章名就叫「魚湯」；專章裡介紹了熱諾亞地區的魚湯版本，也介紹了拉溫納（Ravenna）地區的版本，更介紹了利佛諾（Livorno）地區的版本，再加上羅馬地區、威尼斯地區以及卡布里（Capri）地區的各種版本，其實這些不同地區的魚湯做法大同小異，主要的差別在於使用的魚種和其他海鮮，根據各地物產的不同，有的地區放鯧魚、有的地區放鮟鱇魚、有的地區則放進海鰻，卡布利地區則用了鮪魚；蝦蟹花枝或貝類，各地也用得不同，有人放花枝，有人則放章魚或小章魚；有人加入淡菜，有人則使用花蛤。

但有趣的是，伊莉莎白．大衛在「魚湯」專章裡，除了介紹九種不同版本的義大利魚湯，她又自創了四種版本的魚湯，主要是根據英國海域的漁獲來設計，精神上基本保持義大利的固有滋味（但她了解英國國情，小心翼翼略去了本來不可或缺的魚頭），卻有英國在地的物產特色，加上對英國人怕魚刺麻煩的考慮，細心、堅持而又接地氣，難怪她的著作是英國出版史上最暢銷的食譜書。

也許是來自伊莉莎白．大衛的啟發，我自己版本的「義大利魚湯」就理直氣壯使用台灣本地的漁獲，大膽改造。我最喜歡用的魚是肉質結實不易煮散的本地白身魚，特別是石狗公、馬頭魚（卽甘鯛）和紅條（就是香港稱爲七星斑或東星斑的），但這幾種魚比較高貴，我也經常搭配一些比較價廉物美的魚種，像剝皮魚、牛舌魚、小赤鯮，或者養殖的黑格（黑鯛）；我會再買一、兩隻花蟹或三點蟹，請魚販幫我切成大塊；另外買一點活草蝦，加上一兩種頭足類（花枝、透抽或小墨魚）；也別忘了帶來最多鮮味的貝類，台北市場上有各種選擇，蛤蜊或山瓜子、海瓜子都不錯。

有了各種海鮮在手，我還需要若干蔬菜；義大利人的魚湯常常是從炒

sofrito開始，那指的是把西芹、洋蔥、胡蘿蔔都切碎了，用橄欖油加點香草（我會用平葉巴西里、奧瑞岡，一點羅勒與大蒜），再加白酒炒到軟熟，這是一切魚湯的蔬菜底料；然後當然是再加入去皮切碎的番茄一同翻炒，番茄味是義大利魚湯獨特風格的由來。但各地番茄用量不同，美國的「巧比諾」是番茄用量最多的，有些餐廳不只使用新鮮番茄，還加入大量的罐頭番茄醬，整鍋湯紅通通的，有著十分搶戲的番茄味；在我的經驗裡，這樣的做法有時候味道很不錯，也有時候則番茄味蓋過了所有的海鮮味道，整道湯就變得不知所云了。但在義大利本土的各種魚湯版本，雖然幾乎都用到番茄，但下手比巧比諾輕很多，湯色金黃，微有番茄的酸味，但主要是來自海鮮的鮮味和其他蔬菜的甜味，相比之下高明很多。

魚高湯用魚骨和魚頭熬出滋味，義大利人把魚頭絞碎再濾去，留下滋味卻不吃魚頭，但亞洲人卻是有能力也不怕麻煩吃魚頭的，我有時候把整條魚略煮取得滋味就取出，或者另外犧牲一點多骨少肉的雜魚來取得高湯（魚肉就不要了），實際煮魚湯時，魚頭是保留的，食客當中總有一、兩位是指名要吃魚頭的行家。但有時候我就遵照歐洲人的習慣，把魚頭切下熬湯（順便把蝦頭也取下熬湯，這樣就有一點「度小月擔仔麵」的台味了），等魚高湯與炒蔬菜混合之後，再依各種海鮮煮熟的速度一一放入當中。我傾向於學習日本人的方法，每一種海鮮都另外處理才進湯中，工序雖然麻煩，但確保海鮮不會過熟，如果依照西方人的食譜，對我來說，那些海鮮都煮太老了，我還是希望吃到的義大利滋味中，有著亞洲人所期待的海鮮熟度。

我第一次做這道「義大利魚湯」的時候（我不能叫它「我爸爸的魚湯」，我爸爸的魚湯完全是另一種樣子），我還是一個廚房的生手，做起魚湯手忙腳亂，主要是對爐火不熟，一開火就慌了手腳，最後大部分的海鮮是過熟了，但滋味卻還是很好的，因為大量海鮮與蔬菜集於一鍋，鮮味與甜味交織撞擊，我的笨拙作品竟然也贏得了家人的讚美。

有一次在日本綜藝節目《料理東西軍》裡，看到一位廚師做義大利魚湯，他用外來語稱它「巧比諾」，聽來似乎是美式版本，但實際做的時候，我看起來卻是十足的「和風」；其中最有意思的，是他用了很少的海鮮種類，只用了最好的螃蟹和蛤蜊。他一樣先在湯鍋底炒熟大蒜與洋蔥、番茄，然後加入切塊的螃蟹同炒；同時間另起一個油鍋燜煮蛤蜊，加入白酒和羅勒，蛤蜊開口後就連湯汁一起放入湯鍋，很快就起鍋。

我看完之後，覺得大受啟發。這個版本的好處是只用了兩種材料（螃蟹與蛤蜊），動作簡單難以出錯；也許缺點是很難有歐式魚湯（用多種材料和雜魚）的複雜滋味。但只有螃蟹和蛤蜊的海鮮湯在鮮味上也決無問題。但它對我的啟發是，也許我可以先從較少的材料做起，等到熟練時，再增加更多的材料，追求更複雜的味道層次……。

接下來幾次的魚湯製作，我刻意減少海鮮種類（但還是放了至少五、六種），讓自己的動作更熟練，既保持海鮮的嫩度，同時熟悉各種海鮮組合的滋味，再一點一滴改進自己的手法，直到我能輕鬆自如駕馭十幾種海鮮為止。

這個練習在家中頗得到歡迎和支持，我太太王宣一有一天跟我說：「我想你的海鮮湯應該可以端上桌，放入宴客的菜單了。」做爲一位新手廚男，我終於靠一道「義大利魚湯」進階到「宴客」之門……。

自此以後，我有很多機會在家中請客的時候，都把魚湯放入宴客菜單之中，大體上我做的都是義大利式的魚湯，有一點新鮮番茄做底，但更重要的湯底其實是其他蔬菜和香草混炒的 sofrito；我嘗試了各種海鮮組合，發現同時有魚肉蝦蟹蛤蜊花枝的組合最爲鮮甜，每次的魚湯我儘量用到六種以上的海鮮（其中至少包含兩種魚），才能帶來那種豐富多元、層次複雜的滋味。有時候我偏好透明的清湯，有時候我也仿效「馬賽魚湯」加入番紅花，帶給它金黃的色澤與獨特的香氣。

幾年之後，我年邁而開朗的岳母來到生命的最後階段，當她臥病在特別看護的病房裡，醫生已經給了我們暗示：「她愛吃什麼就給她吃什麼。」子女圍在病床旁邊，問她有什麼想吃的東西，希望能做給她吃；本身就是最出色的大廚、味蕾敏感細緻、一生也吃過無數美食的岳母，抬頭看天花板思索良久，低聲說：「想吃小女婿的魚湯……。」

答案既不是紅燒牛肉，也不是紅燒滑水，既不是素雞，也不是烤麩，生命最後一刻的她，不想念家鄉的熟悉滋味，卻掛念家裡菜鳥廚師的一道異國料理，出乎衆人的意料之外。她的幾位廚藝高超的女兒們，完全無用武之地，但母親的「最後心願」又意義重大，不得不使命必達，我太太王宣一連忙打電話通知我……。

我奉命立刻馳往市場採辦漁獲，回家急煮我的義大利魚湯，內心惶惑不安，其他子女只好束手等候在醫院。我的魚湯送達時，岳母大人其實已經體力衰竭，嚐了幾口就沒有力氣再嚐，兩天之後就過世了。但這一道義大利海鮮湯竟然擊敗王家「國宴與家宴」的衆多知名菜餚，已經夠親友們嘖嘖稱奇了好多年。

我的廚房追求過程，現在回想起來，顯然與這一道「義大利魚湯」密不可分。我在反覆烹煮這道菜的過程，一方面磨練了技術，一方面理解了食材，一方面也逐步建立了自信。魚湯中的各種海鮮大多是細緻而敏感的食材，不小心就會煮過頭；烹調得當時，它們軟嫩多汁，味道鮮甜，但一煮過頭，口感就完全不對了，這使得我必須對爐火敏感，對時間掌握要明快。當你能夠判斷海鮮的熟度與口感時，其他食材很少會更困難，那你就幾乎掌握一切烹調的「節奏」；等我對魚湯感覺得心應手，我開始學港式蒸魚，就發現一條魚要蒸多久時間，我的心中頗有定見，好像懷中有了碼錶一樣。

爲了處理魚湯中的海鮮，我要學習「三枚落」的手法（把一條魚處理成三大塊，兩塊魚肉以及一條中骨），我要學習清理花枝或者章魚，我也要嘗試殺龍蝦與螃蟹，處理海鮮以及用刀的技術就從笨拙慢慢變得熟練。神奇吧？其實我只是重複調製義大利魚湯一道菜而已，卻從一位生手幾乎學會了後來我在廚房裡大部分需要的知識與技巧。

品嘗各地的魚湯以及嘗試製作各地的魚湯，成爲我了解美食的起點。我開始體會食物當中的味道構成（譬如在魚湯裡，不同的海鮮以及不同的蔬菜貢獻了哪一種滋味給最終的成品，它們之間又如何層層疊疊、相激相盪，使得後來的湯品得到比原來個體更豐富的滋味），也體會如何通過融合的方法，帶給食物更幽微複雜的味道。

後來我對各地各國的魚湯與海鮮湯都感到著迷，發現各地料理都有一種展現他們對魚湯獨特理解的手法。事實上，通過各地魚湯的比較，我更感覺到台菜當中只用清水與薑絲（再加上一點米酒與麻油）竟能把魚湯處理成辛口又清甜的美妙成品，實在是神來之筆；但反過來說，這樣的魚湯跟廣東人的蒸魚一樣，對漁獲新鮮度的要求近乎殘酷，稍微不新鮮的魚是無法逃過這種味覺的考驗，因爲它並沒有多餘的調味，沒有東西可以遮掩原本漁獲的瑕疵。

但這不表示加添滋味是不好的，義大利人的魚湯加入了蔬菜與香草，希臘人的魚湯加入了蛋花與檸檬，西班牙人則加入了辣香腸的油脂和紅椒；我還可以想到，貴州人在魚湯中加入了發酵的番茄與新鮮番茄（酸湯魚），泰國人則加入了香茅與椰漿；這些滋味（與顏色）的增添，全部都給魚湯帶來更豐富幽微的味道，也帶給它們可辨識的獨特地方風格。

從魚湯裡我也體會到魚湯之外的料理原則，譬如說義大利人把魚頭、魚骨的滋味煮入水中（加上蔬菜的協助），得到魚湯的鮮甜滋味；但同樣的原理也可以運用在「無水」的料理裡，譬如你把龍蝦頭與蝦殼的滋味煮入橄欖油中（一樣借助於若干蔬菜與番茄的鮮甜），再用此油來拌麵，我們就得到龍蝦麵的神髓；正如同我們把蛤蜊精華煮入油中，或把墨魚的墨汁煮入油中，再用這些充滿大海味道的橄欖油來拌麵，各種海鮮麵食的滋味就這樣被「轉印」而來，想來都是一樣的道理。

魚湯的神奇在於它的出身不是「高級料理」，而是粗獷隨意的「庶民料理」，是每個家庭都有自己版本的「我爸爸的魚湯」，所以它的製作有許多「機遇」，遇見什麼漁獲就做什麼魚湯，它的原理很清楚，工作上卻很隨意，讓每個人都有創作的空間。整個地中海地區的各個漁村，幾乎都有自己的魚湯版本，光是想到這樣的景觀，就覺得很值得沿著地中海岸來一道自駕覓魚湯之旅。

但伊莉莎白・大衛在她的《義大利食物》一書中感嘆說：「非常奇怪的，英倫諸島漁業發達，不知何故從來沒有演化出一種民族魚湯？」

這的確是一件怪事，英國確實是個沒有清楚魚湯料理的地方，而大部分近海的國家幾乎都有自己對魚湯的看法與詮釋，也都有極其美味的貢獻。不過，當我幾乎要相信伊莉莎白的說法之際，猛可想起「蛤蜊巧達湯」（clam chowder）來。查考舊書，果然「巧達」一字就是古英文jowter而來，這個字的字源是拉丁文裡的calderia，英文另一個字cauldron（鍋子）也是由此而來。本來在英國海岸與布列塔尼地區的漁村裡，出海人航行歸來，村人就以大鍋子煮魚湯慶賀，這就是chowder的由來，巧達本來是魚湯，後來傳至美國新英格蘭，因爲新英格蘭盛產牡蠣與蛤蜊，「魚巧達」才一變而爲「牡蠣巧達」和「蛤蜊巧達」，如今「蛤蜊巧達湯」已經入籍美國，成爲美國東部代表性的名湯（西部加州的港城像舊金山也出產極富盛名的蛤蜊巧達），活生生又把英國祖產給搶走了。

沒有像樣體面的魚湯，對一個國家看來並不是榮譽的事；英國人因而也被描寫成「忙著鋪設鐵路、發現奎寧、建造帝國，卻無暇改善他們的菜單」的美食沙漠，但證諸史實，英國人是冤枉的。

輯三・旅途邂逅

羊頭肉

在馬拉喀什（Marrakech）的傑瑪艾夫納廣場，太陽下山，華燈初上，巨大的廣場上已經開始擠滿了人群，雖然偶有玩蛇雜耍的遊藝者吸人目光，但我更感興趣的是那些像台灣夜市一般成百上千的飲食攤販。在廣場邊上有許多攤販賣著五顏六色的果汁與飲品，而中央搭棚之處則煙霧迷漫，擺出來的陣仗是販賣各種燒烤、煎炸食物的小吃攤。

我本想就近細看他們烹調食物的模樣，才剛走近，立刻湧上來七、八位各攤位的拉客者，每個人手上拿著彩色照片的菜單，嘴裡唸唸有詞，無非是幾句簡單的英文，this way, sir, our food is the best, very delicious, very good price，也有講法語與阿拉伯語的，還有人爲了引起注意，看到我的東方臉孔，叫唱著，Japan? Nihonnin? Yokohama? Konichiwa? 有的另闢蹊徑，用韓文打招呼，Hanihaseyo，也有人想到現今無所不在的新遊客，Nihow? Howchi! Hsieh-hsieh! 我被眾人團團圍住，反倒靠近不了攤位，心裡一陣厭煩，揮揮手，趕蒼蠅似的，叫他們go away……

不料有一個黑短捲髮的年輕人，竟動手抓住我的手臂，想把我拉過去，我突然間對這個肢體接觸動怒了起來，用力甩開他的手，大叫一聲，don't touch me! 動作太大了，把周圍的拉客者嚇了一跳，年輕人好像也生氣了，退到一公尺外，嘴裡不乾不淨用阿拉伯文說了一些什麼，我聽不懂，但心裡明白不會是什麼好話。我伸手指著他，用殺人眼神和手勢叫他過來，大聲喝問他說了什麼，他年輕的面孔也是一臉倔強，嘴裡仍然嘟囔著，卻不敢向前；其他拉客者先是安靜了一下，隨即就找到縫隙，一位瘦小的中年人說，he's no good, sir, he's impolite, he's too young；另外一位老人指著廣場另一邊，sir, report to the police, police, there, they will lock him up... 我再次不耐煩地揮揮手，心煩氣躁地離開了攤位，拉客者看我脾氣不好，也就散去了。

走到較遠處，我再度回頭看，的確，其中一個吸引我目光的攤販，案上明明白白堆疊了小山一樣的羊頭，那正是我本來想要尋找的；如果就這樣被拉客者搞壞了興致，心裡覺得很不甘心。想了一想，我決定再度往攤販走去。

才靠近，又湧上來五、六個拉客者，我指著羊頭攤子，問其中一個拉客者，is that your stand? 他說：sir, best food, good price，我又問：is that sheep's head? 那是羊頭嗎？他似乎聽不懂我所說的話，只把一張膠套彩色菜單遞給我，我低頭看，那是一張阿拉伯文與法文的菜單，我快速掃瞄尋找認識的法文單字，果然，我搜尋到這樣的字樣，grosse tête de mouton，這就是了，tête 是頭，mouton 是綿羊，grosse 大概就是形容羊頭很大吧？再看價格，半個羊頭，三十五迪拉姆（dirham），整個羊頭則索價七十迪拉姆，換算台幣一個大羊頭兩百塊，半個羊頭則是一百元，一點也不貴……。

我一面看菜單，一面內心盤算，但其他拉客者也不氣餒，繼續把菜單塞到我鼻下，sir, delicious food, best barbecue, very good price, sir, Moroccan food, lamb tajin, chicken tajin, best, good price。我把他們都推開，指著那位羊頭攤子的拉客者，can I have half sheep head to take away? 拉客者一臉茫然，我猛然醒悟，他雖然說了幾個英文字，極可能是聽不懂英文的，我只好改用法文，tête de mouton，他高興地點點頭，demi，半個，他露出缺牙的大口，用力點頭，take away，這句法文不會了，只好用手指比了一個走人的手勢，笑臉更開了，他用力點頭。

其他拉客者看我有了決定，就一哄而散了；拿著我的五十迪拉姆現鈔的接待者，快步走向攤販，跟廚子嘀嘀咕咕講了些話，攤子後面站著的廚師嫌惡似地看了我一眼，也不正眼看替我下訂的拉客者，轉身拿著鉤子伸向身旁一口大鍋，裡面的褐色湯汁倒有點像是我們十年不換的老滷汁，鐵鉤子從湯汁撈起一顆大羊頭；原來攤子桌上擺的羊頭不是直接賣的，放進滷汁裡才是完成品。廚師拿出剁刀把羊頭一劈爲二，再用小刀把羊頭臉上的肉剜下來，再快刀把它剁成小塊，拿出錫箔紙包碎肉包起來，放進塑膠袋裡，交給了拉客者。

拉客者笑盈盈地拿到我面前，我說，找的錢呢？他再回頭去找攤販廚師，廚師（極可能就是老闆）氣呼呼地拿出零錢（他完全沒有要找錢的意思），拉客者捏著兩枚硬幣走過來，遞給我一枚十迪拉姆，指著另一枚五迪拉姆，又指指他自己，露出諂媚的笑容。我想了一想，拍拍他的肩，算是同意的意思。從這些互動關係來看，拉客者極可能不是攤販的受雇者，這是觀光勝地的寄生生態，拉客者憑藉一點外語能力拉到客人，幫客人下了他們自己下不了的訂單，他們再向觀光客乞求一點小費；也許他們有時要到的小費不低，這是攤販老闆不想找錢或者一臉不開心的緣故。

我把切好的羊頭帶回廣場另一角幾位朋友處，有人不敢吃羊，聽到羊頭就露出驚嚇的表情，敢吃的大家用手直接抓來吃，手邊沒有調味料（攤販桌上倒是有一盤盤胡椒鹽模樣的東西供食客自行沾用），但那羊頭肉有煙燻焦香，卻又軟嫩多汁，可見是先烤後煮，煮汁中應該有多種香料，羊肉也因而飄忽著各種香氣；而頭肉本來就肥瘦混合，不柴不膩，每個部位都有不同口感，這又是一個我經驗到的好吃羊頭。

我曾經寫過文章講我在伊斯坦堡尋找兩個羊頭的故事，朋友讀後反應不一，有的垂涎不已，有的卻直呼好殘忍。可能羊頭不是我們台灣海島之民習見之物（做羊肉爐那些山羊的頭都到哪裡去了），但豬頭可是常見常吃的東西，記得小時候母親總在過年時買整個豬頭來紅燒，每天切一塊上桌，部位不同，臉頰、頭骨、耳朵、鼻管，各有不同滋味，讓我每天都有摸彩的感覺。

有一次在巴黎一家阿爾薩斯餐廳，我看到菜單上有傳統名菜小牛頭（tête de veau），點了來試，小牛頭上來時已經做了「文明的」處理，白色大盤正中央是切成方塊的幾片牛舌，兩邊放著兩坨切好的牛頰肉，正上方則放著一朵白雲般的牛腦，雖然部位俱全，但少了臉部形狀的視覺衝擊，吃起來壓力小一些。

雪碧切

雪碧切，ceviche，有時候也拼成cebiche，通常指的是秘魯沿海一帶用檸檬汁或萊姆汁來醃製的生魚料理。這所謂沿海一帶，其實包括了拉丁美洲的太平洋岸各國，智利、厄瓜多、哥倫比亞等國都可以發現它的蹤影（這些國家其實都是古印加帝國的一部分）；不過秘魯美食在國際享有盛名，在各地秘魯餐廳裡大多能看見這道代表性的料理，雪碧切因而也經常被說成是秘魯美食。

我有一些朋友甚至以爲雪碧切的生魚料理與秘魯的大量日本移民有關，事實上吃生魚片並不是日本人的專利，世界上原有很多國家（包括中國、義大利，甚至是非洲的莫三比克）都有生魚料理，只是手法不盡相同而已。何況生魚雪碧切在印加帝國時期就有了，它甚至早於歐洲人抵達新大陸之前……。

雪碧切的做法很簡單，選最新鮮的魚，取下魚肉切成薄片或小塊，加上檸檬汁、辣椒、紅蔥、芫荽與鹽，利用檸檬汁的酸度使魚肉略爲熟成，通常只要幾十分鐘卽可食用，這個做法亦適用於鮮蝦、干貝、章魚與花枝等海鮮；而各家餐廳調製的醃汁亦略有不同，有的人加入了番茄，有的人加入了芥末（極可能就是受日本移民的影響），也有人加入塔巴斯科辣椒醬（在倫敦蘇荷地區一家知名秘魯餐廳名字就叫雪碧切，它的醃汁裡加入了生辣椒與塔巴斯科，味覺衝擊強烈，它出版的食譜上就把這醃汁戲稱爲「老虎汁」（tiger juice）；當然，在秘魯廚師手中，雪碧切除了海鮮之外，周邊附上玉米、甘藷、鱷梨等，也是常見的事。

精通歷史的你可能會冒出一個疑問，檸檬在歐洲人到訪之前在拉丁美洲並不存在（檸檬是地中海地區的產物，它們是哥倫布之後才來到中南美洲），如果這是古老的印加傳統料理，怎麼會有用檸檬汁醃製的手法？在我讀到有限的資料裡，歐洲人抵達美洲以前，印加人其實是用發酵的玉米汁來炮製雪碧切。但一四九二年哥倫布到達美洲，帶來了物種大遷徙，番茄和玉米去了歐洲，改變了歐洲人的飲食（現在已經很難想像沒有番茄的義大利料理是什麼模樣）；而檸檬來到了中南美，也把雪碧切變了另一副模樣。

我已經不記得第一次邂逅雪碧切是什麼時候，極可能是八〇年代初我在紐約工作時，朋友帶我去一家中美洲餐廳，我在那裡初次遇見了它；印象中那家餐廳似乎是以加勒比海料理爲主（當時秘魯料理在美國也還不流行），爲什麼會出現太平洋岸的雪碧切，我也不完全明白，可見並不是太「正宗」。不過，當時我已經對雪碧切感到驚豔，雪白的魚肉純生中帶一點轉熟的脆感，酸鹹辛辣混合成一種奇特的滋味，在此之前我對生魚的理解僅限於沾芥末醬油的日本生魚片，勉強再加上香港人的魚生粥，而這一刻，雪碧切帶給我全新的體驗，因此就開啟了我與雪碧切長期的愛戀關係。

在此之後，我在倫敦吃過雪碧切，我在東京吃過雪碧切，也在舊金山吃過雪碧切；有的餐廳雖不用雪碧切之名，但明顯受到雪碧切的影響。有一次，我和幾位朋友來到紐約知名的法國海鮮餐廳「柏納當」（Le Bernardin），這可能是我吃過最「生」的法國料理，它的菜單分類竟然是「幾乎是生的」（almost raw）、「稍微碰一下」（barely touched）、「輕輕煮一下」（lightly cooked）三個大類，其中鯛魚切丁用萊姆汁略爲醃過，或者生干貝切薄片用檸檬汁、檸檬皮稍微碰一下，吃起來都有雪碧切的感覺，可見靈感來源應出自於此。但一直要等到三十年後，我才眞正有機會，坐在秘魯本土的餐廳裡，享用正宗的生魚雪碧切。但秘魯當地的雪碧切並不是最合我胃口的雪碧切，我心目中最細緻優雅的雪碧切，其實是出自日本廚師之手，可能亞洲廚師（特別是日本和香港）對魚貨鮮度的高度要求，以及烹調手法的細膩準確（絕對不讓鮮魚過熟），有助於他們處理雪碧切時的心領神會。但秘魯當地的雪碧切則勝在滋味的強烈大膽，醃汁又酸又辣，香草氣味也濃郁奔放，另有一種隨興自由的風格。

秘魯旅行歸來後，我也愛在家裡試做雪碧切，用來宴請朋友；台灣本來就不乏新鮮魚貨來源，而受日本影響，在處理生魚片的能力上也算不錯，大的市場裡要找到好的基本材料是不困難的。經過多次嘗試之後，我覺得白身魚最適合雪碧切的做法，我常用的魚種包括鮸魚、比目魚（包括它口感獨特的緣側）、鯛魚等，而海鮮當中的干貝與甜蝦也非常合適，我有時候也用透抽與軟絲，通常我會略爲燙過；有一次我也試過將蛤蜊燙成三分熟，再用雪碧切醬汁醃過，效果也很不錯。

雪碧切的醃汁，經過多次實驗後，我也有一些心得，基底是現擠的新鮮檸檬汁（如果怕太酸，可兌一點水），加上鹽巴調味，通常我會切碎一些新鮮紅蔥、辣椒、小番茄，以及一些芫荽，調好之後滴幾滴塔巴斯科辣醬，這就成了萬用的雪碧切醃汁。

眞正做菜時，醃汁仍然可以根據材料稍微變化，譬如用到生食干貝或牡丹蝦時，我並不想給這些細緻的材料太重的調味，我希望只是「稍微碰一下」；於是我把生干貝片薄，鋪在盤子上，先輕輕撒上一點鹽，我再把切得極碎的辣椒和芫荽，一紅一綠鋪在干貝上，最後均勻擠上檸檬汁，有時候我還加一點食用花裝飾，就完成了一道好看又美味的優雅版雪碧切。料理的確是這樣，粗獷有粗獷的風味，細緻有細緻的韻味，工作方法是可以運用於一心的。

後來有一次，我遇見一個新課題，我的妻子王宣一想要做一些秘魯料理給她的姐妹淘們試試，但朋友之中有好幾位吃素，她必須想出一些素版的雪碧切，希望我幫忙出點主意。我靈光一閃，想到了檳榔心（也就是俗稱的半天筍），我想像它的細嫩口感或許可以接近魚肉或透抽；最後她用了玉米筍和檳榔心，做出來果然十足是雪碧切的風味。那次請客之後，我們又繼續嘗試別的材料，發現冬筍、劍筍、草菇、杏鮑菇、豆腐和蒟蒻，也都適合做成雪碧切；這樣，本來以生魚爲材料的雪碧切，卽使在素宴上也可以有一席之地。

雞肉飯

有雞肉飯的國家很多，事實上，東南亞諸國，幾乎都能找到某種形式的雞肉與米飯的組合，大部分也都與華人移民脫不了關係。

在新加坡，不管是在文華酒店的高級餐廳，或在熟食中心的攤商小販，你都能吃到出名的海南雞飯；一般而言，雞肉總是軟嫩多汁，雞油炊飯則香氣十足，搭配三碟沾醬：黑醬油、薑蓉與蒜蓉辣椒，一種雞肉，多重滋味，那是代表性的新加坡國民美食。

而在馬來西亞的吉隆坡或檳城，到處也都可以找到物美價廉的「雞飯」（nasi ayam）；有的仍然標榜他們的海南來歷，有的就只稱雞飯了，雞也不限於白切雞，在攤檔之間常見的也有著色的燒雞或油雞，雙拼來吃也自然不過。但也有謹守白切雞傳統的店家，大馬「知食份子」林金城曾帶我回到他老家安邦（Ampang）造訪一家規模驚人的「樂園雞飯店」，那就是拒絕燒雞或其他燒臘混入的正統海南雞飯，經營四十多年絲毫不改傳統。

不過說到馬來西亞的雞飯，令我驚艷的其實是怡保的芽菜雞，雞肉其實還好，但搭配一整盤豆芽菜的吃法卻意外地爽口合拍；一方面怡保矮矮胖胖的芽菜本身滋味飽滿，加上用雞湯雞油輕快燙過，更添清脆甘甜；怡保的芽菜雞不一定搭配雞油飯，一碗沙河粉好像是更常見的組合。

這些漂流南洋的白切雞的原鄉海南島，我不曾有機會造訪，不知道原來的「文昌雞」滋味究竟如何？也不知道如今的文昌白切雞是否還能留下舊時味道？

但早年我在上海旅行時（我最早到上海是八〇年代末，那時候還不容易找到好東西吃，開始有覓食興趣應該已是近二〇〇〇年了），當時還能吃到很好的白切三黃雞。位於雲南南路的「小紹興」當然是名氣最大的，切一盤雞，加上一碗雞粥，是許多老上海的美好回憶；我來到「小紹興」時，它的輝煌時期已過，雞肉柔嫩但鬆散無滋味，用的已經是大量生產的飼料雞了。我吃到好吃的白切雞其實是無意中闖入的「振鼎雞」，第一次嘗試時頗爲驚喜，連它的雞油拌麵、雞胗與雞血湯，我都覺得頗有滋味。有一段時間我每次去上海都去品嚐，甚至還整隻切來帶回台灣；但兩、三年後，振鼎雞開始出名，分店愈開愈多，再吃時就覺得雞味淡薄，彷彿是土雞換了肉雞，可見雞肉來源一經擴充，保持品質就碰到困難，後來我也就不再去了……

台灣當然也有自己的「雞肉飯」，源於嘉義、聞名遐邇的台灣雞肉飯，它的源頭其實是「火雞飯」。我小時候第一次吃到雞肉飯，是跟著父親在彰化吃的，雞肉拆絲擺在白飯上，白飯則淋上加了焦蔥的雞油，尚未動筷已覺芳香撲鼻，雞肉也溼潤甘美，外食經驗不多的我，覺得是人間美味。我當時不知道雞肉飯用的是火雞，一直要等我來到台北，有見識的學長告訴我背景，我才知道雞肉飯的眞實身份。

但堂堂的火雞料理，爲什麼要巧立名目叫「雞肉飯」？這個題目恰巧可以對照另一個疑惑。有一次，旅居紐約的作家張北海寫了一篇文章叫〈啊，火雞！〉，文中提出一個大疑問：「台灣鄉間處處可見養火雞，爲什麼沒有知名的火雞料理」？他詢問一位本省籍友人，朋友回答他說，台灣人不吃火雞，家家戶戶養火雞是爲了「防盜」（火雞生性敏感多疑，一有外人靠近，立卽騷動鼓譟，效果猶如犬吠示警一般）……。但眞的是這樣嗎？

來自北平世家、就讀美國學校的外省人張北海當時所認識的本省人可能有限，我覺得他所問非人，這位本省籍友人知識可疑，信口開河，讓張北海誤信了半個世紀。事實上，我小時候家中也養火雞，窮人家養火雞，貪圖的其實是「更多的雞肉」；火雞本來口感比雞肉粗糙，是一種次級雞肉，但體形較大，同樣的飼料（成本）能多養出好幾斤肉來，是窮人家重要的肉食選擇。只是我們手裡養著火雞，心裡卻想著肉雞，餐桌上沒有任何名稱涉及火雞，我們講的都是「雞」，這是台菜裡看不到「火雞料理」的原因。

從這個脈絡，你才明白「雞肉飯」是多麼巧妙的發明，把火雞拆絲，讓你忘卻牠的粗糙與堅硬，用雞油澆淋，讓你感覺牠的滋潤軟嫩。大雞因此變嫩雞，價錢便宜又味近珍饈，這就是庶民美食的眞義。但現在火雞品種改變，許多肉質細緻的版本也出現了，在西式飲食菜單上，火雞也能以自己的「名義」行走其間而無愧色；反過來說，有些「雞肉飯」就眞的使用雞肉了。

速食簡餐式的雞肉飯之外，在台式餐飲裡，儘管菜色多元豐富，一盤好的白切雞還是好餐廳的基本要求；在台北餐廳「雞家莊」裡，「三味雞」其實是三種雞肉的切盤，包括了白切雞、烏骨雞和煙燻雞，顏色三分，滋味也三分，是很討好的一道基本料理。白切雞好吃的餐廳可能還有「明福」、「伍佰雞屋」、「儂來」等，甚至台灣各地有許多知名或不知名的小店，都能端出十分可口的白切雞來。

有趣的是，我自己覺得最好吃的「雞肉飯」卻出自日本。本來日本各地常見的雞肉飯應該是「親子丼」，用高湯與醬油煮洋蔥與雞肉，起鍋前加入蛋汁，再共同淋在白飯上，成了到處可見的國民料理。但是我最心儀的日式「雞肉飯」並不是親子丼，而是築地一家雞肉攤商自營食堂裡的「雞飯」（日文寫做「鳥めし」，讀做torimeshi）；這家雞肉鋪子叫「鳥藤」，目前在築地市場的場內和場外各有一家小食堂，座位不過十來個，提供多種雞肉料理，其中最基本也最價廉的就叫「鳥めし」。那是在一碗白飯之上，先淋上雞汁醬油，鋪上用絞碎雞肉煮成的「雞鬆」（概念相當於我們的肉臊），加上浸醬汁再烤過的雞腿肉，最後放上對切的溏心蛋和蔥白細絲，構成滋味豐富甜美的雞飯，並附上一碗放了韭黃的雞白湯，令人回味無窮。後來我有機會來到築地市場，我的首選已經不是永遠大排長龍的壽司店，而是這家很少滿座的「雞飯」。

在不久前的一次家宴裡，我也試著把這道日式雞飯擺入菜單之中，我把滷好的溏心蛋再用糖與茶葉燻過，給它更芳香的煙燻味；用醬油、清酒、米醂煮雞絞肉成爲雞鬆，把雞腿醃好後烤熟，切成大塊鋪在白飯上，淋上煮雞鬆得來的醬汁，小小一碗，配上韭黃雞白湯，做爲宴會「食事」的總結，工序雖繁但不難，卻十分討好，看來我會長期把這道菜放在家中宴席之中。

牛小排湯

第一次到韓國旅行，那是十多年前一個冬天，我們一行有幾個家庭結伴自助同行，還帶著四個差不多歲數的青少年。

在金浦機場落地時，已經入夜了；等折騰到了入住在明洞區的旅館，更是已近午夜，但大夥都餓了，怎麼辦？

我只好跳出來變成此行的「領隊」，我們並沒有事先說好這樣的分工，不過旅行書和相關資料都是我負責閱讀與尋找的，也算是大家的「研究發展部門」，眾人既然有需求，總要有人挺身而出。我領頭帶著一群老小，穿行在深夜的暗巷中，三轉四轉來到一家二十四時營業的食堂，店裡頭沒有其他客人，我用剛剛在飛機上才抱佛腳學來的韓文發音，爲大夥點了兩種湯品，餐廳桌上有兩種自助取用的泡菜，湯品則附有白飯，我們一面吃，一面讚歎它的美味，熱騰騰的湯溫暖了我們寒夜裡的胃，穿梭巷弄返回旅館時，我們大家都覺得滿足極了。

其中一位朋友問我說：「你對漢城這麼熟，來了很多次嗎？」（那時候，我們還不叫漢城爲首爾）。

我的回答讓朋友吃了一驚：「不，這是我第一次來。」

「那你怎麼能夠在暗巷中來去自如，又用韓文點菜呢？」

神奇之處在於我手中帶著的導遊書。我當時帶著好幾本日文的旅遊指南，有的是結構完整、章節井然的「書」，有的則是訊息豐富、版面紛雜的「雜誌書」（日本人稱爲mook），也有以美食或購物爲中心的「主題書」。其中一本雜誌書把韓文字母都用日文片假名標註出來，這樣我就能夠學會近似的發音；在講美食的一章裡，它又把一些常見的食物名稱韓日對照臚列出來，我因此又記著了若干韓國食物的講法；當我想到抵達後可能需要找一家離旅館不遠的「深夜食堂」，我在雜誌書中看到了這家二十四小時營業的餐廳，就順便看著地圖把它和旅館的相關位置默記了下來。

說穿了就一點也不奇怪，我在飛機上記下一家餐廳的位置，這使我不必重看地圖就在巷弄之間找到它（並不困難，因爲黑暗之中只有這家餐廳燈火通明）；它的食物很簡單，只有兩種湯和一種蒸肉，我只要再把三個食物名字背下來，基本上是可以對付的，唯一要費力氣的是，我必須把三個韓國食物名稱的韓文字母記憶下來，免得進到店裡頭才發現餐廳賣的東西已經變了。

這些未雨綢繆的準備果然讓我派上用場，我從旅館旁邊的暗巷穿過，轉了兩條小巷子來到一條比較寬的道路上，這家名叫「神仙雪濃湯」的小店就燈火通明地立在路旁，時間已是半夜，店中空無一人，我們走進去佔滿了兩張大桌，牆上貼著三張紅紙條寫著它所賣的食物，第一個叫「설렁탕」（seolleongtang，雪濃湯），第二個叫「도가니탕」（doganitang，牛膝湯），第三個叫「수육」（suyuk，獸肉或熟肉），跟我在書上讀到的一模一樣，我唯一

要做的就是指著牆上的紅紙條，把它們一一用韓文發音點下來，當所有的菜端上桌時，我的朋友們就覺得好像看到奇蹟了。

這其實只是昔日旅行的一個小插曲，而那家深夜慘澹營業的雪濃湯店如今已經出了名，變成觀光名店，店面在明洞區換了更好的位置，也開了多家分店，彩色印刷的菜單更是變成五花八門，不再是兩湯一菜的簡易小吃店，而多年之後我重訪這家排隊熱店，卻覺得味道頗不如從前了……。

但那一個晚上的湯品體驗，卻成了我的韓國料理接觸的起點。那個晚上喝到了兩種湯，「雪濃湯」其實是牛骨熬製而成，湯色雪白，再加入牛肉薄片，湯本身並不調味，必須自己加鹽與蔥花，韓國人也會把泡菜加入湯中增添滋味。「牛膝湯」一樣是牛骨熬出湯底，再加入牛膝筋而成，一樣不調味，由食客自行調節。兩種湯品滋味濃厚，滾燙鮮美，加入白飯共食，在冬夜簡直成了禦寒聖品。「獸肉」則是清蒸白切牛肉，別無其他調味，全靠牛肉本身滋味。我在初次去韓國旅行之前，對韓國料理所知僅限於銅盤烤肉、豆腐鍋、人蔘雞湯之類，並不知道韓國湯料理的品項之豐。

當天晚上的「雪濃湯」、「牛膝湯」啟發之後，我們隨後又試了河東館的「牛肉牛肚湯」（곰탕），「牛小排湯」（갈비탕），這些幾乎都是同一系列牛骨湯底的湯品，吃法也大致相似。事實上韓國的湯菜還有很多，譬如用牛血與鹹菜共煮的「解酲湯」（해장국），馬鈴薯與豬排骨共煮的「豬骨湯」（감자탕），鱈魚與蔬菜共煮的「鱈魚湯」（대구탕），明太魚乾與豆腐雞蛋共煮的「明太魚湯」（북어국），鮑魚與全雞的蔘雞湯等等；湯品之外我們也試了生醃螃蟹與辣煮螃蟹、各種辣炒章魚與河豚，更不要說也嘗試了擺起來一整桌子的各種宮廷料理，對韓國料理的多元豐富才有了初步的認識。

回到家，我們也想試試受到韓國啟發的料理。我的太太王宣一想到一種改良式的「牛小排湯」。我們請賣牛肉的肉販幫我們找到一整根的牛肋骨，連肉帶骨鋸成八、九大塊，每一塊差不多都有飯碗大小，把牛小排燙過洗淨後，加紅白蘿蔔、洋蔥、青蔥、昆布與整顆大蒜去煮，煮到牛肉軟熟即可

（大約要煮二至三個小時，宣一會在途中把紅白蘿蔔取出另外食用），濾去其他材料只留牛肉和清湯，如能置放一夜，我們還可以撇去油脂，讓牛小排的湯頭更清爽。吃的時候加一點鹽與白胡椒調味，有時候也撒一點蔥花。韓國版本會加紅棗、金針菇和冬粉，但宣一的版本會另外準備辣椒青蔥醬油與麻油鹽花兩種沾醬，讓食客用來沾牛肉吃；牛小排清湯則直接喝，或白灼一些台式麵線來配湯。牛小排我們也儘量選擇本土黃牛，肉湯充滿蔬菜甜味，牛肉本身則軟嫩而緊實；牛小排因爲切得很大塊，久煮不散，端上桌時氣勢驚人。我們通常一次買兩根肋骨，重量超過十斤以上，煮起來一大鍋；奇怪的是，如果不煮這麼大一鍋，總覺得滋味好像不足一樣。

如果來家裡的客人，已經試過宣一拿手的「紅燒牛肉」，第二次再來參加家宴，宣一就拿這道「牛小排湯」饗客。一道牛肉紅燒，一道牛肉清燉，跟台灣最受歡迎的兩種牛肉麵的湯底，竟然也不謀而合呢。

麻油拌飯

「건강하세요（geogang haseyo）！」

八十歲的韓國老太太笑盈盈把拌飯遞來給我的時候，精神飽滿地大喊了一聲：「祝您健康喲！」

「空岡哈謝喲！」我笨拙地用韓語回應，滿臉慚愧地接過厚重的陶碗，一股極其清香的麻油味撲鼻而來，我和宣一兩人同時用湯匙舀了一匙拌飯入口，忍不住一起叫出來：「這……簡直太好吃了。」

爲什麼滿臉慚愧？本來老婆婆端上來的拌飯是未攪拌的狀態，陶碗底下可以想見是白飯，不過我們看不見，因爲被上面豐盛的配料全遮蓋了；配料最上方是一匙紅通通的自家製「辣椒醬」（고추장，讀做gochujang），底下

則整整齊齊排了多種蔬菜，我可以看出來有黃豆芽、切絲的香菇、燙好的菠菜、炒過的芹菜、切絲的蘿蔔（入口之後才發現那是蘿蔔的水泡菜）、粗撕的海苔，還有一些叫不出名字的野菜。老婆婆端上拌飯之際，同時端上一碗芳香撲鼻的麻油，她用手勢指示我們澆上麻油後用力攪拌；我們就開始動手了，但老婆婆看了哈哈大笑，大概是嫌我們太斯文了，她把我們的陶碗搶過去，用湯匙舀了一大瓢麻油，然後使勁地攪拌，湯匙快速飛轉，陶碗發出響亮的叩叩聲，一下子，她就把飯菜和油醬全混在一起了，每一顆飯粒好像都染上辣椒醬的紅色，也都因爲麻油的沾染而發出晶瑩的油光，所有的配菜也都均勻地分佈在米飯之中。當她把飯碗遞給我時，我想到八十歲的老太太遠比我們元氣淋漓，不禁覺得不好意思。

這不是我們第一次吃韓式拌飯（비빔밥，讀做 bibimbap），事實上，我們第一次到首爾旅行，就不能免俗地要去試一下代表性的「全州傳統拌飯」；當時我們去了位於明洞著名的拌飯餐廳「古宮」，古宮的拌飯沿襲舊制，用的

是拌飯發源地全州的銅器，傳統的銅碗保溫效果良好，但很難照顧管理（成本也很高），現在大部分的拌飯餐廳已經都改用「石鍋」了，所以又稱爲「石鍋拌飯」。但石鍋其實是陶鍋，保溫能力不如銅碗，盛上拌飯時要先在爐上加熱，把陶鍋本身的溫度提高，這樣才能減低溫度下降的速度（附帶的效果是可以產生鍋巴，但正宗的全州拌飯是沒有鍋巴的）。我十幾年前在古宮吃飯的時候，他們還完全使用傳統銅碗，不過現在也開始使用石鍋了。古宮的韓式拌飯也有多種材料，上桌時顏色多彩，賞心悅目，拌勻後食用，多種滋味混在一起，既豐富也滿足。

但有一次讀韓國作者黃丞載用日文寫的首爾美食導遊書，讀到這家位於「市廳」的「拌飯餐廳」，名字叫做「全州柳婆婆拌飯」（전주유할머니비빔밥），文中稱讚她的傳統滋味，又說她的自製辣椒醬和水泡菜滋味一流，追隨者衆；辣椒醬用的南原辣椒，而且要在甕中熟成一年以上，麻油則來自全州家鄉。吸引我的注意力的，還包括她的拌飯是當做早餐的，而食堂在早上七

點就開始營業。

我特別傾向於在旅行時略過大旅館裡千篇一律的自助早餐，儘可能大街小巷去尋找獨特的地方早餐。在首爾旅行時，我吃到各式各樣的早餐，包括提供鮑魚粥、牛肉粥、花椰菜粥等的粥店，或是提供給宿醉人的早餐「解醒湯」（用牛血和鹹菜煮成），也試過用鋁鍋整鍋端上的刀削麵早餐，更不用說，有許多「雪濃湯」的食堂根本就是二十四小時營業；當我聽到拌飯食堂在七點就營業，心中躍躍欲試，在一個週日早上，七點多我們就出門來到市廳，按著書中所述尋找食堂的蹤跡。

食堂的位置與地址並不像想像中容易尋找，我們像鬼打牆一樣在幾條街道繞圈子，街道上空無一人，可能是因爲假日許多店都未開門緣故；最後，我看見一位大叔從巷中走出吸菸，驅前向他問路，他隨手一指，我們才發現店家的門面入口甚小，我們其實已經在它面前走過很多遍了，一直沒有看懂它的韓文店招；這時候，時間已經接近八點了。

店門是開的，但當我們推門闖進去時，卻看到一位老太太正在著衣，胸前衣襟也還沒扣上，我們慌忙點頭致歉，老婆婆揮揮手，要我們等一下，過了一會兒，裡頭走出另一位年輕婦人，把爐火點著了，並把各種備好的配料從內間拿出來放在桌上，整個廚房立刻充滿食物的香氣。

菜單就寫在牆上，沒有什麼好選的，早上就只有「拌飯」一項，晚上則另外提供「烤五花肉」和「黃豆芽湯泡飯」兩種。我們點了兩份簡單明瞭的「拌飯」，老婆婆笑吟吟點頭回廚房去忙了，年輕婦人則端來幾種泡菜和一碗黃豆芽湯，看來應該都是屬於「拌飯」的一部分。

不久之後，老婆婆端上陶碗裝盛的兩大碗拌飯，比手劃腳要我們努力攪拌；那拌飯上頭滿滿的配菜，但看起來全是素菜，見不到任何肉類，連常見的一顆生蛋也不見蹤影，這會是好吃的拌飯嗎？

老婆婆看我們攪拌時手腳不甚果斷俐落，笑呵呵搶過去，嘴裡不知唸些什麼，她使勁攪拌，陶碗發出巨大的碰撞聲響，一會兒，拌飯就拌好了，配菜全部隱了身，米飯則粒粒分明。我們舀了一匙入口，兩個對望一眼，忍不住說：「這……簡直太好吃了。」

辣椒醬的味道沾染每一顆飯粒，但只覺得甜不覺得辣，麻油也裹住所有飯菜，不僅芳香而且柔順，每一種菜都有滋味，看起來似乎是燙過的菠菜，顯然是有調味的，黃豆芽也似乎是事先用麻油拌過的，最重要的是那些蘿蔔絲，它本身是水泡菜，滋味酸甜皆具，卻頗爲幽微淡雅。畫龍點睛的，是這些材料全部拌勻了，每一口都吃到多種滋味，而這些滋味又彼此呼應，辣椒加強了麻油，麻油馴化了辣椒，黃豆芽的脆口配上菠菜的柔軟，蘿蔔的酸甜配上海苔的脆香，好像交響樂似的，每個樂器各司其職，卻都與其他樂器共鳴。這眞是我們吃過最樸素卻最好吃的韓式拌飯。

後來，朋友問我首爾的美食經驗，我常常推薦他們去試試這個老太太主掌的小食堂，只要朋友眞的早上爬起來找到了它（這需要一點決心），回來幾乎都會驚奇地說：「眞的，沒有想到那麼簡單的拌飯竟好吃成這樣！」

跟離上一次吃到這家拌飯，匆匆又過了快十年了，不知道那位精神飽滿的老婆婆是否還安然無恙？

鱈魚乾解酒湯

有一次在韓國首爾出差，開完第一天會後，回到旅館，半夜裡突然腹瀉不止，不知原因，無法成眠，也痛苦不堪；第二天早上預定的會議變得無法參加了，只好讓隨行的同事代替我出席，事實上沒有我在場的會議，通常同事們會表現得更好，我也沒有什麼好掛心不下。休息了一個早上之後，體力稍稍恢復，竟然就覺得餓了，我想避開大部分的韓國食物無所不在的辣椒，因此決定把行李寄在旅館裡，自己一個人外出覓食了。

我的想法是找一家傳統食堂叫點白湯之類的食物，在韓國食堂裡，各種以牛骨燉成的湯，像雪濃湯、牛小排湯、牛膝湯，或者牛尾湯，都是簡單美味，濃郁中帶著清爽的食物，配一碗白飯來吃，又能激起病中的食欲，又不刺激胃，當中的肉類也可能提供一點蛋白質來增強體力。但旅館所在是一個辦公室林立的金融區，放眼間看不到傳統食堂（可能都藏身在巷弄裡），大街上都是比較現代風格的新式餐廳；我記憶所及的雪濃湯店，像「里門雪濃湯店」在鍾路區，「神仙雪濃湯店」在明洞區，「白松」則在光化門旁，都在江北地區，特別跑過去也太折騰了，何況吃了一點東西我就要去趕飛機呢。在大街上逛了逛，看不出端倪，而那也是「大眾點評」類網站還不發達的年代，無法可想，最後看到一家乾淨明亮的小餐廳，牆上彩色海報顯示各種豐富選擇的菜餚，決定大膽走進去。

當時還不到中飯時間，店中空無一人，找了座位坐定之後，我在桌上的韓文菜單中看不到我認識的설렁탕（雪濃湯）字樣，只好找店員來問，我一開口講英文，年輕女店員立刻花容失色，頻頻尖叫搖手，也不知道是說聽不懂，還是說沒有這類湯料理；小妹妹退去找來另一位年輕男子，勉強說了幾個英文字後，也開始搖頭搖手，完全雞同鴨講，無法溝通。但我實在體力不

足不想再走了，只好客氣地問他有沒有英文或日文的菜單，或者店中有沒有人能說英文或日文，能夠給我一點幫忙，年輕男子慌慌張張地退下了，也不知道究竟他的答案是什麼。

過了一會兒，從店中後方走出一位雍容華貴的婦人，全套正式西裝，脖子圍著絲質領巾，臉上濃妝但不失優雅，來到我面前先深深一鞠躬，字正腔圓地講著十分禮貌的日文，一長串的句子其實只是要問她可以幫上什麼忙；我只好用我有限的日文向這位貌似社長的女士解釋，我因爲「病氣」之中，請要尋找某種清淡食物，不知店中是否有雪濃湯、牛膝湯之類的料理供應；女社長再度鞠躬回答：「小社沒有您所說的上述食物，而那些食物都需要長時間準備，無法臨時準備，實在非常抱歉。」我又問道：「那您是否可以推薦店中某些食物，適合我這種狀況食用，主要是不要辣椒？」

「如果您不嫌棄的話，請容我交代廚房，幫您準備一些不在我們菜單之中，但可能適合您在病中享用的料理。」

「那太感激了。」我站起來點頭表示感謝，也好奇她會端出什麼料理。

女社長再度深深一鞠躬，隨即退下進廚房去了。

過了沒多久，剛才花容失色的女店員怯生生地端著一個托盤走出來，小心翼翼放在我面前，二話不說就逃走了。我看著眼前的托盤，正中央是一大瓷碗顏色淡泊的湯，旁邊不鏽鋼碗裡盛著白飯，四個小碟子擺著泡菜，但都是沒有辣椒的泡菜。我用湯匙攪拌那碗色澤帶著淡淡乳白的清湯，看見裡面有豆腐、蛋花和小黃瓜，還有一絲絲像肉絲的東西，試了一口，發現非常美味好喝，湯中有一種明顯的鮮味，那鮮味不僅在湯汁中，也進入了豆腐、蛋花和小黃瓜，看似清淡的「豆腐蛋花湯」，但湯的滋味非常獨特鮮美，用的是小魚乾嗎？我心裡疑惑著。

用餐到了尾聲，女社長悄悄來到桌旁，又是深深鞠躬，很客氣地問：「不知道此湯是否符合您的胃口？」

「這眞是太好吃了，我可以知道這到底是什麼湯嗎？」

「干し明太です。」（是鱈魚乾呀！）女社長微笑回答。

原來是鱈魚乾煮的湯，味道這麼鮮美，比新鮮的魚煮出來的魚湯更有複雜幽微的滋味；鱈魚乾顯然在韓國料理中應用廣泛，我在市場或超市多次看到鱈魚乾綁成一串一串販賣；而這道湯料理我也在書中讀過多次，但一直沒有機會試過。離開餐廳前往機場時，我暗自在心中想，下次來首爾，一定要去試一個以鱈魚湯聞名的餐廳。

這個「下次」來得很快，沒多久我又有機會到首爾出差，我已經事先做好了功課，預備找到空檔就要前往武橋洞一家創業近五十年的鱈魚乾湯專門店。我們一行三個人抽空來到這家店的時候正是午餐高峰時間，我的老天爺！店內擠滿人群，店外大排長龍，生意興隆到不可想像，我們在門外看了一會兒，發現它周轉非常快，排隊隊伍消化得也很快，我們決定也認真等待，期望它真的值得大費周章。

這家食堂周轉速度的確很快，不到半小時，前面長長的隊伍就消散了，

馬上就要輪到我們了，不過我也看出來它周轉快速的原因，它整個餐廳只有一道菜，沒有人需要點菜，坐下來店家就按人數直接端上食物來，一點都不耽擱時間；而這唯一的料理就是「鱈魚乾湯」，但它稱爲북어 해장국（bugeo haejangguk），也就是「鱈魚乾解酲湯」的意思，強調它的解酒功効。料理並不需要另外準備，店內廚房一口巨大的鍋子，裡面沸騰滾著湯，一名戴白帽的廚師用一隻大勺舀出一碗碗湯，另外幾名幫手忙著盛飯並準備一碟碟泡菜，放入托盤，外場服務員只要把湯加入托盤，卽刻可以上菜，怪不得速度飛快。

輪到我們時，服務員把我們安置在一張大桌，和其他看似上班族的客人併桌，不由分說就端上三個托盤，食物已經全部到齊，我們也就埋首於湯碗與白飯之間。

桌上另有一碟調味料，那是鹽份很高的蝦米醃醬，供客人調味之用；韓國的湯料理一般都不太調味，桌上另有鹽罐讓你自行添加，這裡則改用蝦米醃醬。我學習其他韓國食客把蝦醬與泡菜加入湯中，再加上大量蔥花，果然味道非凡。

這家位於市廳附近的鱈魚乾解酲湯的名店叫「明太湯家」（북어국집，讀作Bugeogukjip），我在書中讀到它的鱈魚乾湯是加了牛大骨熬製而成，難怪它的滋味比一般鱈魚乾湯要更勝一籌了。

味噌藝術

會發現這家店其實是個意外。

有一次，我和兩位同事前往首爾出差，前一天開會並應酬到深夜，第二天在上飛機前我們有半天的空閒時間，我們藉機會前往仁寺洞逛逛；同事中有一位是日本抹茶茶道的愛好者，仁寺洞的諸多古董與陶瓷器店可能對他頗有吸引力，我因爲對購物不甚內行，雖然陪著看了許多美麗物件，卻也看不出有什麼可以買的東西，內心只想著午餐可以吃些什麼。

隨後時間已近中午，我想起我曾經在仁寺洞附近吃過一家難忘的蔘雞湯店。那是更早幾年一個機會，我與幾位香港朋友相約前往首爾尋找美食，有好幾家餐廳都是香港美食家朋友蔡瀾推薦並安排的，有一個中午我們被韓國

接待者帶到仁寺洞附近一家位於二樓的餐廳，那家餐廳名叫「皇后名家蔘雞湯」（황후명가삼계탕）；走上二樓時，我看到它有許多英語與中文的海報，心裡有點疑心它太觀光化了，又看到斗大的蔡瀾照片被貼在門口，我也害怕這家餐廳已經變成招攬香港觀光客的店家，不是本地人會去的地方。等到坐下來上菜之後，我就發現我的擔憂是多餘的，這是我吃過最豪華、最好吃的蔘雞湯，裡頭除了基本的全雞、蔘鬚、糯米之外，它還有冬蟲夏草、整支人蔘和好幾顆鮑魚。我本來並不是蔘雞湯的熱情擁護者，總覺得湯太濃、糯米飯太飽，而雞胸肉易柴，雖然也好吃，但我沒有特別熱衷，我可能覺得「明福台菜」的「鮑魚糯米雞」更值得推薦，但這一次來到「皇后名家蔘雞湯」的經驗，卻讓我印象改觀。由於餐廳是朋友安排也由朋友買單，我根本沒有機會看到菜單或帳單，之後一直耿耿於懷，很想知道這麼奢華的蔘雞湯是什麼價錢？而餐廳本身還有其他料理嗎？

現在既然來到仁寺洞附近，不妨再去一探究竟。我根據手上書本的資料，找到它的住址，尋址來到店家，卻發現原址已經變成一家美容院了，心裡覺得悵然。回家之後，我上網去查，才知道它早已經遷址，現在移到光化門附近了。從網路所見，發現它比過去更觀光化，也頗有一些熱情支持者；從網路上看到的菜單，也才知道它的蔘雞湯其實有四個等級，第一級就是基本的蔘雞湯，第二等級加了人蔘，第三等級再加上冬蟲夏草，最昂貴的第四級，才是我吃到的加上鮑魚最豪華的版本（想到這裡應該感謝我那位慷慨的香港朋友）。網路上愛吃蔘雞湯的人顯然分成兩派，一派認爲「土俗村」的蔘雞湯好吃，另一派則認爲「皇后名家」的蔘雞湯更勝一籌。我兩家餐廳都吃過，但我發現不好比較，因爲我吃到的「皇后名家」的版本比「土俗村」奢華很多，有點勝之不武，也許下次再找機會探訪比較，可以做出更好的判斷。

回到我剛才說的沒有著落的午餐，很快地我又想到第一次來首爾旅行時，我和朋友們在仁寺洞附近曾根據手上的美食書，找到一家在巷子裡的「韓定食」小店，名字叫做「土房」；那是我們第一次的「韓定食」經驗，我們著實被它源源不絕的上菜數量震撼了，十幾個小菜加上各種煎餅、拌飯、湯品、豆腐鍋等，既豐盛又美味，價錢還出奇的合理，雖然已經十年過去，我還是印象深刻；我翻開書本指著它對同事說：「不然我們就去這家好了。」（不是指著手機螢幕，而是指著書本，讀者現在知道我仍是老派人士）。

我們再度按址前往，在那條巷子裡走來走去，完全看不見「土房」的蹤跡，我另一位會說韓語的同事向巷口攤販詢問，他不耐煩地揮揮手，說：「搬走了，搬走了。」

兩個連續的打擊有點讓我失去了信心，仁寺洞顯然比起我早期來要熱鬧很多，觀光客很多，餐廳也增加了很多，從前相當僻靜的巷道現在開滿了針對觀光客的餐廳，也變得喧嘩嘈雜，這讓我有點失落，好像一個熟悉的老友變了樣似的。

不過，我自己不是愛說「Have book, will travel」嗎？我手上還帶著一本韓國美食作家許丞鎬的新版日文書《好吃首爾一〇八家店》（おいしいソウル

一〇八店），資料豐富，令人嚮往，我怎麼可以還沒查考就洩氣了呢？我趕緊把書拿出來，查看有沒有作者推薦的仁寺洞附近美食店家，很快我就找到答案，有一家餐廳叫「툇마루집」（Toenmarujip），是一家強調追求「味噌藝術」（된장예술）的名店。這本書我已經臥遊多年，每次我看著這家餐廳的照片也覺得口水直流，現在既然人在附近，何不就去闖一闖呢？

我們再度按址找到巷弄之中，所幸書中資訊沒有過時，位於小巷裡二樓的小餐廳安然健在，只是人聲鼎沸，餐室裡擠滿了人，簡直不知如何下手。一位收拾餐盤的大嬸看我們摸不著頭緒，招手叫我們擠進一張和別人併桌的座位，她一面清理桌面一面說：「你們先坐下來，我待會兒再來幫你們點菜。」

其實也沒有什麼菜好點，所有的客人都點牆上貼的紙條上的大字：「味噌拌飯」（된장비빔밥）。我們也依樣畫葫蘆地點了三份「味噌拌飯」。

先端上來的是一個竹篩子，綠油油地，上面放了大量的綠色菜葉，仔細再看，裡頭有切成小段的韭菜，一些切成細條的芝麻菜，再加上七八根翠綠的青辣椒；過了一會兒，又端上來每人一大碗紅通通的味噌湯，看得到紅辣椒的細碎，還有大量的白豆腐；然後是每人一碗黃綠相間的白湯，裡面有蛋花、蔥花和鱈魚乾；最後又每人端來一個白色大碗，裡頭是加了麥粒的米飯。

怎麼吃呢？我看著鄰座的大叔，他舀幾大匙的味噌進飯裡，抓了大把韭菜、芝麻葉進入飯中，又把桌上任人取用的兩種泡菜各取一些放入飯裡，然後用力拿湯匙攪拌起來，不一會兒，整碗飯變得紅綠混合，非常誘人。我們也學著用力攪拌起來，拌了一下，就覺得味噌湯加得不夠，沒有讓每顆飯粒都沾到醬汁，於是再倒入一些味噌濃湯，繼續攪拌，直到韭菜的綠和味噌的紅沾滿飯粒爲止，這時候我們也才明白爲什麼他們的白飯需要這麼大一隻碗，那是便於攪拌的緣故。

我用湯匙舀起吃了一口，不禁讚歎它滋味的巧妙，那味噌湯和日式的味噌湯不同，濃稠得好像勾了芡一樣，味噌本身也還充滿黃豆的顆粒口感，湯裡面也還有多種滋味；我又學鄰座客人加進了韭菜、芝麻葉，還混入蘿蔔葉的泡菜，每一口吃起來都豐富飽滿，多重味道在口中相互衝擊。味噌滋味帶甜，豆腐是入味的老豆腐，再搭配一口鱈魚乾的鮮爽清湯，那的確是令人驚豔的組合。我在韓國吃過各式的拌飯，像這樣平凡的材料卻成就滋味不凡的美食，價錢只要一百多塊台幣，實在是不可思議。

黑鮑潮騷

台灣美食家楊怡祥醫師寫過一本頗有意思的大作叫《世界第一美食》，書中常常做出驚人之語，譬如說世界最好的「鮪魚大腹」當屬日本東京知名壽司店「小野二郎」以及位於日本靜岡清水的「末廣鮨」，又說最好的魚翅在澳門的「西南飯店」，最好的河豚出自日本山口縣的「春帆樓」，而世界最好的烤乳豬則來自西班牙馬德里的名店「波亭」（Botín）……。

這些斷言當然不免有爭議，有很多見多識廣的美食大家恐怕是另有看法。我讀此書多年之後有幸結識作者，楊醫師就對我說：「大膽說出各種食材處理的世界第一，目的就是引發爭議，引來更多人拋出他們的看法，如果說得不慍不火，恐怕就沒有人理了。」

楊醫師生涯經歷頗爲不凡，他曾留學日本，又是知名作家與美食家邱永漢之甥，愛吃能吃，也見多識廣，更是劍及履及的實踐型人物，每次聽聞某處有出色餐廳，他常常就專程搭飛機去試。我讀他的「大膽狂言」，並不以爲忤，總覺得這是見解獨特敢於不流俗的「知食份子」。

他在書中把兩種食材（鮑魚與龍蝦）的「世界第一」都判給了日本志摩半島一家旅館「志摩觀光旅館」的附屬餐廳，理由是該餐廳擁有一位天才型法國料理大師高橋忠之，而志摩半島又有太平洋黑潮帶來的暖流交會激盪，生產絕美的龍蝦與鮑魚，供大廚創作出最佳的作品來。

爲了追尋楊醫師的足蹤，雖然我出發已經太遲，高橋忠之已經退休，我仍然按圖索驥，來到這家位於志摩半島的觀光飯店下榻，也訂好餐廳預備要嚐嚐它的龍蝦與鮑魚。

前菜之後，孕育於志摩海灣黑潮中的黑鮑就要正式上場了。這道菜的全名其實叫做「鮑魚佐香草奶油醬汁」（Ormeau Sauce Beurre Blanc aux fines herbes），鮑魚約莫拳頭大小，肉厚色黑，端端正正放在白色瓷盤之上，鮑魚身下一點點綠色醬汁，除此之外別無其他配菜。鮑魚本身煮得軟嫩，餐刀輕輕一劃就切開了，但放入口中卻仍頗有嚼感；鮑魚帶著海水潮香與鹹味，醬汁中則是混合了奶油、白酒與各色香草的香氣與滋味。這是我吃過最高雅細緻並且層次分明的鮑魚料理，和廣東人利用乾鮑發泡再以高湯煨煮的鮑魚料理很不相同，令我印象深刻。

另一道龍蝦名菜（全名叫做「龍蝦佐美國醬汁」，Langouste a l'Americaine）也很出色，也讓我感到耳目一新，但今天我們先專心談鮑魚，龍蝦也許改日再說。

我回到家中之後，對高橋大廚原創的鮑魚料理念念不忘，上網一查，發現高橋忠之的食譜其實是存在的，而且還頗爲詳盡，心中覺得躍躍欲試。我先到台北濱江市場找到體型壯碩的南非新鮮鮑魚，每隻比手掌還大（比我在志摩半島看到的鮑魚更大），裙邊黑厚，品質良好，挑了八隻，重量竟達三公斤多，每隻都超過四百公克。

回家洗淨鮑魚後，先用滾水燙過，除殼去內臟，八隻碩大肥美的鮑魚淨身就被我剝下放入調理鐵盤中。

依照食譜所見，我必須準備一口大鍋，放入大量的水、鹽、香草束，再要加入蘿蔔（食譜裡說鮑魚與蘿蔔同煮是關鍵，蘿蔔是使鮑魚柔軟的原因）；水中放鹽，用小火慢煮，鹽味會慢慢進入鮑魚肉中，鮑魚煮熟後就有自然的鹹味，調味的重點就轉往「香氣」了。食譜中又說，鮑魚煮至半熟時，要再加入一把米，這是加速鮑魚軟嫩的訣竅。以我所買鮑魚的大小，鮑魚在鹽水中大約要煮三小時，才能肉身柔軟，香草與鹹味都已浸入。煮到熟嫩的鮑魚取出後放涼，這差不多就是鮑魚料理的前半段工作。

到了晚上客人來臨時，我再從冰箱取出鮑魚，回復室溫後，拍上少許麵粉，放進平底鍋先用奶油與香草同煎至微有焦香味，再淋上少許白葡萄酒與檸檬汁進入烤箱略烤，上菜時再把平底鍋內的香草奶油醬汁淋上。

這樣做出來的「鮑魚佐香草奶油醬汁」，和我在志摩觀光旅館吃到的鮑魚料理確實有七、八分神似，細微的不同之處，可能來自於鮑魚產地不同所帶來的質地差異，或者是所用香草的不同，當然也可能是手感與火候的差異。

在家宴桌上出現這道「山寨版」鮑魚料理之後，在賓客之中還頗受歡迎，我就很想再加以改良；我特別想要強調「海水」的味道，原因是這樣可以凸顯新鮮鮑魚與乾鮑的不同。華人把鮑魚晒乾，再經發泡還魂，然後用上湯（雞與火腩）煨煮，高明者可整治至軟嫩糖心，可以說是鮑魚料理的經典之作，很少新鮮的鮑魚料理在滋味上能夠超過它；但高橋先生的香草鮑魚，經過多重工序，的確能創作出可以匹敵的鮑魚料理。既然用的是新鮮鮑魚，如何把剛出海水的感覺重現出來，也許可以增添這道料理的趣味。

我想到的是利用「海藻」或者「海苔」，把新鮮海藻或海苔，加入香草奶油中略爲拌炒，再把海藻或海苔奶油澆在煎過的鮑魚之上，你可以同時吃到帶著奶油香草味道的鮑魚，也可以吃到海藻、海苔的海潮滋味，這就喚起鮑魚剛出海水的暗示。後來幾次我在家中請客做到這道鮑魚料理時，加上海苔或海藻就變成我的基本手法了。

多年之後，我在東京知名的日本料理餐廳「分とく山」，終於吃到我聞名已久的鮑魚料理，那是名廚野崎洋光的一道發明；上菜的時候，這道名爲「鮑魚磯燒」的賣相十分出色，鮑魚殼上整顆鮑魚，其上鋪滿綠色海苔，已經烤得芳香撲鼻。在做法上，鮑魚是先煮熟的，極可能用的是壽司店的「蒸鮑」做法，然後再把事先取出的鮑魚肝做成肝醬，抹在鮑魚殼中，蒸好的鮑魚切成厚片擺在肝醬之上，上頭鋪滿新鮮海苔，再全體進入烤箱烤至海苔焦脆爲止；吃的時候，海苔香氣迷人，鮑魚肉身已經蒸至軟熟（依壽司店蒸鮑手法，應該已經有清酒與鹽調味），沾著滋味濃郁的肝醬，又是另一番滋味。一個鮑魚料理，厚實口感的切片，多重繁複的滋味，與酒搭配尤其相激相盪，的確是非常迷人。

在嘗試高橋忠之的鮑魚做法並讓我自行加上海苔之後，兩者已經有許多相像之處，也許下一次我應該來試試野崎洋光大廚的手法，實際感受這水煮與酒蒸的不同口感和不同香氣，進一步體會新鮮鮑魚的料理可能性。

清湯肉骨茶

因著一些文學與出版的因緣，我有多次機會造訪馬來西亞，二十多年來，結交了諸多馬來西亞的朋友，大部分都是大馬華人；直到最近，我因爲完全不一樣的工作，才有機會陸續結交了若干馬來族裔的新朋友。

在與許多大馬華人朋友往來的期間（我有時候戲稱，按照人口比例，我可能在大馬華人圈中擁有最多朋友，由北往南，從檳城到新山，每一個城市我都有機會找到請我吃飯的朋友），這些朋友聰明勤奮，多才多藝，而且熱情好客，帶給我許多美好的經驗。而在這些美好經驗之中，美食探訪與享受，常常也是其中重要成份。

當然，美食探訪的美好經驗，在結識大馬美食作家林金城之後，又來到一個不同深度的階段。詩人兼美食作家林金城，在更大的華人圈中有時被稱爲「大馬蔡瀾」，雖然我並不很贊成這個比擬與暱稱，我有幸同時結識這兩位華人世界聞名的美食家，也幸運地多次由他們帶領尋訪香港與大馬的美食景觀，但我仍覺得他們的風格是很不相同的；蔡瀾勝在人生歷練多姿多彩，足跡遠播，見多識廣，美食知識經他信手拈來，都是令人興味盎然的文章。

相形之下，林金城的文章動人之處，卻來自於他辛勤的考古溯源，以及人類學式的田野調查，不辭偏鄉陋巷，也不放過街坊排檔。事實上，我不曾讀過金城的文章提到任何米其林星級餐廳，就連大城市裡的高檔酒家的富貴料理也從來不是他的關心所在。我曾經爲他一本追尋峇里島美食的專書寫序，提到他美食寫作的重心與特色，我說：「他惺惺相惜的，多半是與常民生活千絲萬縷、纏綿不休的『大衆美食』。也正是這樣，金城的美食探訪，通常不是冷氣房裡的杯觥交錯，而是樹下橋頭的食攤排檔；爲了追尋古早的原味源頭，有時候他必須跑到偏鄉舊巷，找到那些被時間遺忘的小店，找到那些仍然堅守古法工序的老派廚人，才發掘出一則一則動人的故事。」這段話現在看起來，應該還是合適的。

雖然擁有這樣的朋友，但我「利用」他的機會還是太少。每次我到馬來西亞，總有排不完的行程與會面，我的旅行內容總是工作、工作、工作。後來（也就是我年事漸高，比較需要照顧的時候），許多次大馬之行，我的妻子王宣一大部分都結伴同行；旅行的內容大致上就變成，白天我去開會或者演講，林金城就來旅館把宣一接走，他們一起去走訪各種鄉里美食。

到了晚上，我在旅館裡聽宣一對白天尋訪的「實況轉播」，幸運的話，她有時候會帶回一些糕餅或點心，這樣，她的「實況轉播」就多了「實體物證」。在那些日子裡，我對大馬的飲食，「耳食」的機會更超過了親身體驗。儘管如此，這些故事我還是聽得津津有味，譬如有一次，她跟我說到金城帶她去雪蘭莪州一個小鎮叫「新古毛」，有一家古老的糕餅店，她描述店家全員如何努力保持傳統工序，講到店老闆性格的樸實可愛，她還帶回來一盒爲我準備的「咖椰餃」，那咖椰餃的確是我吃過令人驚豔的獨特糕點，咖椰內餡芳香濃厚，外面則是層次分明的酥皮，樣式古老鄉土，但滋味卻教人回味無窮；宣一說還有一種極其美味的「榴槤蛋糕」，她吃到的是剛出爐的熱蛋糕，可惜她沒辦法帶給我了。

我總以爲這樣的忙碌行程只是暫時，等到我「比較不忙」的時候，我就可以和宣一或者金城一起再去拜訪這些迷人的老店；但世事永遠不是我們所料，我的伴侶在一次旅行中，心肌梗塞猝然離去，找到時間共同重訪那些店家就變成不可能實現的事了。

宣一過世沒多久，我再次因爲工作來到吉隆坡，我刻意多留了兩天，並且央求老友林金城：「你可以帶我去看那些宣一去過的店家嗎？」

像是驗證宣一跟我說過的種種「實況轉播」（這就是妳說的那棵樹嗎？這就是妳說的那碗湯嗎？），又像是一場想要同歷其境的「招魂之旅」，金城帶我重遊他們的探訪路線。我們因而來到峇冬加里新村，拜訪「瑞麟餅家」，那是一對美麗可愛的年輕夫婦刻意保留古法製作的「麻蓼」（在台灣，我們稱爲「麻粩」），它的滋味完全就是我小時候吃到的懷念之味，如今在台灣已經完全沒有了。

我們又驅車來到新古毛，就到了我曾經吃過美味咖椰餃的「昇雲餅家」，老闆許宇全事先接獲金城的電話，特地趕做了當天本來不製作的「榴槤蛋糕」待客，熱騰騰剛出爐，微微榴槤香氣，樸素的海綿蛋糕或戚風蛋糕的模樣爲底，彷彿奶油蛋糕一樣塗抹了平淡無奇的白色奶油，一吃之下，才知道那奶油其實隱藏著榴槤滋味，細膩可口，香氣連綿不斷，繞樑三日似的，按照林金城的書中的說法，那可是「直達天堂的滋味」……。許老闆微笑不太說話，指著牆上要我看一張剪報，那是《星洲日報》報導林金城與王宣一尋訪美食的文章，兩人在「昇雲餅家」有一幀合影；我感受到老闆關心的心意，我點頭謝謝他，只是，只是我也不能讓朋友看見我內心激動的波濤。

第二天早上，金城說：「帶你去試試一家客家的清湯肉骨茶。」

肉骨茶，這幾乎是每次來馬來西亞必修的「通過儀式」，儘管我在大馬經常行程緊湊，來去匆匆，倒也有許多機會享受馬來西亞各地的特色肉骨茶。其中，肉骨茶的勝（聖）地巴生（Klang）也由朋友帶去多次，試過多家名店，其中又以暱稱「橋底下」的「盛發肉骨茶」最令人印象深刻，據林金城的考據，巴生固然是肉骨茶的發源地，但盛發主人的祖父李文地極可能就是巴生肉骨茶的眞正創始人，而肉骨茶的「茶」字，極可能也是肉骨「地」音訛而來。

「盛發肉骨茶」如今已由第三代李傳德夫婦接棒，年輕夫婦勤奮謙遜，待人和善有禮；所製肉骨茶湯汁濃淸相宜，滋味醇厚，支持者絡繹於途，而肉骨部位選擇衆多，有豬手、腳彎、大骨、小骨、三層骨等，加上豬肚、豬腸、粉腸等，簡直是豬肉的盛宴。說它是巴生的肉骨茶的代表，可能並不爲過；但巴生一地，肉骨茶店號稱超過三百家，每家都有自己獨特配方與風味，用一家店概括一地的衆聲喧嘩，當然也是太過武斷。

肉骨茶讀做bak kut teh，顯然有著閩南血緣，但肉骨茶又有白派、黑派之分，黑派指的湯汁是用了黑醬油，色澤深暗，是閩南人群居之處常見的表現；白派則是潮州人以白胡椒爲湯底，色澤淺淡，南馬與新加坡多爲白派，因爲潮州族群盛大的緣故。黑白兩派的肉骨茶，我都有機會品嚐，兩種不同風味的肉骨茶也各有千秋，都有令人著迷之處。但金城說要帶我去品嚐的「客家清湯肉骨茶」，這又是什麼源流與來歷呢？

清晨時光，朋友福南驅車載我和金城前往肉骨茶店，店家並不遠，就在八打靈再也（Petaling Jaya），從吉隆坡市中心開過去，大約只要半小時。不像巴生肉骨茶店群聚的盛況，這裡只是一家孤單的路邊肉骨茶店，名叫「一心閣茶餐室」，看板上又有小字加註：「吳亞華肉骨茶」；附近並不是繁盛之地，似乎食客都是在地鄰里居民，或者特地開車前來，顯然也有它穩定的支持客群；店面也很寬敞，雖然客人不少，但並不覺得擁擠。

大夥坐定之後，朋友向老闆要來熱水沖泡自己準備的茶葉，林金城則逕自與老闆商量菜色，不一會兒，肉骨茶一碗一碗紛紛端上來，和其他肉骨茶店相似，碗中內容也大抵是豬骨豬肉的各種部位，有小骨、五花、腿彎等多種選擇，但湯色清澈，接近台灣人的「蘿蔔排骨湯」的透明顏色，店家另外準備一大碗湯，建議我們吃肉骨之前，先喝一碗湯。

我們每人都舀了一碗湯來喝，湯一入口，我內心暗想，這完全是一碗古早味的溫潤肉湯；雖然也有肉骨茶的藥香氣味，但清淡雅致許多，基本藥材應該還是不脫當歸、川芎、熟地、肉桂、甘草之屬，但湯底帶甜，可見還加了有洋蔘、枸杞、紅棗等材料，但聽金城解釋，才知道燉湯的材料當中還有蘿蔔、蠔乾、魷魚乾等提味的妙物。

在大碗小碗的肉骨茶當中，卻又搭配了紅燒豬腳、雞腳等菜色，還有一碗碗的豆皮和芥菜，更有出人意表（但又說明了來歷）的「焖梅菜」，所以主人或掌廚之人顯然是客家人無疑，這些在一般肉骨茶餐店不常見之物，卻給了肉骨茶一種清爽淡泊的獨特經驗。

金城特別對我說明了店家的來歷，「一心閣」創店老闆吳亞華出生於雪蘭莪州的萬津（Banting），自幼在巴生的肉骨茶攤打工，偷師習得肉骨茶的製法，後來遷至吉隆坡，一九六九年開始在八打靈設攤賣肉骨茶，是八打靈第一家肉骨茶檔，開始賣的也是福建黑湯派的傳統肉骨茶，但一九九三年來到現址之後，開始尋找自己的風格，走起「養生路線」，把醬油的份量大大減少了，把廣東人老火煲湯的概念放進來，想的是一種讓你每天可以喝，猶如老祖母的煲湯一般。

這頓肉骨茶餐的確吃得印象深刻，也感受到了肉骨茶的「可能性」，肉骨茶其實只是一個簡單的概念，那是處理豬肉各部位的手法，用中藥藥材做爲「食補」之資，或者只是增添風味的「香料」（用英文來說，都是herbs）；不管白派黑派，或用醬油、或用胡椒，目的都是要提出豬肉的滋味。這樣想來，任何能帶給豬肉新的想像與新的風味，都有新版肉骨茶的潛力。事實上，在fine dining裡頭，解構並重建肉骨茶滋味成爲創作的，我見識過的已不只一次；而用四川乾鍋來做肉骨茶，或把肉骨茶湯拿來煮麵，都已經是發生的現象。「一心閣」吳老闆把老火煲湯的概念拿來重新創作肉骨茶，又有什麼奇怪。

讓我岔開話題，肉骨茶的概念恐怕也不只是對付豬肉，開車載我到「一心閣」的老朋友林福南，他自己也開了「以茶入菜」的餐廳，爲了強調「友好穆斯林」（Muslim friendly），他的餐廳也發展出以雞肉爲材料的「雞骨茶」；無獨有偶，最近我在電視上看明星謝霆鋒與義大利廚師大衛·洛可的東西廚藝競賽，他也做了一道「雞骨茶」……。

如果讓我只能做一個選擇，來到馬來西亞吃肉骨茶，我可能還是會選擇去巴生享受「盛發肉骨茶」的傳統豪邁滋味。但做爲一個獨特的肉骨茶經驗，「一心閣」則是令人難忘的。

但等到茶足飯飽，我起身張望四周環境，這才發現餐廳牆上貼有一張發黃剪報，那是林金城與王宣一光臨「一心閣」的媒體報導，老闆和金城在用餐時都小心翼翼未提及此事，大概是怕我觸景傷情，此刻我也才明白林金城特地帶我來到此店的用意。

帶著複雜的心情離開店頭時，我向老闆致謝，也買了幾包肉骨茶藥材包，假想自己或許可以在家試試這道「客家清湯肉骨茶」，既然它有養生的概念，儘管有大量的肉食，也許我也可以宴請某些對食物最爲小心的親友。

回台後不久，終於有了機會，我邀了一些朋友來家裡嚐嚐「清湯肉骨茶宴」，我的想法是以「一心閣」的藥材包爲底，但擴大食材的範圍，並且嘗試讓肉骨茶宴有更多海鮮和蔬菜露臉的機會。

既然肉骨茶本意是彰顯豬肉與豬內臟的滋味，食材的取得就應該特別費心，我驅車前往台北天母一家專賣「信功豬肉」的門市，買了五花肉條、五花肋排、豬腳、蹄膀、豬頸肉、肝連、豬肚、大腸、蹄筋；第二天一早，我又轉往濱江市場買了活蝦、花枝和肥美的蛤蜊，又補上時令的新鮮香菇、西生菜、秋葵和豌豆莢，我也沒有忘記豆皮和油豆腐；回程路上，我又停在豆漿店前買了油條。

豬肉是前一個晚上開始煮的，我用了「一心閣」的藥材包，又兌上一些我事先準備好的大骨高湯，湯中也加了一小碗馬來西亞帶回來的黑醬油；材料包說一包可煮三公斤肉骨，但我準備的各色豬肉多達十台斤以上，所以我用了兩包藥材；但爲了烹煮海鮮與蔬菜，我又舀出一些藥材煮出的湯底，兌了清水和高湯，留做第二天之用。

各種材料的煮熟時間都不相同，我必須站在爐邊一樣一樣下鍋，並在各種材料大致煮軟之後，一一分別撈起，在一旁放涼備用。

第二天，我在預備煮海鮮的湯底中再加黃酒與辣椒，使它滋味與肉骨有別，並且希望利用黃酒來提鮮，也做去腥之用（好像白酒蛤蜊那樣）；海鮮烹煮時間很短，幾分鐘之後，所有材料都已經煮熟入味。各部肉骨則重新入鍋再煮，煮透後一個一個大碗分部位裝盛，桌上一字擺開，看起來頗爲澎湃壯觀。豬肉各部位裝了九碗，海鮮裝了三碗，我又把蔬菜也在肉湯中汆燙，也端出了四大碗，再加上豆皮與油豆腐，油條則切段另位裝盤，那是用來配湯之用。

這是一場壯觀的「肉骨茶宴」，概念是馬來西亞的，宴席形式則是自己組裝的，街頭小吃變成了宴席模樣，另有一番風情。這是我嘗試的第一個「肉骨茶宴」。

後來又有機會想請客，可是家中已無「一心閣」的藥材包，我想到我自己的體會，「藥材只是增添風味的香料」，於是我到隔壁中藥店配了幾款藥材，自己加了大量的白胡椒粒，枸杞，再加上朋友從美國帶給我的花旗蔘，一樣是量大多樣的肉骨同煮，煮出來竟然滋味相近，肉湯一樣清甜可口，豬肉則軟嫩美味，這樣，我就把異國風情搬到家中的餐桌了。

東京炸豬排會議

《東京炸豬排會議》，在這裡是一本書的書名，也是一個電視節目，更準確地說，它是一個多種表現形式的「企劃」；日文寫做「東京とんかつ会議」，我手上的書是二〇一七年七月在日本出版的，而我是在同年八月在東京買到了它，也是在同一次旅行中，我第一次在日本深夜的電視裡，看到節目的模樣。

這個企劃是由三位日本知名的美食作家山本益博、マッキー牧元、河田剛，共同尋訪並評價東京的炸豬排店，他們的審查基準是這樣的：首先由三位美食家分別到不同的豬排飯店用餐，各自評分，若有任何一家店三位評審的計分都超過二十分，就另外再安排一次機會，三位評審一起前往用餐並討論，如果再次計分仍然三位都超過二十分，就選定該店的炸豬排飯進入「炸豬排殿堂」。

所謂的超過二十分的計分又是如何採計的呢？原來他們把標準的「日式豬排飯」的評定項目共分為八項，分別是肉、油、麵衣、高麗菜絲、醬汁、白飯、味噌湯、醬菜，每項依評審評價最高為三分，如果八項都得到最高的滿分三分，則可得到二十四分；但評分裡又增加了一項叫「特記」（意思是特別註記），如果評審覺得該店有其他獨特之處，譬如該店提供很好的炸蝦，也可以特別註記加一分，這樣一家店就有可能最高得到二十五分。

這個評分標準有可能讓我們注意到日本職人對「傳統規矩」的嚴格遵守，僅僅是一個炸豬排飯，成千上百的店家都遵守一致的做法，都是豬肉裹上麵衣油炸，提供醬汁、細切的生高麗菜絲，配白飯、味噌湯和醃漬醬菜，你可以選擇不同的豬種和不同的豬肉部位，但其他都得照規矩來，你不能改用其他蔬菜代替高麗菜，也不能用其他湯品替代味噌湯。

有趣的是，炸豬排飯其實是「外來物」，早期是出現在「洋食屋」裡，根本不是傳統的日本食物，明治年間引進日本，歷史約莫只有一百年，但一百年前這樣的做法與吃法就已經確定，從此就不再變動了，而所有的豬排飯店家也就緊緊守住這個「新傳統」了。三位美食家當中最年輕的河田剛在書中寫了一篇〈豬排經濟學〉的專文（河田剛的本業是在證券公司擔任飲食產業的分析師），文章說豬排飯是日本「第二大」的外食類型，全日本共有四四二七家登錄的專門店；而第一大的外食類型，毫不意外，是如今紅遍全世界的「拉麵」，日本全國共有二九二八〇家。而這四千多家的豬排飯的概念，都可以用上述八個評分項目統一起來，這在全世界來看都是罕見的事。

但豬排飯在日本社會卻正在迎接「第二個黃金時代」，根據三位作者的說法，豬排飯在日本原來是出現在洋食屋或西餐館的菜單上，但在二次大戰後，在東京的淺草、上野一帶（也就是所謂的東京「下町」）開始誕生了單獨販賣豬排飯的專門店，也因而迎來了第一個黃金時代。戰後日本物資匱乏，消費力不振，一些高級西餐廳的名主廚無法生存，因此帶來他們的精緻手藝開炸豬排店，所以豬排店一開始就是庶民美食當中的高端產物。

炸豬排後來當然經歷了一個普及過程，各種價廉版本的大型連鎖店也不斷發展出來；好處是豬排飯變成平民百姓解決基本外食的重要選擇，壞處是原來豬排帶有的「西餐」高級定位卻消失了。但最近幾年，受到法國餐廳使用「伊比利豬」高級食材所帶來的風潮刺激，日本的豬排飯店也開始開發「名牌豬」（銘柄豚）的新產品，帶動了「高級化」豬排店的興起，各家職人爭奇鬥豔，創造了一個百家爭鳴的新黃金時代，而這也正是「東京とんかつ会議」企劃的由來。

「炸豬排會議」一開始只是三位美食家自己的提議，他們相約每兩週至少完成一家名店的評鑑，評鑑結果就只發表在三人的社群網站的網頁裡，三位作家持之以恆，不到五年，他們一共評鑑了一二〇家豬排名店，得到三人共同青睞而進入「炸豬排殿堂」的則有十二家，入選率大約是百分之十。但三位美食作家的臉書都是粉絲眾多的自媒體，「東京とんかつ会議」的概念在網路上愈傳愈廣，而一經名家品題，供奉於殿堂的豬排店也就立刻大排長龍，一位難求；最後電視製作單位也來了，出版社企劃也上門了，「東京とんかつ会議」也跟著成了熱門話題。

我長期以來是美食作家山本益博的粉絲（也有幸得數面之緣），近年來也在臉書上追蹤他，「東京とんかつ会議」的內容我也跟著垂涎已久，成書之後，我就迫不及待買了一本，也迫不及待在旅館裡就讀完了它。書中若干豬排名店我是造訪過的，但當中竟然有一家（也只有一家），三位評審都給了滿分，兩位給了二十五分，一位給了二十四分（二十四分指的是沒有其他事值得一提，但豬排的八件事都是滿分），而我雖多次讀過它的報導，卻不曾有機會品嚐，這下子就令我心癢難耐了。

這家掄元的炸豬排店叫「ぽん多本家」，位於上野御徒町，是一家超過百年的老店，成立於明治三十八年（一九〇五），店家的歷史幾乎就是日本炸豬排料理的歷史。創業的第一代主廚本來是皇宮內的西餐主廚，後來出來開設餐廳，創辦人自己說是從維也納的炸豬排（schnitzel）得來的靈感，但他以高麗菜絲代替西餐裡的沙拉，又配合了白飯和味噌湯，使維也納炸豬排因而接了「地氣」，奠定了日後炸豬排成爲國民美食的基礎。

現在的「ぽん多本家」已經是第四代在經營，四代主廚島田良彥接掌家業之前也曾在知名旅館「山の上ホテル」的洋食部修業多年，百年老店至今仍由家族成員協力經營，點點滴滴守護傳統，所以山本益博說它是「東京最重要食文化財」。

讀完書的第二天，我不顧忙碌的行程，上午十一點不到我就來到「ぽん多本家」的門口；店還沒開，但門口已經有六、七個人在排隊；我也沒排多久，背後又增加了長長的人龍。店面與內裝都是充滿歲月痕跡的木頭，令人發思古幽情。十一點整，店門準時打開，我們排在前面的人被請到二樓坐定，樓上是四人桌椅，樓下則是吧檯座位。

菜單上來，內容像是洋食店，有燉牛舌、可樂餅，和炸星鰻等多種選擇，但我環顧四周，幾乎所有人客都點了炸豬排飯。我也毫不猶豫跟進點了炸豬排。約莫二十分鐘後，白飯、醬菜與味噌湯先端上桌，然後才是炸豬排和高麗菜絲放在大白盤子端了上來。

豬排份量不小，有兩百克，不像一般豬排炸成金黃色，它的麵衣潔白膨鬆，細若蟬翼；豬排入口時，麵衣彷彿不存在，豬肉內裡卻溼潤多汁，火候的確控制得恰到好處。炸油用的是豬油（再加百分二十的牛油），因此有強烈的油脂香氣。周邊的高麗菜絲、味噌湯、醬汁和白飯都恰到好處，樣樣細節都很到位。沒想到一本書再度帶給我許多新知識，以及一餐不易忘懷的美食。

秋蟹歷險記

在上了初中的某一刻，我突然決定，我再也不要吃魚了。至今我其實並不完全明白這樣的決定是怎麼發生的……。

出生於海邊漁村的父親，每餐飯是無魚不歡的，而父親所謂的魚指的大多是海魚，河鮮湖鮮都不算數（就連台灣人最愛的虱目魚，我們家也不吃的），所以母親也總是想盡辦法讓每餐飯都有一點海魚料理在桌上。雖然此時我們已經搬到全台灣唯一不靠海的縣份南投縣，在這裡，山珍易覓，海鮮難得；再加上限於經濟拮据情況，能買得起的魚並不是什麼高貴魚種。即使如此，乾煎的肉魚、小赤鯮、白帶魚或者四破魚，這些物美價廉的豐沛近海魚種仍然經常出現在我們家的餐桌上。我本來也都是愛吃的，直到有一天，少年的我下了決心告訴自己，我再也不要吃魚了，我根本是不愛吃魚的……。

叛逆反抗的青春少年心思難以捉摸，也許否定一切大人的威權（包括父母、老師、訓導主任）是建立自我的重要途徑（雖然我也疑心有一個我已不記得的衝突事件做爲導火線）。當母親指著桌上的乾煎赤鯮說：「你正在轉大人，要多吃一點。」我就突然找到了自我，否定了大人，堅定地說：「我不吃魚！」母親感到詫異：「你昨天還吃的呀！」我用力搖頭：「我不吃魚，我根本不愛吃魚。」母親沒有再說話，家中食指浩繁，如何變出食物餵飽衆人，是她頭痛的問題；但出現一個偏食搗亂的倔強小孩，她是沒有力氣管他了。

就這樣，我拒絕吃魚十幾年，連帶大部分的海鮮也不吃了。我並不拒絕在什錦麵裡有一隻帶殼的蝦子或兩顆開口的蛤蜊，也技巧地把我最喜歡的花枝、小卷排除在黑名單外；但成長期問，我總是對外宣稱：「我，不吃海鮮。」而我自己，也完全相信自己所聲稱的。

這樣奇怪的心理狀態一直伴隨我走到高中、大學，畢業又就業，一直持續到一九八二年，這時我已經工作多年，成爲一個力爭上游的新聞工作者，而且已經被我所屬報社派到紐約長駐。不多時，楓紅乍起，秋天來臨，朋友說在紐約海邊釣螃蟹是多麼容易的事呀，一根釣線一隻雞腿就足以釣起整簍螃蟹，他說：「不然，週末我找大家來家裡吃螃蟹。」我本來想跟他說：「我不吃海鮮。」但覺得太掃興，就把話吞了回去，心想：「到時候就吃一點周邊的東西吧？」

到了週末，朋友果然在家開了個「螃蟹派對」，邀了五、六位朋友一起來，但螃蟹並不是釣來的，而是唐人街魚攤買來的，朋友振振有詞說：「你看，這麼大一簍子，恐怕有三十幾隻，個頭都這麼大，也才十九塊九毛。」整簍螃蟹分次下了滾水鍋，桌上鋪了報紙，紅通通的螃蟹就整堆倒在報紙上，撒滿整張餐桌，朋友說：「快來吃，這邊有啤酒，自己拿。」

原來「螃蟹派對」眞的只有螃蟹，大家手抓螃蟹不顧儀態就大嚼起來，這時候我再要說「我不吃海鮮」，恐怕就是不識相了。我心中忐忑不安，十幾年遠離海鮮，連怎麼吃都不會了；朋友看出我的笨拙與徬徨，拿了鎚子和蟹箝給我，一面示意我敲開蟹殼，取蟹肉與蟹黃來吃。我跟著大眾裂解螃蟹，挖取殼中內容，放入口中，出我意料之外，這些面容醜惡的鐵甲怪物，肉身肌理卻是鮮甜無比，也一無我所擔心的腥臊之氣，不知不覺竟然也吃了好幾隻，手上沾滿螃蟹味道，一整天都洗不掉。

過了幾天，又有另一位朋友邀吃生蠔，我平日說的那句：「我，不吃海鮮。」來到嘴角又吞了下去，我又跟著去了「生蠔吧」（oyster bar）；一杯香檳，一打生蠔，加酸豆、檸檬和塔巴斯科辣醬，我竟然也吃得津津有味。再過也許一個月，一位前輩作家請吃飯，選在小義大利區的義式餐館，點了「龍蝦麵」，一面說：「試試看，紐約最好的龍蝦麵就在這裡了。」所以，還來不及說「我不吃海鮮」，我又試了龍蝦。最後，挑戰我心中最後的禁地，我在一家法國館子主菜選了奶油煎魚，這是少年到成人的第一次，煎得焦脆噴香的鱸魚端上桌，我鼓足勇氣吃了一口，天哪，這太好吃了，我內心暗想：

「這些年來我究竟在幹嘛？」

就這樣，從六〇年代到八〇年代我內心暗黑的禁忌，在紐約不到半年，全部打破了；而且我也開始「停止憂慮，轉愛海鮮」，如今，我也不能想像桌上沒有鮮魚的生活了。

一切都是從那桌堆如山積的螃蟹開始的，現在回想起來，那螃蟹應該是大西洋盛產的「藍蟹」（blue crab）；後來我又在美國東岸吃過幾回，華人家裡煮螃蟹通常只在滾水中加薑片、青蔥，或者一點老酒去腥，但在美國餐廳裡常常用了大量辛香料，或者是所謂的「開瓊綜合香料」（Cajun spices）去調味，變成了「香辣蟹」風味的路數。隔年秋天我準備回台灣，先到舊金山，來到漁人碼頭，看到遊客在吃「黃金蟹」（Dungeness crab），我也興沖沖買了一隻壓力鍋裡撈出來的大蟹，抱著蟹坐在碼頭吃將起來。來美國才一年，就「海鮮」這件事，我已經是變成另一個人了。

然後又過了一年，也是接近年底的時分，我第一次「獲准」入境香港

（那是港英時代，我申請香港簽證，即使有大咖金庸先生擔任我的保證人，港府仍然審了快兩年才給我簽證，我都已經忘了本來要去香港做什麼了）；我想機會難得，決定專心去旅行。我和我太太王宣一兩人在香港待了兩星期，到處去吃去看，大巴小巴地鐵渡輪都坐了。當時正是《中英聯合聲明》公佈之際，我的香港朋友全都憂心忡忡，無心說笑。《信報》老闆林行止先生很客氣要請初次到港的我吃飯，他說：「來我家裡吃大閘蟹吧。」

那應該是大閘蟹季節的尾聲了，大閘蟹聞名遐邇，但我這個土包子從未嚐過；這也不奇怪，當時兩岸嚴禁接觸，陽澄湖大閘蟹尚有「匪籍」，在台灣是看不到也吃不到的。當晚赴宴，賓客皆是文化界名人，胡菊人和李怡都在座；林行止先生本身是美食家，當晚宴席其實是極其精緻的。但我不曾試過大閘蟹，吃得頗爲狼狽，完全不知該吃哪些部位。而賓客們也心事重重，話題幾乎都環繞著《中英聯合聲明》以及香港的何去何從，也提到香港人的「大出走潮」。林太太指著維多利亞港的點點燈火說：「我每天晚上，都覺得城中滅去了好幾盞燈。」我順著她的手指望過去，看到的卻是全世界最璀璨的「百萬石夜景」……。

回想起來，那天晚上的大閘蟹體型碩大、個頭飽滿，顯然是上等貨色，可惜我新手上路，其他客人又憂心國事，那些極品螃蟹很可能是被我們辜負了……。

一九八四年我的第一次香港之行，印象最深刻的大概就是大閘蟹的美味邂逅與朋友間苦澀的「回歸議題」。回歸的議題後來整整還要懸宕十幾年，直至九七大限正式來臨之前，每次我重返香港，朋友之間的議論、憂心、爭辯，永遠圍繞著回歸的大局與個人的抉擇；有人選擇留在香港奮鬥，也有人選擇避秦他鄉，但不管他們樂觀或者悲觀，也不管他們最後如何選擇，在我看來，這些朋友疼惜香港、眷戀香港，不忍見她沉淪（失去香港人特有的言論自由、獨立司法與放鬆自在的生活方式）的心情其實是非常相似的。

但另一個課題「大閘蟹」則相對顯得毫無懸念，我已經認識了大閘蟹本人，也吃出了滋味。而八〇年代末台灣社會「控制鬆動」，國家機器威權轉弱，民間力量崛起，昔日的政治禁忌樣樣都受到挑戰，街頭運動固然是一個重要景觀，但「匪貨」的敏感性降低也變得愈來愈明顯，從大陸來的香菇、紅棗、枸杞在南北店裡愈來愈明目張膽，而在我生活周邊，耳語說：「來吃大閘蟹。」也變得頻繁起來。

來源並不是合法正規的，那是某些「有辦法的人」通過某種門路取得的；總之，時入深秋，就會有朋友低聲通報說：「今晚有大閘蟹來，大家到你家吃蟹。」為什麼到「我家」？那還是因為我家有「名廚王宣一」坐鎮的緣故，但凡有朋友取得不知如何處理的食材，送到「我家」常常就是簡易的解決之道，我太太王宣一總是有辦法找出合適的烹調方法，讓大家盡興而返，當時台灣罕見的大閘蟹就是其中一例。

大閘蟹是從香港「坐飛機」來的，朋友們晚飯聚在「我家」，等待特殊管道的螃蟹抵達，女主人當然也不能讓客人空等，已經先煮好了一桌豐盛料理供大家享用，叮咚門鈴聲響，有人大叫：「大閘蟹來了。」氣氛立刻沸騰起來，大家都跳起來，迎接這批鮮貨，宣一已經準備好道具材料，螃蟹刷洗乾淨後，她在蒸籠裡先鋪好紫蘇葉，把螃蟹一隻隻放入蒸籠，大火去蒸，不一會兒，一籠一籠大閘蟹紅通通地端上來，女主人另外也備好蟹鉗、蟹針，也調好了鎮江醋，更準備了薑茶待命。大夥一手蟹腳，一手酒杯，紛紛讚嘆起新蟹的好滋味來。

有時候，飛機誤了點，大家在席上苦苦守候，一直等到深夜，晚飯都快吃了兩輪（女主人怕大家無聊，做完晚餐又做宵夜，總要賓主盡歡才行），螃蟹才姍姍來遲，那就要演出「深夜螃蟹食堂」；有時候吃蟹的客人我們並不熟識，但供應蟹的「蟹主」要請的人，「我家」一律歡迎，因此結識若干生涯本不曾相逢的朋友。有時候，我們等在餐桌上，螃蟹未到，電話先響起，話筒另一頭傳來惡耗，特殊管道失靈，大閘蟹未能安然通過海關，全數被沒收了。食客大夥長嘆一口氣，悵然離去，繼續期待下一次的召喚。

有一次，大夥等待螃蟹至深夜，訊息來報說，機場通關來不及，這批貨今天到不了了，食客只好嘆息散去；不料半夜螃蟹卻送到了，但已經太晚無法通知眾人，只好留下螃蟹，另做打算。我們沒有照顧過活蟹，不知如何是好，宣一害怕螃蟹悶壞，只好剪開綁繩，把螃蟹放在浴缸中，用沾濕的報紙覆蓋；夜裡頭生命力強悍的螃蟹窸窸窣窣，發出類似刮刷窗戶的聲響，努力想從浴缸逃亡出來，弄得我們夜不安眠，幾次從床上爬起來檢查螃蟹的健康情形。第二天，我們緊急通知「蟹主」與客人，大家趕忙重新晚間再聚，那批在浴缸借宿了一夜的螃蟹才找到了眞正的歸宿。

這樣的不宜聲張的秘密蟹宴有過很多次，主要發生在八〇年代末和九〇年代初，似乎每年都有一回兩回，蟹主各不相同，賓客也來自不同朋友圈，在那個封閉禁錮的年代，「深夜食禁蟹」和「寒夜讀禁書」幾乎是同等的刺激和美妙。

但也有不需要如此小心翼翼的蟹宴，有一回，另一位朋友聽完大閘蟹故事，神情憤慨，說：「大閘蟹有什麼了不起，我們金門的螃蟹也夠好吃了。」於是發起要另辦金門蟹宴，週末到來，朋友們湊齊了，發起人和宣一出發採辦，買的其實是青蟳，碩大肥美，也全部清蒸來吃，只留兩隻蟹煮成一鍋鹹粥做爲結尾，這是台式吃蟹的魅力。後來我和王宣一在台灣宜蘭大溪漁港一家名爲「廟口海產小吃」的店裡吃到非常美味的「沙母粥」，除了螃蟹的鮮味，店家在粥中加入細切的蒲瓜和魚板，使粥水變得加倍清甜，我們回家學會這個做法，後來就變成我們家中餐桌上的經常菜色了。

和大閘蟹的關係也不止於偷吃「禁蟹」而已，那只是一個過渡時代的夾縫時期（在那之前，兩岸關係嚴厲，根本無從接觸；在那之後，兩岸物產合法流通，吃大閘蟹也毋庸刺激緊張）。事實上，我後來往返香港頻繁，兩岸互通之後，我也有很多上海出差的行程，有很多吃蟹的機會，也吃過多次「全席蟹宴」；全席蟹宴有時候我覺得太膩，特別是用了大量蟹黃與蟹膏的菜色，一兩道時非常飽滿甜美，多了就有過膩之感。印象中我曾經在香港灣仔的「新光酒樓」吃過非常平衡豐盛的蟹宴，在上海的「新光酒家」也吃過很難忘的蟹宴；除此之外，大部分時候我寧願只吃大閘蟹，搭配其他清淡簡單菜色，全席七、八道，甚至十幾道的蟹宴，有時候是過猶不及了。

單吃大閘蟹我有幸吃過多次上等貨色，第一次在《信報》林行止先生家中吃到的應該就是最高等級的，現在已經不容易看見。可惜當時不曾見過世面，內心無從比較。後來又蒙香港懂行吃家邀宴，吃到都是一般餐廳難以見到的肥碩巨蟹，恐怕都在八兩以上；這些吃家年年向蟹行訂貨，是忠實老顧客，蟹行也必須留下最好貨色給這些貴客，以保持長期良好關係，隨便去買，就算是出了好價錢，想來也是買不到的。

若說到吃蟹的風情，我有幾次承蒙《蘋果日報》老闆黎智英先生邀約，搭乘他的遊艇出航，航至某僻靜港灣，停泊下來，在船上吃蟹，大閘蟹只是清蒸，我們喝香檳搭配，船上涼風徐來，香檳薰人欲醉，加上專心吃蟹，一人兩隻或三隻，有時候還蒸條魚來做結，真是神仙般的享受。有一次我們夜間出航，預計在舟中過夜，除了清蒸大閘蟹，主人又向日本料理店西村先生叫來現握高級壽司，壽司用小船急行送來，我們暗夜中看快船一點燈火步步靠近，知道那快船載來的是鮮美壽司，那個情境彷彿夢境，簡直像古代貴妃看到快馬塵土飛揚，知道是荔枝來了一樣，我們對即將到來的美食充滿期待之情……。

一個青少年，十三歲的時候突然不肯吃魚，隨後不肯吃的範圍又擴及到大部分的海鮮；這件事時間久遠，我已經無法確定他內心當時的理由，但我猜測那是緣於一種對大人的對抗與反叛（他的父母都是愛吃魚的）。這個「反抗期」長達十四年，後來連他自己都相信自己是真的嫌惡吃魚的，直到八〇年代初的某一天，他在美國發現自己原來是可以吃海鮮的（從在朋友家中的一場螃蟹派對開始），而且終究變得無魚不歡。

但剛恢復吃魚的他一開始還是很笨拙的，長期不肯食用海鮮，讓他的舌頭對魚骨魚刺很不靈巧，蝦蟹的剝殼也常讓他雙手搞得一團零亂；所幸這些笨拙時期並沒有打擊他的信心，加上一連串接觸大閘蟹與青蟳、紅蟳的美好經驗讓他感到著迷，到了八〇年代末，他已經是一位會動念尋找新蟹、等待季節的愛好者了。

我回想自己的這段經歷，有時候仍不免感到神奇，爲什麼一個人可以變這麼多而且這麼快？我從一個禮貌但堅定說「對不起，我不吃海鮮」的人，很短的時間內，變成一個熱切地詢問「今年的大閘蟹如何？」的人。

但不只是大閘蟹，或者台灣本土的紅蟳、處女蟳，事實上我新得來的對海鮮的好奇，也開始積極地看向其他的螃蟹或者蟹料理，也許香港潮州餐館裡的「凍蟹」就是一例。八〇年代後半段，因爲出版工作的緣故，我前往香港的機會愈來愈多；我們在香港一位重要的合作夥伴許先生有潮汕背景，每日用餐多選在潮州餐廳（印象中最常去的是當時位於銅鑼灣的「環球潮州酒樓」），潮州餐館的佳餚甚多，加上許先生擅於調度與解說，讓我後來成爲潮州菜的忠實擁護者。潮州菜長於海鮮，料理當中的「凍烏魚」和「凍蟹」，都是我在香港初次邂逅而驚爲天人的美食。凍蟹常用花蟹，好的凍蟹取肥美多肉的上好花蟹先蒸再凍，點浙醋做成的蟹醬來吃（雖然我覺得根本不用蟹醬）。凍蟹做法簡單無花招，蟹如果不好根本無地遮醜，吃的完全是花蟹本身的鮮甜。

八〇年代後半也正是我開始在日本自助旅行，當然也受到日本蟹料理的吸引；一開始在東京看到的是蟹料理專門店「蟹道樂」（後來才知道它是大阪道頓堀起家的），當時小孩還小，店門口看板有活動的巨大螃蟹模型，全家人都感到興奮，興沖沖走進去，看菜單明白它的招牌料理其實是以「松葉蟹火鍋」爲中心的套餐，雖然有過度觀光化之虞，但畢竟是容易上手的選擇，我們也吃得開心。

後來因公出差，有機會在六本木一家高級餐廳裡吃到來自北海道的毛蟹，毛蟹也是冷食，活蟹用水燙熟之後，立刻投入冰塊，既縮緊肉質，也防止過熟；吃來鮮甜無比，也帶著潮水香氣，可見是極其新鮮的。毛蟹肉質細緻、蟹黃濃郁，非常美味，一下子把我在「蟹道樂」的火鍋經驗完全比了下去，我趕緊找書來讀，才知道有所謂「北海道三大蟹」的說法。

「北海道三大蟹」指的是當地所產的毛蟹（けがに）、花咲蟹（はなさきがに），與鱈場蟹（たらばがに）；除了花咲蟹其他地方比較少見，毛蟹與鱈場蟹早已普遍出現在東京各種高級餐廳之中（今天就連台北也不難找到毛蟹與鱈場蟹，如果你前往台北的濱江市場，這兩種螃蟹都有活蟹供你帶回家自己烹調）。但「北海道三大蟹」的名稱本身就有誘人之效，我當下就「立志」，一定要前往北海道遍嚐三大蟹的地道滋味。

第一次吃到花咲蟹是在釧路，我和友人結伴同行自駕遊道東，在釧路的漁人碼頭市場看見堆如山積、顏色鮮豔赤紅的花咲蟹（花咲蟹的季節是夏天，其他兩種蟹的季節則是冬天），價錢便宜得令人不敢相信；花咲蟹的殼上與腳上處處突出尖刺，乍看頗爲棘手，但我買來三大隻碩大肥蟹，店家附贈我剪刀一把，後來證明那是最有效的工具，花咲蟹的殼既薄且脆，剪刀輕輕一剪，殼卽應聲裂開，蟹肉卽可取出。花咲蟹蟹肉既多、結實且甜美，雖然沒有像毛蟹那種濃郁的蟹黃，卻有滋味與口感迥異的「內子」和「外子」（都是蟹卵）。第二年，我再接再勵前往花咲蟹最有名的港口根室，吃到最地道的花咲蟹，覺得不虛此行。

我吃過多次鱈場蟹，但印象最深刻的是札幌一家鱈場蟹的專門店叫「冰雪之門」。「冰雪之門」菜單上有各種以鱈場蟹爲主題的料理，我覺得難以抉擇，請服務的女將推薦，她說：「燒蟹足最好。」烤蟹腿點菜是以「足」做單位，當我正在猶豫該如何選擇時，穿著全身和服的服務女將笑著說：「一足就夠了。」

燒蟹足上菜的時候，剛烤好的蟹足發出嘶嘶聲響，泛著強烈的焦香，那是放在方型大盤的一隻巨大蟹足，底下鋪著一段等長的昆布；海帶也烤得表皮突起一顆顆泡泡，散發著潮水般的香味。服務女將優雅地幫我們剪開，取出一段段的蟹肉，方便我們食用；那蟹腿的蟹肉緊密飽滿，焦香甜美，極可能是我所吃過最好吃的蟹肉，份量也大得驚人。服務女將又把海帶剪成一段一段分給我們，那海帶香氣逼人，嚼起來苦中帶甜，愈嚼愈有味。我們從前以爲帝王蟹（即鱈場蟹）碩大肥壯，肉質可能粗而寡味，但這一次經驗改變了我所有的印象。

毛蟹我也吃過多回，在北海道的市場裡，隨手買來的現燙毛蟹也多半很美味；而在東京的高級料亭裡，大廚奉上的毛蟹也永遠美味。論蟹肉的細緻與蟹黃的甘腴，三大蟹中應以毛蟹爲上首，只要本身新鮮，毛蟹很少出錯。但我吃過的毛蟹當中，印象最深刻的來自札幌一家出名的壽司店「壽司善」。那是一次與朋友同遊的旅行，我們訂了「壽司善」晚餐，大概是我打電話時英日夾雜，壽司店派出一個看似年輕的師傅佐藤來服務，年輕師傅不懼外國客人，能講一點英文，手腳也極俐落，而且心思細膩；我的朋友愛吃鮪魚大腹，吃到善壽司的大腹肉，大爲欣賞，忍不住請師傅「再來一貫」，這並不是日本人「仰賴大廚」（お任せ）的習慣，但佐藤師傅略一沉吟，立刻奉上不同做法的鮪魚大腹，讓客人不吃到重複的菜色，可見他的反應與堅持。後來我們才知道這位年輕師傅剛剛在北海道壽司大賽裡得到冠軍，正準備前往東京參加全國壽司師傅大賽，是個大有本事的人，如今已經被香港重金禮聘，成爲一家高級壽司店的主廚了。

當天的壽司菜色裡，也有當令的毛蟹；那毛蟹選得極精，肉極飽滿，燙得也恰到好處，剛剛斷生，就在將熟未熟之間，極爲甘甜；佐藤師傅又已將蟹肉全部取出，把蟹黃混入蟹肉中，再回填入蟹殼之中，我們用小湯匙來吃，每一口都吃得到細嫩鮮甜的蟹肉，又吃到膏腴濃郁的蟹黃，那眞是令人難忘的蟹中美味……。

完成「北海道三大蟹」之旅，我的日本尋蟹經驗算是有了一個起步，但我卻還有另一個心願，那就是在松葉蟹解禁時期（主要是在每年的十一月到翌年三月）造訪日本北陸與山陰沿岸，踏勘它每一個漁港蟹獲的細微差異，最好還能拜訪提供美味冬蟹的每一個知名餐廳或旅館。

我第一次前往日本海地區旅行，那已經是上個世紀九〇年代初，時光飛逝，距今竟然又過了三十個年頭。我行經山陰地區之時，時間是四月初，螃蟹季節剛過，但每天晚上沿途投宿的旅館，餐宴裡也都還有松葉蟹的橘色蹤跡，這當然已經不是旬之味，端出來的螃蟹應該已經是水煮冷藏的了。我路過的近畿丹後、城崎溫泉、鳥取縣，直到島根縣，其實都是松葉蟹的產地，也不乏提供螃蟹的勝地或名門，我望著書上許多誘人的圖片與文字，心中不免想像，如果走一趟季節得令的旅程，那眞實的螃蟹滋味不知又將如何？

然而人生之事未可逆料，尋味北海道三大蟹並未花我很多時間，也許連續兩年的北海道旅行就完成了。但北陸與山陰的尋蟹之旅卻停滯了許多時光，大概是因爲一九九六年以後我創了業，一開始是媒體，然後是網路事業，生活與工作突然如影片快轉，時間變得不可捉摸，常有心神完全爲工作盤據的情況，等到回過神來，不是季節不對，就是行程難以安排，沒想到這麼一擱淺，三十年匆匆就過去了。

等我感覺到「年華老去」，知道有些事現在不去做，以後就難再相遇，找到一個機會，覺得一定要努力去實現松葉蟹尋味之旅的願望。終於我找到一個機會，我安排了一個準備前往城崎溫泉與間人港的螃蟹行程；因為是一個周遊的旅行，我有點貪心地先安排了去倉敷、岡山，再去山陰的玉造溫泉，行程的構想是回頭才去城崎溫泉與間人港，並且投宿在以松葉蟹料理出名的城崎溫泉西村屋本館，以及間人港的間人蟹名店炭平旅館。

行程一開始非常順利，但當我從岡山前往宍道湖畔的玉造溫泉時，火車穿過山區時走走停停，廣播裡不斷解釋因爲落雪太重，部分軌道來不及除雪，不得不暫停以待狀況排除，有一兩次甚至一停就是一個鐘頭，幾乎不知道能不能到達目的地；本來預計下午兩點抵達旅館的，最後我們困頓到了晚間六點才來到旅館，天已經全黑了，當溫泉旅館接待人員站在門口鞠躬歡迎說：「お疲れ様（客倌辛苦了）。」第一次，我感覺到這句話不只是客套話，而眞有一點寫實的意味。

進了旅館之後，環境的幽美與溫泉的舒適讓我整個人鬆懈下來，加上晚間的美食與好酒更讓人恢復信心與樂觀，似乎第二天雪霽天晴應該是自然而然的事。第二天離開旅館時，果眞天空雲散見晴，一副好天氣的模樣，我們開開心心搭一段短程電車到了松江，準備轉乘長程車前往丹後半島的間人港，車票倒是順利買到了，但站務員把車票遞給我時加了一句：「列車前來的時候因爲沿途大雪而耽擱了，極可能會誤點，發車時間請靜待廣播通知。」我抬頭看著松江市的好天氣，天空還透著藍色呢，顯然在其他地區，特別是山區，仍然大雪不止，恐怕這一天和前一天一樣，都要折騰一段時間才能抵達目的地了。

我的想法證明是「太樂觀了」，我這個亞熱帶來的旅客根本不知北國的艱難；時間一點一滴過去，廣播中一再強調列車還沒到，請大家靜候通知。有些候車客已經按捺不住，跑去質問站務員列車究竟在哪裡？預計何時可達？站長與站務員們自己實在也沒有訊息，早上九點半的車變成了十一點，然後又說十二點，十二點也還是全無音訊，然後又宣佈是下午一點半，旅客一哄而散，紛紛去覓食了；我心中覺得不祥，因爲下午就算火車開了，我恐怕也很難趕上隨後的轉車，更不要說旅館約定的接送服務時間了。我再去詢問站務人員，站務人員表示完全無法得知火車的確定時程，他也認爲當天趕到間人港的可能性微乎其微。

我只好去打電話給旅館，表示旅程爲大雪所阻，是否可以取消訂房？旅館先是回答，他們可以讓我延後一天入住，但我的第二天又已訂了其他旅館，那邊也得更改，動一處牽動多處，看起來也不切實際，我最後只好攤牌，說：「我遠從國外來旅行，每日行程都已事先排定，今天是爲風雪阻隔，並非自願，請諒解並設法協助。」

接電話的一方才慨然承諾，說：「了解了，沒有問題，會幫您做退訂與退款的安排，請放心，不會有任何費用，希望您能找機會再來光臨本店。」與旅館連絡之後，至少我的心情是放鬆了一些，但仍然希望至少先回到京都，再想辦法做其他安排；這時時間已是二點半了，但列車仍舊沒有消息，我們只好先去吃飯。吃飯的地方是車站旁的小拉麵店，此時天色變暗，連松江市本身都開始飄雪了，我在拉麵店中打定主意，待會兒先去退票，尋找住宿之處，如果等到宣佈列車無法通行，大量遊客流散出來，那時候要再找住宿之處也許就困難了。

我依內心打算先回車站辦了退票，再找到車站出口的「案內所」請求代訂旅館的服務，案內所裡熱心的服務人員給我看一長排的選擇，我指著車站的前方最近的招牌說：「可以幫我訂那家旅館嗎？」服務人員立刻打了電話，也立刻要到了房間，我們轉身回車站的置物櫃去取行李，這時候風雪開始變得大起來，每一片雪花落在身上都感覺到有重量似的。離開車站時，正好聽到站內的廣播，確定風雪太大，當日所有的列車都將停駛的消息，大群旅客前往票口退票，車站頓時秩序大亂，票口排了長龍；回頭再經過剛才幫我訂旅館的案內所時，大量旅客也擠進了狹窄的小廳，兩位服務人員手忙腳亂。

才一瞬間，這時候的落雪快速堆積，看起來近在咫尺的站前旅館卻讓我們走得驚險萬分；我們走進去登記的時候，因爲已經訂好房間，刷了信用卡就拿到了鑰匙；房間當然非常簡陋，等我們放下行李想找個便利商店購買一點補給，卻發現大廳擠滿了旅客，但旅館已經沒有房間了。

街上的商店說好似地全部關上了門，我們想回到車站去買點東西，這時候道路積雪已有十幾公分，舉步開始趕到困難，加上路滑危險，幾十公尺遠的車站我們卻要走上十幾分鐘。我們當然知道今天必須困在此處，但明天呢？明天火車能恢復通行嗎？我們能夠抵達下一站目的地嗎？一切突然變得毫無答案，誰想到第一次的「北陸與山陰尋蟹之旅」會變成這般模樣？

等待多年，終於找到機會前往日本北陸與山陰地區探訪松葉蟹的季節之味，沒想到大風雪從中作梗，地圖上看起來只是幾吋的距離，卻是望眼欲穿，沒有交通工具可以憑藉，我在松江市困在駅前狹窄小旅店裡，宿了頗不安穩的一夜。

第二天清晨，我先到火車站向工作人員打探消息，消息說豪雪未停，北陸東西向的鐵路仍然不通，但前往京都的列車已經可以通行，但火車站的站務員說：「連夜清除了軌道上的積雪，也只是目前可以通行，不能確保接下來的班次是否可以繼續發車……。」我們連忙去旅館退房，買了車票趕上第一班前往京都的火車。

火車行進也並不順利，一樣是走走停停，在山區裡偶爾一停就是半小時，本來三小時的車程又坐了六個小時才安抵京都；到了車站又聽到廣播說，當日往返松江的交通又不通了，後面的班次全部取消。我雖然懊惱喪失了追尋松葉蟹的原訂行程，不過幸運地回到文明世界，心理上還是感覺到放心很多。

這個失敗的尋蟹之旅讓我耿耿於懷一整年，第二年同一個季節，我早早訂定計畫，決定要重來一次；而這一次，我縮小探訪範圍，不去想其他的旅行節目或景點，專心一志希望造訪三家吃螃蟹的旅館。

這「蟹三家」的選擇，所根據的是一本雜誌的專題；那是二〇〇四年一月號的《日経おとなのOFF》雜誌，它的封面故事叫做〈冬魚の極上宿〉，長達六十頁的專題裡，一共介紹了十四家以冬季海鮮料理著稱的旅館，食材更概括了松葉蟹、河豚、九繪魚、鰤魚、鮟鱇魚等多種漁獲。松葉蟹名列前茅，介紹了編輯心目中最好的三家料理旅館，它開出的名單是：位於石川縣山代溫泉的「滔滔庵」、位於兵庫縣城崎溫泉的「西村屋本館」，以及位於京都府丹後的「炭平」。

這個名單強調「極上宿」，以可以住宿的旅館爲主，並沒有包括後來很出名的蟹料理名店「鳥取蟹吉」，但以當時的資料來看，這已經是可以找得到的「夢幻名單」了；而且，松葉蟹的取樣很廣，因爲旅館「炭平」提供的是間人港的「間人蟹」，「滔滔庵」則提供了來自加賀橋立的「橋立蟹」，都是松葉蟹當中的「名牌」，只要蟹腳上掛著代表產地的綠、藍標籤，身價可以是一般松葉蟹的兩三倍，產量有限，很難在產地以外的地區覓得，這就特別令人期待了。

原來「松葉蟹」之名特別通行於日本海山陰一帶，同樣的蟹種到了北海道就稱爲「楚蟹」（ずわいがに），在北陸福井一帶有時候又稱爲「越前蟹」，但只有來自間人港的松葉蟹可以稱爲「間人蟹」、來自於橋立港的蟹可以稱爲「橋立蟹」，因爲特殊的風土條件，使兩地捕獲的螃蟹風味據說更勝於其他地域，而間人港更號稱只有五艘漁船有捕撈資格，既然產量珍稀，價格當然也就不同凡響了。

我根據這個名單，早早在三個月前把旅館都訂了，運氣很好，並沒有錯過任何一家，而且選擇的也都是價格高昂的「在地螃蟹全餐」。（譬如在旅館「炭平」，如果你不指定「間人蟹」，他們就提供你來自其他港口的松葉蟹，價錢只要七折，但我千里迢迢來到這裡，爲什麼還要選擇來自他地的螃蟹？）

等待的期間，我內心既帶著盼望，也充滿不確定感，不知道氣候會不會如前一年一樣來搗蛋？畢竟丹後與北陸都是豪雪之地，蟹季就是雪季，天有不測風雲，我們凡人的計畫有時候眞的趕不上老天爺的變化。那段時間我認眞注意日本地區的雪訊，就在出發之前，的確也發生過幾場大風雪，不過看起來都在東北與北海道，北陸地區似乎相對平靜，縱然有雪，也只是日常的風情，並沒有帶來什麼樣的災害。

終於等到出發時刻，我們一樣選擇了從京都進出。在京都待了一夜之後，我們就啟程前往第一站城崎溫泉。城崎溫泉是個充滿溫泉鄉風情的觀光地，不僅有豐富的歷史與文學背景，還有出了名的「外巡七湯」的獨特活動，對我來說，城崎的觀光味與文青味是太重了些，觀光客也太多了，反而不如素樸的溫泉僻鄉吸引我。但我們是衝著松葉蟹來的，對其他活動也不介意，匆匆泡了兩個外湯，逛了一會兒充滿文創商品的大街，就決定全心留在旅館等待晚餐了。

西村屋本館是間古意盎然的傳統木造旅館，晚餐則是殷勤侍奉的「全蟹宴」，從餐前酒開始就有螃蟹的蹤跡；餐前酒是把螃蟹腳烤乾了，注入燙過的清酒，用熱酒引出烤螃蟹的香氣。前菜「八寸」當中有「香箱蟹」的醋物，生魚片當中有蟹腳的刺身，椀物清湯中央放的是蟹肉做成的丸子，加上清蒸螃蟹、現烤螃蟹、螃蟹火鍋三種螃蟹料理的重頭戲，以及最後「食事」裡的「螃蟹雜炊」，整套餐宴的十二道菜當中，八道菜有螃蟹的演出，真是不愧「鮮活螃蟹用到盡」（本生かにづくし）之名了。

在我有限的日本螃蟹料理經驗裡，日本廚師很少對螃蟹做太多事，通常都是最簡單的調理手法，主要是引出新鮮螃蟹本身的甘甜滋味。但這樣的料理方式對螃蟹的新鮮度也是一大考驗，在這頓晚餐中，看起來西村屋所用的螃蟹的確是鮮度一流，螃蟹刺身固不待言，已去殼的蟹腳在冰水中輕輕一涮，蟹肉立刻像開花一樣綻放開來；烤蟹腳與蟹蓋則是由廚師帶著炭爐來到桌邊服務，炭爐上鐵網的蟹腳嗶嗶剝剝發出聲響，雪白肉身冒起白泡，焦香撲鼻，蟹肉並不烤至全熟，內裡幾乎都還是生的，只是表面微微變脆，引出香氣就上桌了；蟹蓋帶著蟹黃汁液，也是烤到蟹黃沸騰冒泡卽起，芳香氣味強烈無比，我們把烤好的蟹腿肉拿來沾蟹黃吃，那混合嗅覺與味覺的雙重衝擊簡直妙不可言。

但我印象最深刻卻是前菜當中的醋物「香箱蟹」。所謂香箱蟹，指的是松葉蟹的雌蟹，體型較公蟹小得多，一月與二月間，正是雌蟹抱卵的季節，旅館把雌蟹連卵略略燙熟，替食客把蟹肉取出（這是另一個體貼之處，香箱蟹體型小，取肉不易，特別是細腳部分，我們如果自取，恐怕要弄得一團糟了），放入蟹蓋中，再將醋做成果凍，澆在蟹肉之上。當我們用湯匙取食時，果凍入口融解，醋汁的微酸與蟹肉的鮮甜交織在一起，加上蟹卵在口中嗶剝卜卜地爆開，那個滋味纖細微妙，令人回味無窮。

西村屋用的活蟹是兵庫縣本地津居山港捕撈的「津居山蟹」，比起「間人蟹」或「橋立蟹」生產量較大，價錢沒有那麼矜貴，但已經讓我們吃得驚歎不已；我不禁想像，如果普通的松葉蟹滋味已經如此，那接下來的兩天，我們將要遭逢什麼樣的驚人美味呢……。

第二天，我們悠閒地泡了晨湯，吃過了早餐，才出發前往丹後半島，準備到間人港知名的蟹料理旅館「御宿炭平」去。

「炭平」極可能是早期吃蟹行家心目中的夢幻旅館，甚至我可以說，如果沒有炭平的推廣，「間人蟹」可能不會有「天下第一蟹」的江湖地位。但近幾年，鳥取的蟹料理餐廳「蟹吉」異軍突起，很受食評家的青徠；無獨有偶，後來出版的《二〇一九京都、大阪米其林指南》破天荒把鳥取縣納入評鑑範圍，給了「蟹吉」兩顆星評價，這也是全日本蟹料理專門餐廳唯一的一家兩星餐廳，改變了世人對螃蟹料理的印象（日本螃蟹料理「無事可做」，無非就是蒸、烤、醋，加上火鍋，對重視「創意」的米其林指南來說，很難給它高度評價）。

這樣的比較可能對「炭平」不盡公平，炭平創業於明治元年

（一八六八），已經超過一百五十年，「蟹吉」則是相對年輕的事業，要維持一個世紀以上的盛名，我想要更加困難一些。倒過來說，美食家可以把「蟹吉」視爲一個新發現，但百年老鋪如「炭平」，你說它好有時候也引不起驚奇，因爲大家都知道了呀！

在地圖上看起來，城崎溫泉和丹後半島是緊貼著的鄰居，但一地屬於兵庫縣，一地屬於京都府；火車旅行也要幾個轉折，先搭JR（國鐵），再轉北近畿丹後鐵道（私鐵），來到網野駅。我在車上先打了電話給旅館，下車後就等到旅館派來迎接的車子。車子還要再開二十分鐘，一路沿著海岸開，途中雖然看到不少民宅，但感覺很荒涼，因爲幾乎看不到人蹤。最後在一個海邊，孤零零幾棟房子，周圍彷彿沒什麼街道或社區（那得要轉一個彎才見得到），那就是我們要投宿的螃蟹料理旅館「炭平」了。

有一些旅行地我特別有著奇怪的緣份（或是無緣份），我想去的時間很早，但成行得很晚。一個例子是尼泊爾，我在一九七九年從攝影家郭英聲那裡看到尼泊爾的影像（他剛從尼泊爾回來），就一直唸著想去這個喜瑪拉雅山腳下的純眞國度，等我眞正成行時，那已經是九〇年代中期。另一個例子更離譜，那是達爾文曾經造訪的加拉巴哥群島，一九八二年我讀了一本書（那是一九二三年的一個科學考察報告，但書名有著迷人的稱號叫《世界的盡頭》），從此對加拉巴哥群島嚮往不已，期間讀了超過二十本關於加拉巴哥群島的書，等到我眞正上了船，航行於那片海域，那已經是三十年後……

餐廳似乎也是如此，東京知名壽司店小野次郎，我是起心動念二十幾年後才得償夙願；「炭平」也是另一個有念頭而無行動的例子，我在八〇年代中首次在雜誌上讀到它的介紹，看到紅通通的螃蟹料理照片，加上紅通通火爐取暖的室內照片，心裡也是充滿渴望，但此刻來到此地，時間也過去了近三十年。

旅館炭平當然已經不是昔日我所讀到的偏鄉素樸旅館，它已然成了海內外聞名的旅館，做了若干增建，除了保持所有房間都面海的特色，順應潮流也增添了室內附風呂的奢華房間；當然「間人蟹」也從默默無名變成夢幻逸品，價格也翻了好幾番。所幸到了晚餐時間，桌上的菜單讓我放了心，螃蟹料理的澎派依舊，內容則保持舊日調理手法，沒有加入其他讓人擔心的創新菜色。

炭平提供的螃蟹大餐手筆不小，基本上是「二人三杯」（兩個人吃三隻螃蟹），用的螃蟹是零點八公斤等級的大公蟹，放在竹籃中，蟹腳上則佩著驗證身分的綠標籤。先是簡單的白灼螃蟹、螃蟹刺身，然後是烤螃蟹，最後是螃蟹火鍋，全部真材實料，不摻雜其他填充菜色（專心吃螃蟹，不浪費力氣和胃口在別的料理）。

但「二人三杯」指的是主菜所用的公蟹，前菜裡還有一人一隻的香箱蟹，湯品裡的蟹肉丸子也不計算在內。也許是懾於間人蟹的盛名，這些看起來和「西村屋」大同小異的料理，螃蟹的滋味彷彿多了一分鮮甜；吃刺身的時候，蟹肉緊附在蟹殼上彷彿堅強不肯脫離⋯⋯。

印象最深刻的是烤螃蟹，女服務員指引我們烤塡滿蟹膏的蟹蓋，在蟹膏冒泡時注入一小盅淸酒，然後再舉蓋傾飲，這時驚人的香氣撲鼻而來，濃濃的蟹味有如潮水一般一波接一波。蟹鍋則是另一個高潮，整整用到一隻螃蟹，銅鍋裡乾乾淨淨的高湯，蟹腳與蟹身輕涮來吃，雪白透明的蟹肉，吃來滿口的鮮甜。

經過一晚的螃蟹大餐，我們已經是吃得目不暇給，也感到滿腹飽足，但第二天早餐時餐桌上赫然還有一鍋熱騰騰的螃蟹味噌湯，這眞是「間人螃蟹吃到飽」了。

兩天的螃蟹料理之旅其實已經讓人覺得過度奢華了，但怎麼辦？我們還有一站要走。第二天我們在交通上有點折騰，輾轉來到北陸知名溫泉地山代溫泉時，已經接近六點，天色已經昏暗了。我們匆匆忙忙泡了溫泉，就來到用餐的小房間。

山代溫泉是一個有八百年歷史的古溫泉，我們投宿的旅館是當地極富盛名的「滔滔庵」。滔滔庵是一家高雅古樸的老鋪旅館，昔日是著名藝術家北大路魯山人常宿之地，旅館內極有藝術氣息，館內牆上與屋內陳設都有大量的藝術作品，到處是魯山人的墨寶與陶作。餐廳裡坐下來，發現上菜的餐盤也多半是魯山人的陶藝作品，捧著國寶級的古董餐具吃飯，加倍覺得受到尊寵。

同樣是螃蟹大餐，料理手法也大同小異（無非也是蒸、烤、鍋與刺身），但滔滔庵走的是精緻優雅路線。一方面是器物高雅精美，幾乎都是古董，食物擺盤也跟著細膩講究，好像圖畫一般；另一方面則出於細節的用心，譬如生魚片，除了螃蟹外還有各種來自橋立港的漁獲，更提供了獨特的能登半島天然鹽供我們沾用；又譬如醋物提供一人一隻香箱蟹，用了土佐醋做成金黃透明的果凍，鋪滿蟹肉之上，土佐醋滋味溫和甜美，結合在一起，視覺與味覺都得到享受。

烤螃蟹用了一個古色古香的方型陶爐燒炭來烤，氣質不凡；最後則是螃蟹炊飯登場，陶鍋一打開，炊飯的香氣簡直讓人受不了，明明已經吃飽了，忍不住還是吃了兩碗。

另外值得一提的是滔滔庵的女老闆，既優雅又活潑，英文也講得落落大方（雖然她一再謙稱自己講不好），對我所有的提問都不厭其煩，說話內容也有獨特風格，幽默風趣，令人覺得親切。

第二天離開山代温泉時，我在小鎮上散步，回味連續三晚的尋蟹之旅；這趟旅程雖然姍姍來遲，更兼有許多意外的周折，但，all is well that ends well，好結果重於一切，我與秋天螃蟹的約會與冒險，也終於有了一個美好的結局……。

輯四・懷念故人

紅燒牛肉

我的妻子王宣一生前熱情好客，家中宴客是經常的事。她本來就有一點大姐頭性格（雖然在家排行是老么小妹），對她而言召集派對、招呼親友似乎自然不過；而我年輕時的工作是必須跟各種作家或創作者打交道的藝文編輯，我旺盛的活動力帶給家中川流不息的賓客，宣一也就必須是那位要讓大家賓至如歸的宴會女主人。

宣一拿手菜很多，一開始是來自母親與家庭的薰陶與傳承，大部分的菜色都屬於蘇杭江浙的路數；後來出了社會，又嫁到台灣人家裡，開始接觸不同的飲食文化，引發她學習其他菜系的興趣與好奇，尤其是經典台菜和北方人的麵食，特別得到她的學習熱忱（她的朋友董雲霞的媽媽，是引發宣一對麵食的好奇的重要啟蒙者）；到了後期，她出國旅行日多，接觸了更廣的「美食地平線」，從此之後，阿拉伯加了芝麻醬的茄子泥、豆子泥搭配匹塔餅，泰國的海鮮沙拉、冬蔭功酸辣蝦湯，秘魯的烤牛心牛肝、生魚雪碧切也陸續出現在家中宴席的餐桌上……。

如果問到哪一道料理最受到親友們的歡迎？我猜想十之七八可能還是會投票給她的「紅燒牛肉」。這道菜被朋友吳恩文戲稱爲「江湖上令人聞風喪膽的紅燒牛肉」，當然，恩文只是在開玩笑，好菜只要「聞香下馬」就好，「聞風喪膽」要幹嘛呢？但這個誇張的修辭倒也說明了「紅燒牛肉」在食客朋友心目中的地位，很多第一次上家門的朋友都指名要品嚐它，也有一些旅居國外的老友回國時嚷著要吃它，都說國外完全吃不到這樣的菜。我的確也見過幾位本來不吃牛肉的朋友，在這道「紅燒牛肉」面前不但打破習慣，也跟著吃了一整碗白飯。

宣一雖然靠「紅燒牛肉」闖出了名號，但它本來是宣一母親的拿手好菜，在親友當中也是最富盛名，所以它的受歡迎至少已經兩代了；有一位宣一母親的老友，年事已高，平日不太肯出門，但只要聽到母親要調製「紅燒牛肉」，就奮力起身，從台灣中部特地跋涉前來，可以想見它的魅力。

我曾經對這道菜的來歷感到好奇，因爲我在海峽兩岸各種江浙餐廳裡、朋友家庭裡都不曾見過這樣的做法；有一次我請教我寓居美國的大舅子（宣一的大哥），這位博學多聞的大舅子很得意地告訴我說：「這是我們家媽媽的發明。」

奇怪的，平日很佩服大舅子的我，對這句話卻覺得難以信服。原因呢？原因是這道菜太大氣、太經典、也太「成熟」了，通常是深厚的歷史積累才會形成這樣的菜色，很難想像這是出自某位家庭主婦靈光乍現的發明。

「紅燒牛肉」的做法既簡單又麻煩，說它簡單是因爲它沒什麼神奇佐料（我的岳母根本只用醬油和冰糖，再無其他），也沒有用什麼特殊器械或手法，簡單到難以置信；但你也可以說它很麻煩，因爲它的滋味全靠浸置而來，你要反覆煮開再關火，煮開再關火，並不斷翻轉檢查，直到牛肉牛筋都熟透近於軟爛，形體卻保持完整，通常要花三、四天時間準備，是個很費工夫的菜。

「紅燒牛肉」賣相極佳，煮好時透著暗紅的油亮醬色，滋味絕美，充滿膠質，咬口則十分軟嫩，幾乎接近入口即化，搭配白飯（而不是北方人的麵條）最爲合拍；宣一後來發展出用「紅燒牛肉」搭配日式蛋包飯，半熟滑嫩的雞蛋配上甜美黏唇的紅燒牛肉醬汁，是許多朋友喜愛的難忘組合。

「紅燒牛肉」這道菜知易行難，概念簡單，執行卻不易。我看著宣一調製這道菜已經接近四十年，卻從來沒有機會動手，一方面可能是家中主廚不讓我靠近，以免我的笨拙會毀掉一鍋精緻的菜餚，另一方面也可能宣一實在太駕輕就熟了，她開鍋煮水，修整肉塊，滾開又放涼，浸置再煮開，耐心以對，費時雖長，但她並不覺得費力，所以她也不覺得需要旁人的幫忙了。

等到宣一過世之後，我發現我的損失不只是一位至親的眷屬，連帶兩代人的某些滋味也跟著消失了。我感覺到自己有強烈的動機和責任感把這些家庭菜餚的生命延續下去，其實不是只有我一個人有這個念頭，我發現同時間吃過的宣一手藝的諸多好友，都有把「紅燒牛肉」延續下去的念頭。其中一位盛情可感的老友是作家張大春，他立刻送來他的版本給我當做中午的便當，一面是懷念，一面是激勵；另一位原在媒體擔任美食記者的老友也翻出昔日採訪宣一的示範文章，重新試起「紅燒牛肉」；最有趣的是一位不曾相識的飲食歷史專家朋友，通過他對諸多文字的考據，他也做出他的版本的「宣一牛肉」來，還寫文章發表在網路上，最後還結集出了書（《食貨誌》，鄧士瑋，二〇一六）……。

這些朋友的版本，我並沒有全部試過，但就我所讀或所試，大多與「原作」有一些不相同，最主要是來自「去腥」的概念；有好幾位朋友的版本都根據自己的經驗或想像下了薑片，也有人下了辣椒，或者用了大量的酒。但在我岳母的「元祖版本」裡，這些材料都是不用的。她的去腥概念，來自於愼選牛肉原料，一定要用本土黃牛肉或黃雜牛來做材料，進口的美國牛或澳洲牛都不合適；然後烹煮前必須細細修掉牛肉邊上的肥肉或血合之處，以免出現異味。烹煮過程用了老式的手工釀製的豆瓣醬油，這就是調味的主軸。到了宣一掌廚的時候，她偶爾在收汁之前，加入西方紅葡萄酒，目的是求色澤的豔紅，倒不是爲了去腥的緣故。後來我自己的實驗過程也證明，牛肉選對了，醬油用對了，完全不會有任何腥臊之味。

我的學習條件得天獨厚，因爲我長期看過原作的調理過程，我也使用宣一固定採買的肉販（就在信維市場裡的一家肉鋪），甚至只要打個電話說：「我要買宣一用的牛肉和牛筋。」她就會幫我處理好送來。醬油也是比較少見的「萬和醬油」，有的人得要跑到南門市場去買，我卻只要過一條馬路，就能在信維市場門口雜貨店買到；我甚至用的還是宣一用的同樣兩口鍋子呢。即使如此，我在火候和鹹甜程度的拿捏上也還摸索了不少時間。

我根據我的作息（也就是上下班時間）發展出一種「四天烹調」的節

奏，如果我在週六請客，我就週二買肉，週二晚上第一次烹煮，然後每天上班前下班後各開火一次，其餘時間任它放涼浸置，一共開火了八次，到了週六下午或晚上，才加糖開大火收汁，這樣完成了我自己的版本。完成後請老朋友來試菜，大家寬容地點頭稱讚，一位美食家朋友Cathy給了我九十八分，並且說：「不必追求一百分的相像，那百分之二的差異就是你自己的風格。」當我喜不自勝的時候，我的兒子皺著眉頭說：「太鹹了。」宣一的姐姐試了一口說：「不夠甜。」他們兩人說的其實是同一件事，我知道，這「紅燒牛肉」我還得跟它奮鬥一陣子呢……。

青豆魚圓

「青豆魚圓」端上桌時，非常賞心悅目，嫩綠細粒豌豆鋪底，純白的魚圓漂浮其間，加上透明如水的湯底，色澤清新美麗，如同淡彩繪畫一般，還沒入口就已經贏得了視覺。

我第一次嚐到這道菜，是四十多年前在岳母家裡（當時還沒結婚，也許應該稱做未來的丈母娘），當時有兩件事讓我感到吃驚，一是上海魚圓的口感與我熟悉的台灣魚丸完全是兩回事，另一則是那豌豆仁的細緻幼小，完全不是我認識的大顆青豌豆的模樣。

後來我對這細小的豌豆仁慢慢熟悉，知道它其實來自我們日常炒來吃的嫩豌豆莢，江浙人「食不厭精」，花功夫把豌豆莢剝了，取出米粒大小的豌豆仁（所以有人又稱它是「豌豆米」），那是極其細嫩幼滑的食材，我認識它的時候，岳母已經都在固定的市場菜攤買來，我聽妻子王宣一說，小時候她們是從市場買豌豆莢回來自己剝，那是非常耗時耗力的工作（可惜我也忘了問她，剝下來的豌豆莢殼拿來做什麼用途？）。現在，我也是在市場裡向固定的菜販購買，因爲費材費工，小豌豆仁非常昂貴，並不是很多菜販有賣，即使是有供應的攤商，有時候我也要事先預定，才能確保來源無虞。

上海魚圓，潔白無瑕，乍看之下，形狀顏色與台灣魚丸頗爲相似，但入口之後才知道差別甚大；台灣魚丸強調爽脆彈牙，吃起來頗有咬勁，但上海魚圓卻毫無彈性，吃起來像豆腐一樣在口中化開，軟糯綿嫩，在齒間完全沒有對抗的力道。我第一次吃到上海魚圓時，心裡沒有準備，被它的毫無咬口嚇了一跳，以爲是吃到壞掉的東西，等到多試幾次，才慢慢體會它的奧妙，吃出它的滑嫩香甜。上海魚圓是純手工製成，把青魚中段的角肉用湯匙刮下來，加水與蛋清用手打，直到魚肉纖維完全打碎滑順爲止，又擔心打發過程摩擦生熱，影響魚肉口感，還得把打魚肉的盆子放在冰水上，避免魚肉變硬變質……。

本來我在台北的南門市場還可以買到相當正宗的軟滑上海魚圓，但近幾年愈買愈失望，因爲它變得愈來愈有彈性，顯然那已經是摻了太白粉的，那就變成了台灣魚丸，再也不是我所知道的上海魚圓；而街坊間上海菜館號稱賣「上海魚丸」的，我吃到大部分也不正宗，光是寫成「魚丸」就讓我覺得不對勁。目前在台北，要吃到正宗手工打的「上海魚圓」，以我的看法，只有亞都飯店裡的杭州菜館「天香樓」還保持原味，不過你在菜單上也看不到上海魚圓的蹤跡，魚圓是藏在他們必須預定的名菜「神仙老鴨湯」裡。

有趣的是，我曾經嚐過一位米其林星級的法國主廚來台演出，他端出一道他說是來自家鄉漁村的傳統老菜，結果那是一種用湯匙手打的魚肉丸子，約莫拳頭大小，一樣潔白無瑕，浸在特調魚高湯當中，一吃之下，口感與口味竟然與上海魚圓完全神似，可見東西飲食文化有時心意相通，相同食材也偶然會做出類似的神韻來。

細小的豌豆米，我後來在海峽兩岸的上海館子也經常相遇，有時候吃到「雞絲豌豆」，有時候吃到「青豆蝦仁」，還有把魚肉也切成米粒大小，與豌豆仁同燴，味道當然也都各有風情。但我總覺得有什麼地方不對，有一次想到，我就問宣一爲什麼這些豌豆仁的料理和在家中吃到的有點不同？差別究竟在哪？

宣一回答說：「因爲他們都用雞油或高湯去煮，我媽媽只用清水。」一語驚醒夢中人。的確，我在家中吃到的「青豆魚圓」，湯清如水（因爲根本就是清水），湯中微微有鮮味，那是來自魚圓的淡淡鮮甜；但湯中最重要的味道，是一種豌豆仁帶著青草般的清香，如果你用高湯去煮，那種優雅的清香味就被蓋過去了。

「少就是多」（Less is more），在料理中，適度調味永遠是關鍵。沒有味道的東西你要用高湯去提味（譬如說鮑參翅肚都要借別人的味道），有味道的東西你卻要避免調味，免得喧賓奪主，蓋過你本來要彰顯的滋味，在「青豆魚圓」的例子裡，似乎就是這個原理。

後來宣一在家中請客，「青豆魚圓」常常進入菜單之中。一方面這綠白相間如圖畫的美麗菜色實在太「搶眼」了，盛在白色瓷碗中端出，總能在賓客中帶來一聲聲的驚嘆歡呼；另一方面，我們把這道菜安排在各色前菜與大盆熱菜的中間，做為一種「過場」，借它清淡雅致的滋味來轉換過程，給味蕾一點生養休息，有點像是法國菜在主菜出來前提供一道「雪寶」（sherbet）讓食客清口一樣。

後來「天香樓」在二〇一七年母親節推出「宣一宴」，提供我太太王宣一生前的一些菜色，一方面紀念她，一方面也為餐廳增添一些新話題和新菜色；在試菜的時候，我一再跟大廚說：「這道菜要用清水。」大廚見多識廣，一聽就懂了，試菜時大致沒有什麼問題。「宣一宴」正式開賣後，我請朋友去試，來到「青豆魚圓」的過場，我一喝眉頭就皺起來，一股火腩雞高湯的鮮甜味跑出來，顯然廚師是下了一勺高湯了；大廚雖然溝通過了，但廚房當值的未必是大廚本人，而廚師的訓練習慣是用高湯來增添每道菜的滋味的。朋友沒有我的內心糾結，頻頻讚美湯鮮味美，我卻抱怨說這菜是做錯了，廚房不該用高湯的，用了高湯從滋味上來說當然是沒有問題，但如果你想知道那細嫩幼滑的豌豆仁是什麼樣的芳香氣味與細緻甜美，只有清水才能讓你眞正體會。

我這樣說，在現場我的朋友顯得有點難以理解，幾個月後我請他到家中，端出清水版的「青豆魚圓」讓他比較，他喝了一口後，嘆了一口氣說：「我本來以爲那道青豆魚圓已經很好了，爲什麼你還要挑剔？現在我才發現，原來這是完全不一樣的滋味，一個是小家碧玉，另一個則是紅塵滄桑。」

朋友用的比喩如此高妙，顯然是寫詩的底子。

宣一不只是用青豆搭配上海魚圓，爲了多一點變化，她有時候也拿青豆來搭配餛飩，名字就叫「青豆餛飩」。餛飩基本還是江浙式的「蝦肉餛飩」，內餡用絞肉和蝦仁，但爲了讓它清爽一些，宣一也包入一些豌豆仁，讓餛飩透過皮帶著綠色，看起來更有一種視覺上的趣味，一樣用清水來煮，湯底裡只有一點點來自餛飩的肉蝦鮮味，更明顯的，則是來自豌豆仁的清新芳香；湯水中當然有鹽的調味，也有一點下手很輕的白胡椒，那就是整碗湯全部的味道了。少就是多，純粹就是天堂，這是我在清水裡學到的東西。

白煮豬腳

上個世紀七〇年代末、八〇年代初，我還在報社工作的時候，台北城中區一帶是我們經常活動的地方。不用說，武昌街的「明星咖啡館」是我常去盤桓的地方，在那裡你會遇見黃春明、段彩華在那裡寫稿，也會遇見各形各色知名藝文人士在那裡高談闊論，下樓走出門，你就看見周夢蝶坐在他的書攤上閉目養神。「書街」重慶南路更是我總愛信步前去的目的地，不，即使沒有目的，我也會不由自主地飄然前往，或者有意識地找一本書，或者根本是無意識地閒逛，總有一些書會挺身而出，自己向我揭露它們的存在。

逛著逛著，感到飢餓了怎麼辦？城中也有許多物美價廉的常民美食，我當然有時候會去明星咖啡館隔壁的「排骨大王」，那醬油醃製不裹粉的江浙式酥炸排骨如今仍很令人懷念。有時候我還會去武昌街上一家連店名招牌都沒有的小店，它不是沒有招牌，外頭其實有一個黃色小燈箱寫著「咖哩飯」三個大字，但裡裡外外都沒有標示店名，有時朋友相邀少了可以指涉的店名很不方便，我的同事老友兼翻譯家景翔就把它叫做「龍門客棧」，因爲它有著古色古香的木製卡式座位；後來我和別的圈子的朋友談起這家店，沒有人知道它叫龍門客棧，可見這個名稱只通用於我們很小的一個圈子（店名叫做「龍門客棧」的，在台北另有其人；而從前台大法學院也有一家被學生暱稱爲「龍門客棧」的露天麵店，它的正式名稱其實叫做「山東餃子館」，斯文的橫幅招牌還是臺靜農先生的題字呢）。

走進這家寫著「咖哩飯」的無名餐廳，其實也找不到一道菜叫做「咖哩飯」，店內的牆上貼著一張紙寫了另樣名字：「咖哩膏」，點了咖哩膏，你會如願得到一小飯碗的黃色咖哩醬，是那種顏色鮮豔（應該是大量薑黃）、充滿洋蔥甜味和香料香氣的勾芡咖哩醬（並沒有雞肉或馬鈴薯），如果你舀幾匙澆在你的白飯上，你的確會得到色香味俱全的「咖哩飯」，不過那還必須自己動手組合才行。但在這家餐廳，眞正吸引我們走進來的，是一些現成冷切以及各種台式快炒，特別令人懷念的是它的「腿庫肉切盤」和大火快炒的「蔥蛋」。

滷製的腿庫肉放在木櫃裡，紅光油亮，結實飽滿，看起來就十分誘人，向店家注文之後，廚師從木櫃中取出，大刀快切幾片，每片都有巴掌大，淋上濃稠醬油膏，隨卽端上；而「蔥蛋」的做法，則見大廚打四個雞蛋進大碗裡，用筷子快速攪拌，打進大量空氣至起泡，再加入大量蔥花，然後起熱油鍋，用大火把蛋液注入鍋中，蛋汁立刻膨脹起來，廚師把鍋子拿起來對著爐火旋轉，讓蛋液保持流動，不到一分鐘，廚師輕巧地把鍋中的蔥蛋滑倒進盤中，一樣淋上一瓢醬油膏，熱騰騰地上桌。

「蔥蛋」的做法有時會讓我這離鄉的年輕人想起母親，因爲我媽媽的蔥蛋和這店家是同一個路數，口感輕滑鬆化，充滿空氣，大火油鍋的鑊氣帶來一股蛋香與蔥味的撞擊融合，從前這是家常菜小餐廳常見的菜色，但最近二十年我已經很少遇見這樣的「蔥蛋」了。

腿庫也有特別之處，因爲它並不是煮成爛熟入味、油光軟滑的蹄膀模樣，而是帶一點硬脆口感，咬起來扎扎實實感覺到豬皮的韌性和腿肉的緊實彈性，雖然有滷製的香氣，但味道頗爲清淡，完全依靠那一瓢醬油膏的鹹甜觸發豐富滋味。

事實上，在我有限的覓食經驗裡，豬腳與蹄膀向來都有硬、軟兩派。有的煮法強調軟熟入味，舉筷可斷，像客家料理的「筍乾蹄膀」，或者台灣式的「紅燒豬腳」；但我剛才提到的無名小店的腿庫卻是堅脆口感，又或者出名的「萬巒豬腳」也是以脆彈口感爲特色。即使是西方人聞名於世的「德國豬腳」，亦有爽脆與爛熟兩種口感，大體上水煮的豬腳強調軟熟，而火烤的豬腳則以焦脆爲尚。

繞了一大圈講這麼多故事，其實我眞正要說的是，我們家宴客時席上的一道料理「白煮豬腳」。這道菜的來歷，根據我太太王宣一在她《國宴與家宴》書中的說法：「母親做蹄膀用紅燒，燉豬腳卻愛白煮，我不知道這是屬於哪一種菜系。母親說那是父親家鄉鄉下農地收割時的煮法，犒賞工人勞動的辛苦，就像是梁山泊的大塊吃肉大碗喝酒。我忘了問他們是配紹興酒還是白乾什麼的……。」

如果照這個說法，「白煮豬腳」是江浙地區的一個農村菜，特別是秋收時節送到農地慰勞農工的粗獷美食，做法上倒是「直球對決」，非常簡單。選擇好的豬腳、豬蹄與後腿肉，先用滾水燙過，再細細用鉗子拔去細毛（我岳母做工很細，不能忍受肉販只用噴槍燒去表面的豬毛卻留了毛根在肉裡）；把切大塊的腿肉和豬腳混合在鍋中用冷水蓋過，再加入米酒和不切段的蔥白（我後來自己實做的經驗，蔥白的數量不可太少），煮到豬肉熟透但還沒及於熟爛的地步，保留豬腳和腿肉的脆彈口感，上桌時沾點辣椒醬油來吃（辣椒應該是宣一後來加入的，我岳母不可能用辣椒的）。

這道菜是素樸的豬肉料理，充滿膠質與蔥酒香氣，顏色純白，湯汁醇美，放涼之後，湯汁會結成透明果凍，我們後來也經常冷藏結凍後，當涼菜頭盤來吃。豬蹄脆爽，腿肉緊實，而其間的皮凍更是香甜黏口，雖然說它是送往田疇間的農民勞動粗食，在我岳母的巧手調製之下，卻也精細雅致，這可以想見昔日江南魚米之鄉的富庶與飲食文化的發達。

不過我說的江南傳統，指的是我岳母的熱菜版本，宣一把它改成冷食的前菜之後，反倒有點神似「京都料理」的優雅細緻，顏色潔白，看似不食人間煙火，但結凍的湯汁醇美芳香，滋味層次多重，和我們在台灣習見的鹹甜豐腴的「紅燒豬腳」截然不同，同樣食材能做出風格如此不同的料理，眞是令人覺得驚奇。

宣一離開之後，我學做山寨版的「宣一宴」，一開始想的當然是她比較爲朋友熟知的「紅燒牛肉」；但很快的我就想到這些反映江浙菜風雅性格的菜色，我試著按照她書中所述的步驟來做，發現眞如她所說：「煮法相當簡單。」而且把豬腳和豬腿肉燉煮到爽脆的時間並不長，通常只要五十分到一小時，我的體會是蔥段要充足。我在市場買來一大把宜蘭三星蔥，把蔥綠部分切成蔥花做其他用途，而將整把蔥的蔥白部分不切開全部放入湯中與豬肉同煮，豬肉熟透後，我再把長蔥段全部撈起棄去，讓蔥味藏於其中卻不見蔥影，湯汁鮮白，彷若無物，吃的時候才感覺到細緻的蔥香與酒香。

做好之後，請朋友來試，一位女性友人說，「這豬腳味道好高雅，不像出自男性廚師之手。」如果這話是指它的懷石料理似的精細雅致，我就很高興當做是一個恭維了，但想不到這道菜的出身，竟是田野間的勞動粗食呢。

清湯鮮筍佛跳牆

朋友一大早發簡訊來：「你在台灣嗎？弟弟挖了一些竹筍要給你，我給你送過去？」這是多年的老朋友了，不常連絡，卻關心不斷。以前每年都吃她家的筍，當時還都是她的阿公清晨動手挖的，現在長輩不在了，變成弟弟動手了。

這樣的電話或簡訊來時，通常是綠竹筍的季節，總是五月或六月初，晚春近乎初夏，幼嫩美味的冬筍季節已過，但綠竹筍的季節隨之而來，雖不如冬筍嬌貴，但數量大滋味好，可以放肆大啖，這是生活在台灣的「小確幸」之一。

我年輕時候曾有一次機緣在張大千先生家中吃過一頓晚飯，當時完全不懂吃，卻也印象深刻，終身難忘。那是上個世紀八〇年代初，我還在一家報社擔任藝文編輯，香港攝影家水禾田來台灣，他因爲前往巴西張大千的舊居「八德園」，拍了許多照片，想帶給大千先生看，並邀我與他同往。我代爲打了電話，大千先生喜出望外，直說他很懷念「八德園」，一直想知道故居是否無恙？我們在下午約三點多到達外雙溪新建的「摩耶精舍」，整個下午我們都在大千先生的書房裡關燈看幻燈片投影，顯然「八德園」一草一木均是大千先生親手打造，感情至深，他看得忘情，一面忍不住像個小孩一樣，跟他的夫人央求說：「我們回去吧？我們回去吧？」

照片看完，燈光亮起，大家從夢幻回到現實，大千先生也恢復端莊主人的氣派，他說：「時間也晚了，留下來便飯吧？」

等到晚餐上桌，老天爺，這哪裡是「便飯」呢？這是我前所未見的精緻宴席；大千先生年事已高，眼睛不好，所以在室內也戴著藍色墨鏡，手膀抬不起來，所以身旁有小護士服侍，但大千先生頑皮地張開嘴，指著口內笑著說：「你們看，牙口都是好的，什麼都能吃。」

能吃，愛吃，懂吃，又「吃得起」，眞是難得的有福之人。那一頓天上掉下來的晚餐，吃得我們目瞪口呆，大千先生親自爲我們兩位年輕人解說：「這鴨子，加利福尼亞來的，最好的鴨子，就在美國加州。」「這蘆筍，法國來的，最好的蘆筍，就在法國南部。」「這雪梨，日本來的，最好的梨子，在日本富山；從前山東的梨也好，現在吃不到了。」

其中一道「獅子頭」讓我驚訝不置，因爲它全是豆腐做的，用肉湯去煨，吃起來滿口鮮肉滋味，卻又到口卽化；旁邊有人代大千先生解釋：「大千先生許多朋友年紀都大了，牙齒不好，他發明了這道豆腐獅子頭來請客，大家都能吃。」

一桌臨時張羅的菜餚，材料來自世界各地，簡直是一場周遊列國的「旅飯」。就在大千先先不斷解釋食材的來歷時，我忍不住「台灣病」發作，朗聲問他：「大千先生，這些好材料都來自世界各地，那你什麼材料會用台灣的呢？」張大千先生好像也不介意我的不禮貌，伸出大姆指，比了一個讚：「筍，台灣的竹筍，天下第一，全世界最好的筍，在溪頭。」

你看我又扯遠了，朋友要給我的綠竹筍，當然就是台灣的「山之惠」。半個小時後，我拿到一紙箱的現掘鮮筍，金黃筍殼，彎如牛角，每隻比手掌略大，這是最上質、最美味的時令鮮筍了。

我一面煮水準備燙筍，一面盤算要做些什麼。當然台灣夏天的綠竹筍，什麼都不必做，燙熟放涼，剝殼生吃就是至上美味，有人愛沾美乃滋，我卻喜歡一點白醬油。或者取一點清高湯，下一點香菇，就煮成一鍋筍湯，那也是永遠不敗的母親之味；當然，我的母親會順便燙一塊豬五花，肉做白切，沾蒜頭醬油，筍湯則增添鮮甜肉味，一舉兩得。

但我想到的，是我過世的妻子王宣一做的「清湯鮮筍佛跳牆」。宣一後來學做台菜甚勤，當然不想放過閩菜代表「佛跳牆」的諸種練習。一開始，她老老實實跟隨食譜學做「佛跳牆」，但很快的她就有了另外的體會，她覺得傳統「佛跳牆」有它的時代背景，以今日的觀點來看，它太濃太油了，她覺得可以就它的原理加以改良。

「佛跳牆」的特色是費工，每種材料都要分開處理煮熟，再用高湯燴於一盅，把所有滋味加以融合。她用上了江浙人愛用的海參、蹄筋，加上她家傳的白煮豬腳與腿肉，加上豬肚、魚皮和炸豬皮，爲了提味也放了香菇與干貝，而一部分鮮味更借自螺肉罐頭和車輪牌的墨西哥鮑魚罐頭，她偶爾也加入台式酥炸排骨增添香氣，但她不贊成加入芋頭，她覺得會把湯水變濁。她的高湯用的是老母雞與火胴的上湯，但煮得清淡一些，因爲材料已經太多鮮味。

她從餐具行買來二十個佛跳牆用的瓷盅，每個瓷盅底部都先鋪滿鮮筍，然後依序擺上各種煮好的材料，最後加上高湯，全部放進蒸鍋蒸透，直至滋味完全融合爲止。她說，既然這道菜這麼費工，何不多做一點？所以她一做十幾二十盅，做完之後再開車一一送給姐妹淘朋友。朋友當中有吃素的，她也開發出一個全素版本，我已經有點記不清她的材料和步驟，但看到她的素高湯用的是高麗菜、香菇和大量黃豆芽，「佛跳牆」本身的材料則是各種菇蕈和豆腐豆皮之類。

那是一道令朋友頗爲懷念的清爽「佛跳牆」，固然裡頭也有鮑魚之類的豪華食材，但眞正的主角卻是清湯與鮮筍，筍的味道成了最主要的基調。現在一紙箱的鮮筍在調理台上，我是不是應該來試試那已經不在的滋味？

我用濱江市場買來的雞架子和日本帶回來的章魚乾煮高湯，刻意煮淡一些，也撇去浮油，加上筍水，讓它清淡一些；我把海參、蹄筋、魚皮都先蒸透過油，再用雞湯先煨，我用豬蹄、豬腿肉混合用酒與蔥白煮透，所有材料都煮好備用。最後取出佛跳牆瓷盅，先鋪上鮮筍，再排上各類材料，注入高湯，再一盅一盅放進家中的蒸烤箱，用蒸的模式再蒸三十分鐘。結果出來後，我自己嘗試，覺得有些材料準備得不精準，豬肚不夠爛，魚皮、蹄筋卻過頭了；湯底似乎也比宣一的版本濃郁一些，不夠清爽，但鮮筍滋味成了基調的風格似乎是保住了。

我沒有本事做那麼多，只做了六盅，分頭去送給朋友，請他們試試，沒吃過宣一版本的，都來訊息讚美，說這是他們非常喜愛的佛跳牆。吃過宣一版本的朋友則安慰我：「非常接近了。」美食家葉怡蘭凡事都有紀錄，她寄來宣一版本的照片，證明我的山寨版本比正版更清淡，特別是綠竹筍幾乎佔去三分之一的材料份量，根本就是「鮮筍佛跳牆」。

海膽香檳凍

「海膽香檳凍」是我們家宴客時常常出現的一道前菜，特別在夏天的季節，因爲它在視覺上與口感上都有一種清涼感，很受朋友喜愛；這道菜的演進過程頗有趣味，也許可以拿來談談。

我太太王宣一有一夥昔日在新聞界共同打拚的姐妹淘，雖然後來工作上已經各奔前程（有的則是已經退休），但大家感情很好，一直還保持每個月聚會的交誼。每次聚會都有人作東，轉到宣一擔任「爐主」的時候，她似乎比較少選擇外面的餐廳，更多時候就邀大家來家裡吃飯。朋友當中有好幾位已經是長期茹素，因爲這個緣故，宣一想要尋找更多比較新派做法的素菜，常在家中廚房實驗，我也常常成爲接受實驗的對象。

多年前我們在日本旅行的時候，看到日本大廚常用一種有趣手法，就是把醬汁做成「果凍」，讓外形與口感都出現一些變化與趣味。譬如把柚子醬油加吉利丁做成果凍，切成小塊堆疊在食物之旁，食用的時候，果凍在口中融化，就還原成用來沾食物的醬油；這種手法應該是借自西方而來，但在日本料理裡運用巧妙，常常有驚喜的效果。

宣一見過這種手法之後，回家就開始嘗試，本來也是應用在醬汁，但有一次她熬煮了一鍋「素高湯」，季節正好是悶熱的夏天，她靈機一動，覺得或許可以把湯變成果凍，希望能夠得到某種「冷湯」的效果。宣一的素高湯用了很多蔬果材料，我沒有完全記錄下她的配方（或者也許她每次熬湯材料都有一點差異，並沒有固定的配方），但我印象中幾乎都少不了洋蔥、香菇、紅白蘿蔔、高麗菜葉，加上數量驚人的黃豆芽。做完這鍋鮮甜的全素高湯之後，她濾去材料（那些被萃取了精華的蔬菜殘餘，有時候就變成我中午的便當），只留清湯，重新加熱後，她再加入香檳（通常是比較便宜的氣泡酒像義大利的prosecco或西班牙的cava，有時候還加入一點甜酒），以及用來凝固結凍的吉利丁。

高湯結凍的比例似乎是有一定的，宣一留下的筆記說：「一千cc的高湯，四十cc的香檳，二十cc甜酒，七張吉利丁片。」我後來依照這個比例做高湯凍，大體上也都能成功。素高湯凍做好之後，晶瑩透明，切小塊放入玻璃碗中，滴上一點芥末醬油，加一片薄荷葉，做爲一道冷前菜。湯匙舀起來是搖搖晃晃的金黃果凍，入口化成冰涼的清湯，充滿蔬菜的鮮甜，又微有薄荷的香氣，纖細雅致，又毫無負擔，當時宣一給它命名叫「蔬菜香檳凍」。

素菜版本做了一段時間，很受歡迎，宣一就開始構思是否可以把它發展成一個葷菜版本？高湯凍似乎不難類比，熬一個清澈的雞湯（也加了很多蔬菜）就是一個方案，一樣加上香檳和甜酒去結成果凍。但如何給雞湯凍加點配菜？一開始想到的是加上一隻蝦（取它的豔紅色彩）和一小撮燙過的菠菜（取它的鮮綠），後來又想到加上一點魚子（鮭魚子、飛魚子或者魚子醬），增添鮮味與鹹味。

後來我們又想到也許可以放進生海膽，它狂野的鮮味與優雅淡泊的高湯可以變成一個美妙的對比組合，豔黃色與透明高湯凍在視覺上也是可以搭配。爲了配合海膽的海水味道，我們又試著把高湯從雞湯改成昆布與柴魚的日式高湯，發現也非常合適，在高湯凍上淋一點芥末醬油，加上一點鮭魚子或飛魚子，再點綴一片撕開的薄荷葉，那是一道清爽宜人的冷前菜，名稱就改叫「海膽香檳凍」了。

很長一段時間，這幾乎就是我們家「海膽香檳凍」的基本形式；有一天，我和宣一在台北亞都飯店的「天香樓」吃飯，我品嚐著一道「西湖蓴菜羹」的經典老菜，突然被蓴菜那種獨特的潤滑口感觸動了，我說：「嘿，如果我們把蓴菜加入海膽香檳凍裡，你覺得如何？」宣一皺起眉頭，似乎是不贊成，但想了一會兒她又說：「這滑滑的口感，說不定和海膽會相配。」

我跑去問大廚楊光宗（大家叫他宗哥），哪裡可以買到他用的蓴菜？他二話不說回到廚房拿出一個玻璃瓶，交給我說：「你拿去試試，合用我再告訴你。」

那是日本進口的瓶裝蓴菜，蓴菜是熟的，但完全沒有調味，蓴菜浸在自己的煮汁中，蓴菜周邊圍著一層潤滑的黏液，那是它滑溜口感的來源。我們拿來試新版本的「海膽香檳凍」，在玻璃碗中，先放進一匙上等生海膽（馬糞海膽效果最佳），在它旁邊配上一匙滑溜的蓴菜，上頭覆蓋切成大塊的高湯凍，淋一點調好的芥末醬油，最上面再澆上一點細緻的飛魚子，搭配一片薄荷葉，這是新版的「海膽香檳凍」。

嘗試它的滋味，蓴菜的滑溜口感與海膽的軟糯口感其實非常相配，蓴菜幾乎沒有味道，海膽仍是滋味的主角，高湯凍很淡泊溫和，做爲一個背景並不搶戲，加上飛魚子帶來的一點鮮與鹹，鼻中還聞得到薄荷的香氣，整體上是完成度非常高的一道菜。

又過了一段時間，我們因爲朋友的推薦來到東京的法國料理「北島亭」；

北島亭的風格是法式的小餐廳，每日的菜單寫在黑板上，由侍者抬到桌前供你點選，介紹的朋友說：「一定要試試他們家的康蘇米海膽。」他所說的「康蘇米海膽」完整的名稱叫做「生海膽法式清湯凍佐白花椰菜奶油」（Oursins en gelée de consommé et purée de chou-fleur）；「康蘇米」就是法式清湯，北島大廚的清湯是用雞架子、老母雞和大量牛筋熬製而成，並經過絞肉與蛋清的過濾澄清，湯色金黃透明，香氣誘人；他再把清湯製成果凍（這是一種半固體半流體的稀薄版本），透明的果凍下放了大量的海膽和幾片蓴菜，清湯凍旁再飾以一圈白花椰泥與奶油製成的白醬。

我和宣一第一次吃到這道菜的時候，簡直大吃一驚，沒想到它和我們在家研製多時的菜色如此相似（最神奇之處是都用到了海膽和蓴菜的組合）。不過一嚐之下就發現，味道與風格是極不相同的；北島的海膽清湯凍味道極其濃郁（他的康蘇米是很濃厚的湯，又有牛筋的重味，他的海膽份量很大，成爲味道的主軸，蓴菜放得很少，似乎只是點綴，我們後來兩次再去北島亭，發現他的清湯凍連蓴菜都沒放了），宣一的版本卻力求清雅，主要是吃清甜的湯凍，海膽反而只是提味。不過北島的生海膽清湯凍滋味不凡，後來我們每回到東京，都身不由己想要再訪北島亭，而每次再訪北島亭，也總是忍不住要再點一次他令人著迷的「生海膽法式清湯凍佐白花椰菜奶油」。

而宣一版本的「海膽香檳凍」我也始終把它保留下來，每次辦「宣一宴」時，我總是試著把它排入菜單，因爲它有很長的摸索過程和演化的痕跡，也許用來理解一位廚師的發想過程，這道菜倒是一個很好的例子。

蛤蜊豬肉

年輕時候在歐洲旅行，吃到德國人的酸高麗菜（sauerkraut）配豬腳（或煮或烤），覺得很美味也很對味，一方面是熟悉的豬肉烹調成亞洲人可以接受的菜色，有親切感；另一方面則是份量充沛的豬腳大塊來吃，頗覺痛快。

後來有一次在法蘭克福參加書展，晚上被德國出版同業邀到一個熱鬧的餐廳參加宴會，店裡壯碩女侍端出一個超過一公尺寬的大銀盤，底部鋪滿炒過的酸白菜與洋蔥，上面則堆如山積放著大量的煮豬腳、煮鹹肉，加上各式各樣的香腸，每一種都碩大肥美，豐盛壯觀，震撼人心；加上人手一杯巨大無朋的啤酒，伴隨餐廳裡的提琴樂隊，氣氛上充滿歡樂的節慶感，我也頓時有種「大塊吃肉，大碗喝酒」的豪情，整晚與會眾人大聲唱歌說話，最後酒酣耳熱，全部站到桌上跳起舞來。

那一道重達數公斤、充滿視覺震撼的豬肉大盤，滋味固然不錯，但也算不上特別精緻；但醃過的豬肉鹹香扎實，搭配的酸高麗菜則微酸中帶著酒味與香草味，並且頗能解膩，與豬肉形成不錯的呼應。比起我在歐洲吃到的其他豬肉料理，千篇一律是火烤加上蘋果醬泥，覺得有趣許多。

後來有機會到了巴黎，我就吃到比德國更細膩精緻的豬肉盤了，那就是阿爾薩斯著名的豬肉料理「阿爾薩斯豬肉鍋」（choucroute garnie）；一樣是以量大豐富取勝，大盤（或鑄鐵鍋）端上來，酸高麗菜鋪底成為一個花床，上面再佈滿各種豬肉成品或部位，比德國版看起來更多樣，滋味也更富層次。我見到的「阿爾薩斯豬肉鍋」所使用的豬肉，有各色紅白香腸、火腿和大塊培根，通常也有未醃過的厚切豬排（只用胡椒與鹽略醃）。它的酸高麗菜會先用白酒與高湯煮過，口感溫和柔順且濕潤多汁，並且加入了馬鈴薯同煮，幾乎可以自成一個「小宴席」；在著名食譜作家茱莉雅・柴爾德（Julia Child,

1912-2004）的《烹飪之道》（*The Way to Cook*, 1989）書中，在「阿爾薩斯豬肉鍋」食譜之旁，她就另外加了一個小邊欄，標題叫做「酸高麗菜晚餐菜單」（Menu for a Sauerkraut Dinner），提供一個配搭，只加上一個現開生蠔當做前菜，再加一個甜點，配上一瓶麗絲玲白酒（Riesling），這樣就可以構成一個阿爾薩斯的晚宴了。

很多年後，時間已進入二十一世紀，我和我太太王宣一才有機會遠遊葡萄牙。那次旅行我們從葡萄牙北方的波爾圖（Porto）入境，一路搭火車與巴士往南，經科英布拉（Coimbra）直至里斯本，一共待了十一天。在葡萄牙境內，我們簡直是找到一個被時間遺忘的美好國度；它一方面經濟已經落後，各種物價比起其他歐洲諸國都是不可思議的便宜，另一方面它曾是世界強國，所以還保有精神與文化上的自足與驕傲。其中讓我們最感驚奇的，是它的美食與美酒，既保持傳統，自成一格，卻又足跡複雜，豐富多元，有風土特色，又有與世界交流的痕跡，何況還有一個彷彿停在時光膠囊的價目表……。

在眾多菜餚當中，我們還經驗了一種與東方美食頗有呼應相通的烹調概念。譬如說，當我們在海鮮餐廳點了蛤蜊，卻發現蛤蜊中加了切碎的香腸；而當我們在山區餐廳點了豬肉，卻發現豬肉當中加了蛤蜊。

把海味與山珍混合而成爲「鮮」的味覺效果，在中國諸菜系的菜色中，也並不少見。遠的不說，在台菜裡頭，蒸魚的時候加了豬肉或包上豬網油是常見的事；上海人蒸魚也會放上火腿，獅子頭加上蛤蜊增添鮮味的例子也常見。或者像台灣客家人的「客家小炒」，乾魷魚與肉絲共炒，海味與山珍相激相盪，簡單卻餘韻無窮（這道「客家小炒」是台灣客家人所獨有，回到原鄉或漂流到其他地區的客家社群都沒有這道料理）。沒想到葡萄牙人的料理當中，概念竟然如此相似。

當中最讓我著迷的應該就是把蛤蜊與豬肉冶於一爐、來自阿連特茹（Alentejo）的「蛤蜊豬肉」（carne de porco à alentejana）；這道菜我在葡萄牙吃過多次，各家版本不盡相同，有的濕潤，有的乾香，但每次都覺得豬肉與蛤蜊的組合對比強烈，滋味豐富。

回到家，我上網查了食譜，這道豬肉鍋大體上用了等量的豬肉與蛤蜊，豬肉是阿連特茹的黑豬肉，蛤蜊則是小顆粒的花蛤；有的版本放了洋蔥或番茄，有的不放，但一定都有應用廣泛的紅椒醬（massa de pimentão）。黑豬肉先用白酒、紅椒醬、甜椒粉（paprika）、大蒜、芫荽、鹽、胡椒等醃漬過夜，醃過的肉先進油鍋炸過（我想用意是減少水份），豬肉的部位似乎有很多選擇，但我遇見的例子多半是用里肌肉；用來醃肉的醃汁起鍋煮開，加入新鮮的洋蔥、大蒜（有的版本則加入番茄），然後把炸過的豬肉放進煮汁中，豬肉煮軟之後再加蛤蜊與大量新鮮芫荽並略爲收汁（大量芫荽是使這道菜滋味突出的另一特點）。大部分的「蛤蜊豬肉」都有馬鈴薯，但食譜上說馬鈴薯其實是另外煮的，先切塊水煮再油炸，然後把馬鈴薯鋪在盤中，豬肉和蛤蜊連汁再澆在馬鈴薯之上。

我曾經吃過「乾鍋」般的版本，沒什麼湯汁，但滋味濃郁，台北有一家很不錯的葡萄牙餐廳Tuga，提供的就是這種版本；我也曾嚐到湯汁豐沛的版本，除了享用豬肉與蛤蜊，拿麵包沾汁而食也覺得有吮指的美味。

旅行回來之後，我和宣一頗懷念「蛤蜊豬肉鍋」的味道，那時候台北還沒有像Tuga那樣正宗的葡萄牙館子，我們只好自己來做「蛤蜊豬肉鍋」；一開始試做這道菜時，我們還亦步亦趨，忠實呈現我們所看見的。很快的，我們就開始有了一些想法與叛逆，首先是想避開豬肉先油炸這道手續，改用煎或烤，希望讓豬肉少點油；然後我們發現每次做這道菜，最後都剩下很多馬鈴薯，顯然亞洲人吃馬鈴薯的能力是不及西方人的，我們又減少放馬鈴薯，或者完全不放。

又過一段時間，我們又覺得只放一種部位的豬肉不夠有趣，我們又把豬小排、豬腳和蹄膀加進去，後來我又試著把德國豬腳與帶骨香腸也放進去，發現不但效果極佳，還帶給「蛤蜊豬肉鍋」一點迷人的煙燻味。當我們把這道菜放進宴客的菜單裡，食客朋友卻要求來碗白飯，爲了配飯，我們又增加了湯汁的份量。有時候爲了讓這道菜出場時更加壯觀眩目，除了蛤蜊，我又加了鮮蝦和花枝圈下去，紅紅白白好不熱鬧。

這道菜在宴客時愈來愈受歡迎，卻與阿連特茹的原始版本愈來愈不像，它好像變成了「阿爾薩斯豬肉鍋」與「蛤蜊豬肉鍋」的混合體，又變成豬肉與海鮮的匯合演出，不過「黑貓白貓，能抓老鼠就是好貓」，既然一道菜在宴客當中愈來愈受歡迎，我們何必拘泥是否忠於「原味」呢？

香草蒸魚

二〇一八年底，我在上海辦了一場「宣一宴」，雖然我內心對菜餚呈現的成績感到惶惶不安，但眾多朋友的寬容與盛情倒也讓宴席熱熱鬧鬧地喧騰了一會兒；二〇一九年五月，我又把「宣一宴」帶到我岳母的故鄉杭州，杭州說起來可是這一切因緣的眞實源頭，能把「宣一宴」帶回杭州，那是有一點鮭魚返鄉的循環意味；如果再加上二〇一七、二〇一八連續兩年，台北米其林餐廳「天香樓」都推出整個月的「宣一宴」，套句大陸愛用的說法，「宣一宴」簡直成了一個ＩＰ（智慧財產）了。

王宣一是我已過世的太太的名字，卽使她在生前宴客無數，我們朋友間可從來沒有用過「宣一宴」的名稱，但宴以人而名，當然意在懷念。宣一遽然離開之際，我才驚覺我吃了她近四十年的菜餚手藝，卻從來沒有學習過她的代表性料理。一方面是想延續她的廚房滋味，一方面想延續因料理所帶來的與朋友的歡聚，我開始努力學習她從前的料理，這是後來「宣一宴」的由來。

一開始，我心目中的宣一手藝，本來指的是她從母親那裡繼承而來的「江浙菜」；但跟濃油赤醬的上海菜不同，宣一與她母親的「江浙菜」是一種精細雅致的江南菜色。我耳濡目染多年，略略體會那個菜系不僅有著一個對滋味的敏銳含蓄，連宴客方式上也有一種優雅從容的美學。

很快地，我就發現光是「江浙菜」並不能夠描繪這位在廚房中揮灑自如的家庭主婦；後來我在辦各種「宣一宴」的時候，傾向於用「三個面向」來做爲表現她的多種面貌。我總會選擇一部分正宗的「杭州菜」（像是「紅燒牛肉」或「青豆魚圓」）來說明她的出身來歷；我也會選擇一部分「台菜」，因爲她嫁入我們家後開始學習台菜，她總是多有體會而且能創造發明；我也會選擇若干「異國料理」（通常是她旅行時得到的啟發與靈感）來說明她的好奇心與活潑個性。

有一道菜頗可以描繪王宣一對異國料理的敏感與好奇，這道菜在我們家的菜單上常被稱爲「香草蒸魚」。它是一道類似「港式蒸魚」的鮮魚料理，但不同的是它不淋上港式蒸魚的醬油醬汁，它的滋味完全是西式的，主要的滋味來自於番茄乾（sun-dried tomato）、醃漬橄欖、酸豆，以及各式各樣的新鮮香草。

這道菜仿製的對象，其實是義大利人的知名料理「狂水魚」（acqua pazza）。狂水魚本來是拿坡里地區的漁夫料理，我最早讀到的書說「狂水」指的是海水，說漁夫在船上煮這道菜時，會舀一小瓢海水加入其中；但我後來讀到的書，很少這樣說了，大部分都是說煮沸的白酒就是狂水，或者說村民把釀酒的酒渣泡製成的水做爲煮魚的媒介。

我和宣一不曾在義大利吃過「狂水魚」（在美國倒是吃過幾回），卻在日本的義大利餐廳吃過多次，狂水魚似乎是日本義廚最愛的料理之一，我猜想一方面可能是因爲日本原本就是愛吃魚的民族，另一方面把多重滋味煮入新鮮白魚之中也符合日本人的料理概念。日本廚師調理「狂水魚」這道菜時，不僅是鮮美滋味令人著迷，連擺盤與配色（菜）也常常美得驚人。

我們在日本經驗過的「狂水魚」嚐起來似乎是這樣做的；選擇一條肉質合適的白身海魚（譬如甘鯛或石狗公），狂水魚本來重點應當是水煮（poached），但我在日本吃到的料理顯然橄欖油的重要性要遠超過水（或酒）；在平底鍋中，起油鍋炒香大蒜、番茄乾與新鮮番茄，再將魚置入鍋中，煎到表面金黃，然後下白酒、水與香草加蓋燜煮，同時也加入調味的橄欖與酸豆；魚肉接近煮熟時，日本廚師有的會放蛤蜊，有的會放鮮蝦，也有兩者都加，讓蝦貝鮮味加入魚肉與湯汁之中。有的版本湯汁充沛，也有的版本盡量收乾湯汁，我甚至吃過一個版本是最後再進烤箱，給魚身帶來焦香味道；不管哪種版本，滋味都是豐足美好。

但宣一吃過幾次「狂水魚」之後，覺得有所啟發，她認爲用番茄乾、醃漬橄欖帶來的滋味是中式料理沒有的，把蛤蜊、鮮蝦用來增添魚肉滋味也很有意思，都值得學習。但一條魚又煎又煮，既沒有了乾煎的香脆，也沒有了水煮的細嫩，也很容易過熟，其實有點可惜，她覺得也許採用廣東人蒸魚的概念與火候，會給這道料理更細緻的結果。

說到廣東人對蒸魚的熱愛，我有過一些難忘的經驗。有一次到香港，美食家蔡瀾帶我們一大早到流浮山魚市吃海鮮，流浮山魚市幾乎全部是「游水海鮮」，每檔魚販都推著水桶跑步，新鮮活魚最重「生猛」，但每一刻活魚的生猛都在流失之中，故不得不搶時間。蔡先生在魚檔當中人人認得，魚販都拿出最好的貨色給他，他挑了一些蝦蟹和好幾種魚，一起都送到附近熟識的餐廳，廚師看到送來的漁獲，一一詢問想要的吃法：「這個魚怎麼做？」「蒸。」

「這個魚呢？」「蒸。」「那這個魚呢？」蔡先生歪頭一想，似乎有別的念頭：「還是蒸囉！」

那次我們吃了四、五種魚，沒有別的做法，都是港式的清蒸；對於懂吃知味的香港人來說，一條魚如果鮮美，顯然沒有比「清蒸」更好的吃法。

對宣一來說，她也覺得「蒸魚」得當的時候，確實是帶出魚身細緻鮮甜的最佳做法。因此她用蒸魚的手法，「仿做」了狂水魚。首先，在市場挑到好魚，她有時候遇見黑毛，或者如果有大尾的石狗公，這是好選擇；如果沒有，通常不難找到紅條（東星斑）、嘉鱲、馬頭魚之類；回家處理拭淨之後，用鹽略醃二十分鐘，再洗淨擦乾。魚身上劃兩道，讓魚肉容易均勻受熱，也讓醃料容易入味；她用番茄乾塞入魚身並撒在周邊，用綠、黑兩種醃漬橄欖一樣塞在魚身，再澆上一點罐頭橄欖的醃汁；她有時候也用墨西哥綠辣椒或台灣的剝皮辣椒增添味道。魚身再加上香草，通常她用奧瑞岡、甜羅勒和百里香，有時候她也會加一枝迷迭香。魚身之下鋪櫛瓜片與新鮮番茄，有時候也放筍片。淋上橄欖油與白酒後，就進入蒸箱；宣一蒸魚的火候一向掌握良好，通常都能蒸到肉剛離骨的地步。但在蒸到最後幾分鐘時，她會打開蒸箱，再加入蛤蜊與鮮蝦，利用最後三分鐘讓蝦貝的鮮味與魚肉會合。

這道變型料理的結果是有趣的，它保有蒸魚的細嫩魚肉，鹹鮮滋味則來自濃郁的番茄乾與橄欖，湯汁匯集了白酒、蛤蜊鮮蝦的出汁，而湯汁又滋潤了鋪在下方的筍片與櫛瓜，端出來的時候則是色澤飽滿，花團錦簇（因爲鋪滿了蛤蜊與蝦），是一道很受歡迎的菜色。但這道料理的來歷，也許只有一位充滿對不同文化好奇、熱情與自信的人才能夠想得出來。

派對食物

開派對的時候，如果人數衆多，通常大家並不入座用餐，而是站立或走動，手中持酒一杯，四處攀談相認。派對當中偶爾也有簡單的食物提供，有時候就是所謂的「指頭食物」（finger foods），指的是小份量的食物用牙籤串起來，用指頭就可以取來食用；也有人的派對食物是自助餐形式，把各種比較正式的食物在一旁擺出，供派對客人用餐盤使用。

最近十年，我因爲經商以及參加國際會議，出席派對的機會日多，對這樣的場合漸漸變得不陌生，拿一杯酒四處與陌生人攀談也慢慢不那麼不適應，但是對於派對中的食物，我卻很少能夠感到滿意。就拿「指頭食物」來說吧，如果那個派對在大飯店裡舉行，「指頭食物」通常放在侍者手中的大銀盤裡，由侍者穿梭賓客當中任憑取用；這些食物雖然原意是「迷你版美食」，但遷就食物易於取用的設計，這些小型食物常常放在餅乾或小塊麵包上，譬如餅乾上一點薯泥、薯泥上再放一點魚子醬；或者一小段棍子麵包，上面放一小薄片火腿；這些「指頭食物」結構固定，味道單調，加上偶見準備太早，麵包已變乾，或者溫度已經不對，派對食物有時候變得只是行禮如儀，沒有真正食物本身的享受。雖說派對的目的本來重在聯誼，酒食只是陪襯潤滑而已，但如果你飢腸轆轆來到一場派對，缺少實質內容的食物有時候讓你覺得難以久待，那就連聯誼的興致也達不到了。

我其實也參加過擁有出色「指頭食物」的派對，有一次我到英國倫敦，一家我往來數年的科技新創公司剛剛以超過三十億美元的天價賣給了世界著名企業，我熟識多年的年輕創辦人突然間變成了巨富；我的創辦人朋友盛情邀我參加一場在他新家舉辦的派對，他輕描淡寫地說：「詹，今晚到我家裡來，我給你辦個派對，介紹你認識一些朋友，我找人來家裡準備一點食物，也有一位懂酒的朋友會帶來一些好酒。」

我不疑有他，以爲是一般常見的派對，當晚驅車前往他位於海德公園旁的新購公寓時，心裡並沒有特別期待。到了派對現場，公寓分樓上樓下兩層，一樓的廚房裡有幾位女廚師正吆喝忙著，我注意到那幾位廚師的衣著超乎尋常地時髦。上到了第二層樓，主人笑臉迎上前來，已經有不少賓客到了現場，寬敞的客廳一角還有一張檯子擺滿了酒；主人拉著我的手，忙著帶我到處介紹給其他賓客，最後把我帶到酒檯子旁，把我交給一個穿禮服站立的人，跟他說：「這是我告訴過你的朋友，詹，好好招待，小心點，他是懂酒的。」

穿禮服的紳士不慌不忙，微笑遞給一杯香檳：「晚安，詹先生，今天晚上我們有很多酒，請你待會兒告訴我你打算怎麼喝。」我一眼看見他手上的香檳酒瓶是「沙龍香檳」（Salon Cuvee 'S' Le Mesnil），年份則是一九八五年，頓時肅然起敬；再掃瞄桌上各色酒瓶，內心大受震撼，因爲我看見一九四九年和一九七八年DRC的「拉塔希園」（La Tâche），白酒放在冰桶裡，但也可以看見一樣是來自DRC的一九七三年的「蒙哈榭」（Montrachet）；各種酒款擺在桌上，大大小小約莫十幾二十瓶，全部都已經開了瓶，等待賓客飲用。這些都是我只在讀書時耳聞的名酒，沒想到這個晚上竟然眞實出現在眼前。

我和侍酒紳士聊了起來，才發現他是一位「葡萄酒大師」（Master of Wine），也是一位酒商，受這位創業家朋友之邀來爲派對準備酒，因爲主人說：「你有什麼好東西都給我帶來。」所以就出現了桌上這些驚人的酒款。

事實上，樓下廚房裡忙碌的也非凡輩，那是一家米其林星級餐主廚，應主人之邀特地把餐廳關了門前來爲派對掌勺；沒多久，幾位模特兒般的美女托著銀盤上來，盤上放滿各種小點，形式上也是「指頭食物」，但美味卻絕不相同。每種小點心都是熱騰騰的，炸的、烤的、煮的，各種技法都有，應用的食材有牛肉、鴿子、龍蝦、干貝、松露，不一而足。這一晚的派對，食物與葡萄酒都是我人生罕見的奇遇，最大的驚喜就是發現原來「派對食物」也可以是眞實美食，配合派對的流動仍能保有突出的表現。

我已過世的妻子王宣一，向來是個喜歡挑戰困難宴客情境的人；我們在家宴客大部分是一桌兩桌，但偶爾也有川流人群的派對形式。面對派對的食物準備，我們比較常做的方式是自助餐形式，依照賓客人數準備多種大份量料理，讓賓客自行取用，好處是做菜的概念不需要大幅度的改變，但缺點是食物有湯有水，必須用盤用碗，大家專心吃飯時沒問題，但如果你想一面聊天一面喝酒，一手拿食物還可以騰出一隻手和別人握手，這種形式就不適合了。

有一次，宣一想在一個畫展式的場合辦派對，從場合上看就不適合大吃大喝的自助餐形式，她覺得應該用「指頭食物」的方式，問我有什麼主意？我想了半天，覺得可以借用西班牙巴斯克（Basque）地區的「串物」（pintxos）的概念。Pintxos，讀如「品秋」，是和西班牙另種小食「塔帕斯」

（tapas）接近的概念，都是小份量的點心式食物，通常用來佐酒，不當做正餐；「品秋」原意是穿刺，所以有串物之意，極可能就是「指頭食物」的源頭。但是西班牙的品秋與塔帕斯，食物變化多端，更兼可口美味，比起一般「指頭食物」豐富扎實，很值得學習。

於是我參看食譜，想出各種可能的「串物」，食譜上的品秋精緻優美，有很多處理方式我都做不出來；和大部分的「指頭食物」一樣，它常常需要有一小塊麵包做底，巴斯克的「品秋」有各種把麵包壓扁收縮的方法與工具，我手邊並無這類方便。後來我們想出把吐司壓扁壓緊切小塊，做成底座，上頭則必須想出各種「頭料」；我想出了幾種內容，譬如把cream cheese和燻鮭魚一起打成泥，直接抹在麵包上，這是從紐約市的貝果店得來的靈感；或者把切丁的酪梨和生鮪魚拌成泥，也直接放在麵包上；還有把干貝略煎，放在麵包上，上頭再放新鮮海膽；如果擔心食物散掉，我們就加一根牙籤固定。

這種食材層層相疊的方法，頗有做「樂高」或疊積木的趣味，我們也玩得不亦樂乎，不知不覺竟然發展出二、三十種「品秋」來，在派對上頗受歡迎。宣一後來又想到，日本的「關東煮」其實也有許多串物，很適合拿來當做派對食物，她自己動手做了各種「練物」（日本人的說法，指的是各種魚漿製品），加上滷好牛筋、章魚，也一一都用牙籤串起，再全部放入柴魚高湯中輕煮入味，吃的時候，只要用指尖夾取，和其他「指頭食物」一樣，你可以一手持酒，一手進食，還可以繼續與其他賓客聊天，完全符合派對食物的需求。

家庭黑輪

上篇我寫〈派對食物〉時，除了提到各種「指頭食物」的體會與嘗試之外，文末我還提到我過世的妻子王宣一曾經把「關東煮」拿來當做派對食物的獨特構想，文章發表後引來幾位老友的垂詢，要問這些「黑輪」（おでん）的做法。

學習一點「跨文化」的知識，在適當時候加以運用，常常帶來意想不到的效果，這個道理在宴客的課題上，似乎也完全適用。我們有一次在宴請日本賓客時，宣一覺得日本朋友熟悉並適應生魚片，但也見多識廣，標準極高，儘管台灣可以找到很好的鮮魚來源，推出純粹的生魚片仍然很難討好，我們決定把生魚片都做了處理，東港黑鮪魚變成了夏威夷的 ahi poke（一種用醬油與麻油醃漬的生鮪魚，還加上洋蔥、檸檬和花生），台灣鮸魚變成了卡帕丘（carpaccio，義大利式的生魚，以橄欖油和巴撒米克醋調味，還加上了芝麻菜），而干貝與比目魚的鰭邊就變成了雪碧切（ceviche，秘魯式的生魚，用紅蔥、番茄、辣椒與檸檬醃漬），這樣就產生了「奇襲」的效果，既提供了日本朋友熟悉的生魚片，卻又是他們意料之外的處理方法。

又有一次，也是宴請日本朋友的場合，宣一放進了台菜裡的「黑白切」，當做其中一個前菜拼盤（當然，在選料上、擺盤上我們下了一點工夫，使它們有一點宴客的雍容面貌），這樣，豬心、肝連、大腸、鯊魚煙全都上了桌，還加上了各種不同沾醬，當然讓外來朋友感到驚奇，我就得到了講故事、說說台灣民情的機會；話題與笑聲流動，知識與經驗交換，這也是宴客裡最不可或缺的一環。

到了有一次，那是宴請香港好友的餐會，這幾位香港朋友見多識廣，吃盡世界美食，有時候簡直想不出拿什麼來奉客才好；宣一想到在宴席中放進日本的「關東煮」，做爲當中一道主菜，理由是這些朋友或許吃過上好的壽司和懷石料理，未必對庶民下酒的「關東煮」熟悉；另一方面，關東煮在這裡雖然被當做「一道主菜」，但關東煮本來就是由多種材料、多種選擇所構成，豐富多彩是它的特徵，這「一道主菜」其實本身是「宴席中的宴席」。

關東煮有湯有料，兩者都不可輕忽，我們當然要做好一鍋和式高湯，高湯主要由海帶和柴魚片熬成（也可以加入小魚乾），我記得第一次我們用了北海道的利尻昆布和九州枕椅的鰹節來做湯頭，日本高級料亭的高湯是用昆布和鰹節薄片浸泡得來，但我們不敢這樣做，我們還是把水煮滾，先下昆布，再下柴魚片，並以少許醬油調味，然後濾出澄澈透明的高湯，分成兩鍋備用。

我還記得宣一第一次準備「關東煮」時，一共選擇了十種材料，分別是滷牛筋、章魚煮、蘿蔔、高麗菜捲、咖哩魚板、牛蒡魚板、原味魚板、花枝丸、薄味滷蛋，和蒟蒻絲，當中只有蒟蒻絲是從日式超市的豆腐店裡買來的，其餘材料我們都鼓起勇氣，全部「從頭做起」；但自稱「從頭做起」恐怕也有一點誇張，我們並沒有自製魚漿，而是從濱江市場一家商家買來未經冷凍的旗魚魚漿，我們試過幾個不同商家，發現這一家的魚漿用粉較少，保有魚肉鮮味和軟嫩口感（如果太白粉用多了，就會變得太有彈性，我們喜歡新鮮魚味，彈牙口感並不是我們追求的），但魚漿買回來才是工作的開始，「關東煮」裡通常包含多種「練物」（れんぶつ），可說是精髓所在，在日本吃關東煮時，你總要遇見幾種魚漿製品如「半平」（はんぺん）、「竹輪」（ちくわ，也就是基隆人稱的吉古拉）、「薩摩魚餅」（さつまあげ）之類的，而我們預備的材料如高麗菜捲、咖哩魚板、牛蒡魚板、原味魚板、花枝丸等其實都要用到魚漿，差別只在內容組成和調味的不同。

咖哩魚板、牛蒡魚板、原味魚板三種都可歸類爲「薩摩魚餅」，原味魚餅只用白胡椒、醬油、米醂、鹽、糖調味，但我們在魚漿內再加入剁碎的蝦泥和山藥泥；咖哩魚板是我從南洋得來的靈感，調味再加上咖哩粉、辣椒粉和魚露，魚漿內則混入胡蘿蔔和紫蘇葉；牛蒡魚餅則加入山藥泥、胡蘿蔔絲和牛蒡絲。三種魚餅都先經過油炸定型，才放入高湯燉煮。花枝丸相對簡單，就只是把花枝切小丁，連同香菇小丁混入魚漿中，再加調味，先用滾水煮過定型即可。

高麗菜捲也以魚漿爲內餡，但混入豬絞肉、蝦泥、香菇丁、胡蘿蔔和細蔥，調味後包入先煮軟的高麗菜葉，事先蒸熟再放入高湯中。

滷牛筋是另一個費工夫的材料，我們先用醬油、糖和水去煮牛筋（後來我放了一點辣豆瓣與花椒，發現效果也很好），用了我們家「紅燒牛肉」的方法，也是煮一陣子，靜置一段時間再煮，用兩天時間讓它滷煮入味，卻還不到熟爛的地步，保持一點硬實口感，把牛筋切成小塊，用竹籤串起，再放入高湯去煮。

章魚煮則用和風醬油、米醂以及水去煮，整隻滷煮入味後再切小塊，也用竹籤串起，也都一併放入高湯中。

這是關東煮麻煩之處，也是它的細緻之處，所有的材料其實都事先處理好也煮好，再放入高湯之中；由於當中的許多材料都必須用高湯煮熟入味，但太多的材料在高湯滷煮之後，常常會使高湯變油變濁（雖然滋味還是很好，因爲多了各種材料的味道），我們傾向於把所有關東煮材料煮好後，換一鍋全新清澈的高湯來放置各種關東煮材料，看起來更好看，滋味也更雅致。

第一次把關東煮加入宴席之中，果然效果很好，我的香港朋友們既覺得新奇也覺得開心，特別是用竹籤的材料可以用手直接取用，頗有派對的樂趣，大家手持一隻章魚腳，可以逛到隔壁桌去聊天，這就給了我們後來把關東煮當做「派對食物」的構想，方法不過只是把所有的食物都串上一隻竹籤而已。

但第一次在宴席中加入「關東煮」時，我們還是用傳統的吃法，每人一隻碗取用關東煮的各種材料，碗中抹上一匙黃芥末當做沾料，吃了關東煮材料，再舀一碗清湯來喝，那還是桌菜的概念。

關東煮的各種材料準備起來頗爲費工，也許很多人怕麻煩，有些人可能直接從超市或市場裡買了所謂的「火鍋料」（也是各種魚漿製品，有時候也被統稱為「甜不辣」）來料理；但我覺得自製各種「練物」其實正是樂趣所在，也能夠做出滋味鮮美的關東煮材料來，我們後來在不同的機會做這種家庭式的「關東煮」，各種「薩摩魚餅」就是我們發揮創意的場域，把不同材料和調味放入魚漿中，創作出各種「薩摩魚餅」，當中就充滿冒險與探索的趣味。

桔香蛤蜊

在台灣料理當中，有一道常見的開胃小菜稱爲「鹹蜊仔」（或寫成「鹹蜆仔」），那是把蜊仔用醬油、大蒜、辣椒等醬汁醃漬過幾小時或者隔夜，即可食用的簡單料理；名稱樸素直接，做法也毫不複雜。在我年少的時候，農村裡的田間溝圳都還是泥土築成（不用水泥），溝渠的底部泥土中很容易拾得這些比蛤蜊略小的「蜊仔」或「蜆仔」，在小溪和溝圳裡彎腰摸撈蜆仔幾乎是鄉間的全民運動，所以也才有「一兼二顧，摸蜊仔兼洗褲」的民間俗語，這句俗語雖然生動，但眞正把摸蜊仔拿來「洗褲」的卻不多見，可見這句話大抵趣味多於事實。

蜊仔在從前是一種不太花錢的食材，醬油、大蒜也是一般家庭廚房常備的調味材料，製作「鹹蜊仔」因此可說是件容易的事，而這道菜工作簡單，滋味卻很不錯，略微燙過再生醃的蜊仔保有河鮮的天然鮮甜，而大蒜與辣椒又帶給這道小菜刺激的素樸鹹香，用來下酒也是庶民熱愛的選擇，有些台菜餐廳根本就把這道「鹹蜊仔」當做奉客的免費前菜，食客坐下來，一盤「鹹蜊仔」或「滷水花生」就拿到桌上，未點菜先喝酒，這是很鄉野氣氛或江湖浪漫的「台灣氣味」。

「鹹蜊仔」雖然常見，但並不是人人都做得好，好的「鹹蜊仔」要選新鮮肥美的蜊仔，又要吐沙乾淨，蜊仔在滾水中汆燙數秒鐘，使它略微開口（只能開一條小縫，讓醃汁得以進入殼內，太開就過熟了，貝肉不易保持生鮮的軟糯口感），再放入醬汁中醃漬；醬汁要選好的豆釀醬油，有的人會兌一些米酒，勿使過鹹，也多帶了酒香，有的人會在醃汁中加入砂糖或米醂，增加一點甜味；我的住家附近台北東豐街，有一家台菜小館名叫「田園台菜」，雖然是店面不大的小館子，主廚手藝不凡，每天賓客如雲，一位難求；每次我們與朋友去小酌小聚，才一坐下來，熱情招呼的豪氣主廚（雖然是一位個頭嬌小的年輕女性）不由分說，先奉上自製的「鹹蜊仔」和啤酒；她們家的「鹹蜊仔」每天都調製得當，鹹香甘甜，略帶辛辣，半生的蜊仔肉飽滿滑溜，口感極佳，還來不及點菜，這道小菜配合啤酒就已經有了歡宴將臨的節慶感。

我太太王宣一是結婚之後才接觸到台菜，對台菜當中許多料理的手法和特色都感到新鮮有趣，譬如台菜當中有很特別的「麻油料理」手法，用麻油、薑片與米酒的搭配，用來處理諸多食材，都能有意想不到的效果。最知名的麻油料理，當然就是台灣人產婦坐月子必備的「麻油雞」（或稱「雞酒」）；但用麻油料理手法來做「麻油腰花」（知名台菜餐廳「明福」裡的「麻油腰花」就是極其出色的名菜），或做「麻油赤肉」、「麻油豬心」，有的海鮮餐廳能做「麻油螃蟹」，從前北投知名酒家「吟松閣」也還有極好吃的古早風情「麻油飯」；這種特殊做法對江浙菜背景出身的宣一來說，都是新鮮迷人的經驗，也開啟了她對台菜探索學習的熱情，她後來也能做很地道的「麻油雞」、「麻油腰花」，甚至是少爲人知的「麻油飯」。

但她也不是所有的台菜都規規矩矩照「古典手法」來做，譬如她接觸到「鹹蜊仔」之後，她就覺得「鹹蜊仔」儘管很美味，很適合當做請客宴席上的前菜，但滋味卻單調了一些，她覺得可以從日本醃漬海鮮的手法得到一些靈感，賦予「鹹蜊仔」一些新意。

她想到用一些比蜊仔更高級的貝類食材，譬如用野生蛤蜊代替蜊仔來醃漬，不但顆粒變大，滋味更細緻，視覺上也更勝一籌；後來她更嘗試用花蛤、赤嘴、山瓜子或海瓜子等來做同一道料理，發現各有不同滋味，其中山瓜子效果最好，可能因爲殼薄，花色又美，既容易好看，又容易入味；或者我們也可以醃漬多種貝類，再混合起來，帶來一種豐盛多彩的表現。

到了最後，我們又嘗試用小鮑魚，或台灣東北角海岸生產的九孔鮑魚來做「鹹蜊仔」；一樣的先將九孔洗淨後入水汆燙幾秒鐘，保持貝肉在半生狀態，然後置入醬汁冷藏醃漬，鮑魚所需醃漬時間最長，但口感是所有貝類當中最好的。

眞正與傳統的「鹹蜊仔」分道揚鑣的改變來自於醃漬的醬汁，經過多次的實驗改良，後來宣一常用的醃汁大致上組成如下：首先用日本的香菇醬油做基底，兌一半的水，不使它過鹹，有時再混入台灣的白醬油，讓鹹味複雜一些；醃汁做一點調味，一般我們會放黑胡椒和煙燻紅椒粉（smoked paprika），加上蔥段與辣椒（不放大蒜或薑，因爲味道太重也太明顯了，會蓋掉醃汁其他細緻的味道），有時候放一點切碎的紫蘇葉；爲了讓醃汁有一點甜味，我們會加入一點清酒和米醂，但我後來發現，放一點西方的甜酒來代替，可能味道更複雜優雅；甜酒部分，我試過希臘的Samos wine、葡萄牙的波特酒，各種Moscato wine，也試過法國的Sauternes貴腐酒，最後結論是Sauternes的貴腐酒效果最好，因爲甜味中帶有細緻的酸度，可以讓醃汁變得像高級法國甜點一樣酸甜微妙（當然，使用貴腐酒的成本也最高）。

但醃汁最重要的成份卻是要放進一點柑橘味的果汁，通常加一點鮮搾檸檬汁已經足以產生巨大的效果，如果改用台灣的小金桔，效果也很好，但使用葡萄柚或柳丁也沒問題；最好的組合是放一點來自日本的柚汁或柚汁醬油，加上一點現榨檸檬汁，我也經常順便再刨一點檸檬皮放入醃汁，讓醃汁產生各種複雜的香氣與滋味混合，你雖然說不出它的複雜成份，你卻可以感覺到裡頭有各種滋味的相激相盪；半生的貝肉吸收滋味的能力很強，你的醃汁有多複雜，那些蛤蜊最能產生多複雜的滋味。

醃漬時間的長短則看使用的貝類而定，如果用的是我們最常做的山瓜子，三、四小時已經足以入味，再醃就鹹了。我們可以過午才準備，晚上剛好可以宴客；如果是九孔鮑魚通常最好前一個晚上準備，讓它有將近二十小時的醃漬時間。其他各種蛤蜊貝類，時間大約都在五、六個小時最合適。

完成的新派「鹹蜊仔」，我們後來習慣稱它「桔香蛤蜊」，主要就是強調它必須有柑橘類的果汁做醃汁。它是一種演化過的「鹹蜊仔」，一樣強調半生貝肉的圓潤口感，醃汁中的醬油帶來基本鹹味，但當中的胡椒、甜椒粉、辣椒、蔥段、紫蘇各自帶來複雜幽微的滋味，加上甜酒與檸檬汁帶來酸甜相衝的激盪，它的美味令人反覆沉吟。用來下酒（特別是一杯冰透沁涼的白酒），那更是令人難以停止吸吮的美味。

鍋物之辯

我的太太王宣一生前不喜歡去火鍋餐廳，她覺得火鍋的準備沒有什麼廚藝可言（這是針對餐廳而說的）；而火鍋的取用進食也沒有章法可言，什麼材料不分青紅皂白都往鍋裡放，特別是那些「吃到飽」火鍋店的暴飲暴食，尤其不可取（這是針對食客而說的）。大部分的火鍋店所需要做的準備與技藝不多，無非是材料的豐盛與精細，最多也許還加上一個略爲講究的湯底或鍋底，有些火鍋店甚至轉往其他周邊下功夫，譬如提供無限任意吃的名牌冰淇淋之類（這是招攬小朋友的詭計），但這樣也就造就了火鍋店的熱烈風潮，我們幾乎忘了去餐廳本來的主要理由是享受廚師的眼界與手藝。

但也有人從火鍋的盛行看出別的意義，譬如莊祖宜在她的《其實大家都想做菜》的書裡就指出，火鍋店的風行隱含著某種社會心理的底層意義，儘管當今社會已經有很多人失去自己做菜的能力（這是另一個值得探討的大問題），但他們其實還是有主宰餐桌的欲望，燒肉店或火鍋店某種程度讓你滿足這個從手到口的操作欲望……。

我剛剛才說宣一不喜歡去餐廳吃火鍋，但這也只是通則，有著各種例外。有時候這個例外是「親朋歡宴」，當朋友相約聚餐，選擇了火鍋店，她也多半開開心心前往赴約，既然聚餐的目的是「聚」，只要相聚的一衆朋友開心，她也樂於參與，餐廳有沒有廚藝已非重點所在，事實上在火鍋店裡大夥點菜時亂點一通，又不按章法把食材向鍋裡亂下一氣，這種逸出規距的喧嘩混亂可能正是朋友相聚的樂趣所在，這個時候，我們想的，並不是「美食」。

也許我應該追問的是，當自己一兩人外出吃飯時，這位對美食自有看法與堅持的美食作家王宣一是否會選擇鍋物店？我發現答案也是複雜的，大部分時候她都覺得去火鍋店是一種「放棄廚師」的選擇，並不可取：但如果那家火鍋店材料精細、處理用心，她也偶爾會想到要去。其中一個例子是位於台北臨沂街的日式火鍋店「鍋膳」，這家火鍋店是位於僻靜巷弄的高級火鍋店，採取的是一人一鍋的「小鍋制」，材料也很正常，有牛豬羊肉，有海鮮，有自製手工丸子，基本蔬菜盤等，和一般火鍋店沒什麼兩樣，但它的取材很精（特別是牛肉），處理也極細心，加上站在吧檯中央的老闆娘親切周到，每次用餐經驗都很愉快，只是店裡粉絲衆多，訂位不易，這是極少數在我記憶中宣一會主動提議去用餐的火鍋店。

我也還記得她曾經因爲不同理由稱讚過若干火鍋店或餐廳裡的鍋物，譬如她對以前走高級路線、現在已經轉型的「齊民火鍋」是有好感的，覺得它的湯底製作精細、「蔬菜籃」更是風格獨具，她甚至覺得在「齊民火鍋」用餐只要蔬菜和湯底，完全不需要肉類和海鮮；可惜她特別認同的位於忠孝東路的「齊民火鍋」已經歇業，代之而起的是比較平民化的「齊民市集有機鍋物」，這樣的新式轉型宣一不會去過，不知她是否會同樣的認同。

有的店家的鍋物料理因爲概念完整，不是完全由客人自己動手，反而比較像是廚師的「創作」，這就容易得到宣一的青睞；印象中她對位於台中市「老闆廚房」的酸菜白肉火鍋頗有好評，覺得老闆自製的酸菜滋味溫和柔美（顯然是長時間自然發酵的緣故），火鍋因爲出色的酸菜而變得湯鮮味美，值得稱許。

宣一另外喜歡的火鍋店還有位於台北吉林路的「林家蔬菜羊肉」，我們有一段時間因爲房屋重新裝潢而住進了亞都飯店，冬夜裡看見這家店裡客人如潮，一試之下才發現大有特色，它的羊肉鍋有多種鍋底，我們後來覺得「菜心」鍋底最值得推薦。菜心鍋底用大量菜心和帶皮羊肉煮成清澈湯底，並加入薑絲和枸杞，蔬菜的甜和羊肉的鮮融合在一起，讓鍋底本身已經是一道絕美的湯品；但它還是一個可以隨意加料的火鍋，你有各種羊肉材料可選擇，除了基本的手切羊肉之外，還可以選擇羊尾、羊心、羊肝、羊肚和羊腰；不過我們後來覺得專心一致只吃羊肉可能是最好的選擇，湯底裡已有大量燉煮多時的帶皮羊肉，我們再自己汆燙現切的生羊肉，這是極少見的清爽羊肉火鍋。

我們也還有其他美好的火鍋經驗，一次是到台南，朋友帶我們去吃全國聞名的「阿裕牛肉火鍋」；我們的朋友是個老饕，又與老闆相熟，出發前已事先打過電話，要老闆留下某些部位的牛肉（阿裕牛肉賣的是手切的溫體牛肉，出名的是你不能選擇部位，店家給你什麼就是什麼）；我們一抵達，桌子已經準備好了，大鍋鍋底也已經架在桌面的瓦斯爐上。很快地，一盤盤各種部位的牛肉就快速端上來了；湯頭也是充滿蔬菜鮮甜的風格，可以看見有洋蔥、番茄、高麗菜等，也有薑絲和蔥花；各種部位的現切牛肉，已經分不清哪一盤是什麼部位，但印象中每種部位都好吃。關鍵可能是牛肉來自現宰的本地牛，未經冷凍，加上老闆手切的手法高明，每種部位似乎都有不同的紋路和切法，輕輕一涮，就有鮮肉的清甜充滿口中，這眞是台式火鍋的極致，也只有美食之地的台南，才能有這樣充滿自信的店家。這也是極少數宣一去過的火鍋店，她念念不忘，總說著要再去重訪的店家。

另一次是在香港，在「留家廚房」的主人劉健威的安排下，我們試了一次「劉式」的打邊爐。健威兄親自赴牛市，選來各種稀有部位的現宰黃牛肉，許多部位據說都是不易入手的，除非你和肉商有點交情（聽說也要有屠夫肯爲你動手，因爲某些部位頗爲刁鑽，需要極高技巧取得）。當晚主人一共找來九種不同部位的牛肉，廣東話名稱有的我實在摸不著頭腦，當晚我們桌上叫出來的名稱有金錢腲、肉眼邊、頸脊、柳邊、胸油、牛脷托、池板、風門柳和扒底尖，鍋底則是廣東人特有的皮蛋芫荽湯，用雞骨熬成；這場打邊爐，吃得目不暇給，說實在的，一次見識這麼多牛肉部位反倒什麼都記不得，不過那是一場多年難忘的火鍋宴倒是無庸置疑。

在各種鍋物料理當中，似乎日本鍋物比較得宣一的認同，我曾經問她原因，她說日本的鍋物料理每種都有規矩，廚師與食客不太會任意增添，鍋中食材的順序與組合就比較有邏輯可循，也就比較理解它成爲一種料理的原因。

這句話倒是很真切，在日本你不管是吃牛肉涮涮鍋或是螃蟹鍋、河豚鍋，即便是自己動手，它的材料和順序幾乎是一致的，很少會有餐廳或食客自作主張。但在日本各地，因著在地材料與風土人情的分野，各地常有它們固有的鍋物，這些鍋物頗有特色，譬如北海道地區以鮭魚和酒粕合製的「石狩鍋」，東北秋田地區的「烤米棒火鍋」（きりたんぽ鍋），一路南下，一直到九州的「水炊雞鍋」，每一種火鍋都有它們的組成和規矩，它們不像台灣火鍋的自助式混亂，反倒像是一個經過細思的安排，民族性的不同，光是一個火鍋也讓我們看出許多端倪來。

文學森林 LF0165

舊日廚房

作者
詹宏志

出生於一九五六年，成長於南投，台大經濟系畢業。現職PChome Online網路家庭董事長。擁有超過三十年的媒體經驗。在媒體出版界扮演的創意人與意見領袖的角色，在他後來參與台灣新電影推動中擔起用腦最多的工作，起草「台灣新電影宣言」，策劃和監製多部台灣電影史上的經典影片，包括侯孝賢導演的《悲情城市》、《戲夢人生》、《好男好女》，楊德昌導演的《牯嶺街少年殺人事件》、《獨立時代》，以及吳念真導演的《多桑》等。

二〇〇六年，詹宏志發表首部散文集《人生一瞬》，感性書寫童年與往事，以及「兒子」對父親的情感。一年多後，出版《綠光往事》，爬梳家族往事，重現了五、六〇年代台灣小鎮的生活氛圍，猶如經典老電影。二〇一五年，他將旅行與讀書兩大人生志趣的書寫集結，推出詹式風格的《旅行與讀書》，雖自謙只是長者喋喋不休的紀行，實則展現了熟悉旅行敘事傳統的不凡寫作企圖。

封面設計統籌　APUJAN
封面設計執行　黃蕾玲
責任編輯　陳柏昌
行銷企劃　楊若榆、黃蕾玲
副總編輯　梁心愉

初版一刷　二〇二二年九月二十六日
初版三刷　二〇二二年十一月二十五日
定價　新台幣四〇〇元

ThinKingDom 新經典文化
發行人　葉美瑤
出版　新經典圖文傳播有限公司
地址　10045臺北市中正區重慶南路一段五七號十一樓之四
電話　886-2-2331-1830　傳真　886-2-2331-1831
讀者服務信箱　thinkingdomtw@gmail.com
臉書專頁　http://www.facebook.com/thinkingdom/

總經銷　高寶書版集團
地址　11493臺北市內湖區洲子街八八號三樓
電話　886-2-2799-2788　傳真　886-2-2799-0909
海外總經銷　時報文化出版企業股份有限公司
地址　桃園市龜山區萬壽路二段三五一號
電話　886-2-2306-6842　傳真　886-2-2304-9301

First published in Taiwan by Thinkingdom Media Group, Ltd.

Printed in Taiwan

舊日廚房 / 詹宏志著. -- 初版. -- 臺北市 : 新經典圖文傳播有限公司, 2022.09
368面 ; 14.8*21公分. -- (文學森林 ; YY0265)
ISBN 978-626-7061-37-4(平裝)

863.55　　111014517